영원한청년 이승만

김재헌 저

1

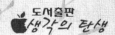
도서출판
생각의 탄생

"갑자기 한강에 떠내려 온 노부부의 시체, 사회부 기자 김민주는 아버지의 애증이 담겨 있는 소포를 하나 받는다. 그것은 우남 이승만에 대한 자료집. 생각도하기 싫은 아버지와 이승만에 대해 알게 모르게 엮여 들어가는 자신을 발견한다. 그때 광화문 광장에서 뜬금없이 불거진 3.1절 이승만 기획설은 김민주 기자에게 묘한 흥미를 느끼게 한다. 본격적으로 시체와 연결되어진 사실을 발견하고 기획취재에 들어간다. 하와이를 거쳐 미국으로 이어지는 긴긴 여정 속에서 하나하나 밝혀지는 이승만의 진면목, 민주는 이승만이야 말로 제대로 된 평가를 받지 못하는 불운한 국부라는 사실을 깨닫고 이를 바로 잡기 위한 본격적인 탐사에 나선다."

▲ 1940년 2월 2일 이승만이 김구에게 보낸 편지. 군함·군수 공장 파괴 등 무력 투쟁을 주문했다.

▲ 1902년 12월 한국 최초로 미국 하와이 이민자 102명을 싣고 제물포를 떠났던 갤릭호

▲ 1904년 12월 충정공 민영환의 국서를 지참하고 미국에 도착한 이승만이 가장 먼저 찾은 주 워싱턴 대조선 공사관 본관

1권 목차

2권 목차

1부

망국(亡國)

국가는 자살에 의하지 않고는 결코
쇠망하지 않는다.

- R.W.에머슨 -

기해년(己亥年)!

사람들은 황금돼지의 해라며 저마다 기대에 부풀어 두 달을 보냈다. 그렇게 보낸 3월의 첫날, 아직 찬 기운이 꽃뱀처럼 곳곳에 또아리를 틀고 스며있다. 다행히 하늘만큼은 봄빛으로 화사하여 그나마 추위를 잊을 희망을 준다. 3.1절, 묘하다. 자신의 생일이란 것이. 86년생, 이제, 꽉찬 36! 매년 3.1절이면 친구들이 놀린다. 그래서 생일이 싫었다. 하지만 이젠 모든 게 다 세월이 약이듯 모든 게 다 무덤덤하다. 지난 연말 아버지에게서 온 두꺼운 소포 하나엔 3.1절에 대한 이야기가 절반 들어 있었다. 때문에 3.1절을 많이 생각했다. 그 나머지 절반은 가출 아닌 가출을 한 가장의 변명이었다. 집 떠난 지 십여 년! 그것은 아버지의 유산이었고, 곧 골동품으로 남을 기억이었다. 눈길을 끈 것 한 가지, 우남 이승만의 자료들이었다. 아버지는 우남 이승만의 사람이었다. 끝까지 그의 편에

섰다가 몰락한 사람이었다. 복권을 위해 전 세계를 휘젓고 다녔다. 집엔 항상 부재자였다. 엄마와는 사이가 좋지 않았다. 겨우 얻은 교수직도 잦은 외유에 더 이상 지킬 수 없었다. 자신이 옳다고 생각하는 일을 위해 어찌되었건, 가족을 버린 아버지...... 얼마간은 그 아버지를 용서할 수 없었다. 그리고 아버지를 빼앗아간 이승만은 또 다른 적이었다.

우남! 이승만!! 소포와 아버지! 그리고 이승만의 흔적들!
그날 열어본 상자는 마치 판도라의 상자처럼, 민주의 마음에 파란을 일으켰다. 그 안엔 아버지의 짧은 편지 한 장이 있었고, 모든 번민의 사연이 얼룩처럼 번져있었다.

"사랑하는 내 딸 민주야!
아빠는 지금 마산의 결핵 요양병원에 입원해 있다. 결핵이 심해서 6개월 정도 입원해 있으면서 경과를 보는 중이다. 아빠 때문에 상처받았을 너를 생각하면 마음이 아프구나! 나름대로 소명이라고 여기며 살아온 세월도 이젠 내게 그만 살라고 말하는 것 같구나!
사랑하는 내 딸아.... 난 네가 신문기자인 것이 자랑스러웠다. 책 읽기를 그렇게 좋아하더니 결국. 고맙다. 아빠는 네가 쓴 기사라면 하나도 놓치지 않고 읽으려고 했다. 지금 말하고 싶은 것은 너를 사랑하고 또 사랑한단 것이다. 비록 물질의 도움은 주지 못했지만 네게 나라 사랑 정신만큼은 물려주었구나 싶다. 난 우남이 걸어갔던 길이 바로 정도(正道)였다고 생각한다. 그래서 그 길을 알리고 나 스스로도 그 길로 가려고 애썼다. 너역시 네 자리에서 최선을 다해주길 바란다. 끝으로 네 엄마에게는 소식을 전하지 말거라. 사랑이 증오로 변해가는 것을 원하지 않는다. 병든 아빠를 엄마는 더 용서하지 않을 것이기 때문이다. 난 회복될 것이라고 여기며 좋은 시간을 보내고 있다. 내 걱정은 하지 마라. 정직한 글로 땅 끝 까지 네 사명을 완수하길 꼭 바란다.

딸을 사랑하는 아버지가.........

아빠는 말이 짧으셨다. 오늘 편지를 보니 글도 짧다. 경상도 사내 특유의 간결함, 남자들은 그것을 멋이라고 여기는지는 몰라도 여자들에겐 상처가 된다.

민주는 창밖을 보며 멍하니 혼자 미역국을 먹을 생각을 한다. 엄마가 해주던 방식으로 했더니 고소한 들기름 냄새가 집안에 가득하다. 미역국을 끓이는 동안 창밖을 내다본다. 그 날 소포를 받고 이후 멍하니 창밖을 보는 습관이 생긴 듯하다. 아버지에 대한 그리움이 그런 식으로 나타나는 듯 했다. 순간순간 아버지의 그림자가 어린 거려 창을 바라보게 되는 것이다.

민주는 미역국에 밥을 말아 먹는 둥 마는 둥 이내 숟가락을 내려놓았다. 대충 설거지통에 담아 놓고, 자동차 키를 찾았다. 지하주차장으로 내려가 버튼을 누르니, '나 여기 있소' 대답하며 오래된 애마가 손짓을 한다. '원하는 사람도 이렇게 키를 누르면 금방 찾을 수 있고 만날 수 있으면 얼마나 좋을까?'

민주는 알 수 없는 아버지에 대한 그리움에 이끌려 곧장 차를 몰고 남한산성으로 내달렸다. 88 올림픽도로도, 분당으로 가는 도로도 생각보다 한산했다. 간간이 차가 밀리는 순간순간 생각에 잠긴다. 일간신문 기자 10년차. 그간 무엇을 했나 싶다. 얼굴을 치고 올라오는 열기를 견디다 못해 차창을 연다. 봄바람이 여전히 차갑다. 그럼에도 차문을 열고 달려본다. 시원하다. 차라리 차가워도 시원한 게 좋았다. 모란 시장을 지나 대로를 달려 드디어 산성 입구 길에 이른다. 다시 굽이굽이 산길을 돌아 한참을 올라갔다. 오래된 차가 신기하게도 멈추지 않고 가파른 고개길을 잘도 달려 준다. 드디어 성문에 이르러 주차를 했다. 조금은 숨을 헐떡이며 올라간 산속의 작은 궁궐, 밑에서 볼 땐 까마득했지만, 차로 정상 가까이 온 이상 성안은 그다지 멀지 않았다.

민주는 가져온 카메라의 뚜껑을 열었다. 김훈의 〈남한산성〉 덕에 탐방객이 늘어난 후 주목을 받는 남한산성 성곽 서쪽 능선 정상의 수어장대 한쪽편의 전나무! 그 앞에 있는 돌엔 이승만 전 대통령이 심은 나무라고 적혀 있었다. 오대산 월정사 입구의 아름드리 전나무들에 비할 수 없지만 그런대로 수형이 아름다웠다. 표지석의 뒷면을 보니, 4286년 9월 6일이라 적혀있다. 간단한 계산법으로 두드려보니 53년 9월 6일에 3년생 정도의 묘목을 심은 것이다. 휴전협정이 체결된 한 달여 뒤 항청(抗淸)유적지를 찾아 전나무를 심은 노(老) 대통령의 마음에 어떤 생각이 담겨 있었을까? 지긋지긋한 중공군의 만행과 그들로 인해 길어진 휴전협정, 하루도 쉴 날이 없는 고지전, 그 결과 얻어낸 한미동맹! 이런 것들이 얽혀 항청유적지인 이곳에 중공군을 이긴 푸르고 푸른 기상의 상징인 전나무를 심지 않았을까 싶다. 생각이 거기까지 미치자 민주는 괜히 코끝이 찡해졌다.

민족적 아픔인 6.25의 시간과 궤를 같이 하니 이 나무의 나이도 올해 70에 이르렀다. 당시 남한산성은 국립공원 1호로 지정되었다고 한다. 남한산성에서 겪었던 인조의 고통을 이승만도 느꼈으리라. 그래서 이곳에 교훈과 같은 나무를 심었으리라. 혼자 이 생각 저 생각에 몰입하며 카메라 셔터를 몇 방 눌러댔다. 전나무의 밑둥 그루터기 쪽으로 카메라에 초점을 자세히 맞추고 있을 무렵이었다. 그때 등산 조끼에 들어 있던 핸드폰이 요란하게 진동 소리를 낸다. 어디서 전화가 오나? 순간, 기분이 상했다. 핸드폰을 보니 종로 경찰서 유형사였다.

밀서

"김 기자, 사건이 큰 거 하나 생겼어, 당장 올라오게"

"큰 사건이요, 뭔데요?"

"살인사건일세"

세종일보 기자로 벌써 밥을 먹은 지 10년이 넘다보니 이젠 서울 각 경찰서에서 취재하러 오지 않느냐는 전화도 종종 온다, 그만큼 커리어가 붙었기 때문이다. 그날도 종로서 강력계 유철민 형사로부터 한강둔치로 나오라는 전화였다.

'무슨 살인사건 이길래, 나 보고 와보라는 거지.'

민주는 의아해하며 2011년 산 소나타를 몰았다. 조금 연식이 되었지만 별 탈 없이 잘 굴러가는 자동차를 탈 때마다 민주는 자신 같다는 생각을 한다.

'노처녀인 나나 차나! 푸후, 그래도 우리나라가 자동차 하나는 잘 만들지.'

이촌동을 지나 강변북로 밑 지하도를 넘어 이촌한강공원으로 갔다. 차를 몰며 생각에 잠긴다. 짜증나는 정체는 공상을 하기엔 안성맞춤이다. 서울생활 어느 덧 30년, 참으로 많은 일들이 한강을 중심으로 역사는 흘러갔다. 과히 말 그대로 한강의 기적, 한강의 역사가 대한민국의 역사가 아닐까 생각한다. 한강이 간직한 이야기는 한두 가지가 아니다.

한강둔치는 1982년부터 1987년 88올림픽을 앞두고 한강을 대대적으로 준설하면서 둑을 쌓고 조경하기 시작하며 우중충한 분위기가 유럽풍으로 변해갔던 것이다. 그러다보니 한강공원의 면적이 장난 아니게 커졌다.

'어릴 땐 한강에서 유람선 타는 것도 소소한 즐거움이었는데……'

그전엔 유람선이 없었다. 공사 후 선착장이 생기면서 외국에서나 보던 강(江) 유람선이 생긴 것이다. 그런데 서울에서 일어나는 대부분의 대형 사건도 어떻게 보면 한강을 중심으로 일어나는 것 같다. 한강의 기적 뒷면엔 한강의 아픔도 존재하는 것이다. 마치 명의 밝음이 크면 음의 그림자도 길게 드리우듯이.

신문사가 있는 여의도에서 30분이 채 되지 않아 현장에 도착했다. 폴리스라인이 쳐져 있고 사람들이 웅성거리며 제법 많이 모여 있었다. 법의감정 차까지 와 있는 것을 보니 예사롭지 않게 느껴졌다.

"유 형사님, 어떤 사건인데 저를 다 찾아주시고……"

"오! 김 기자, 당신이 보면 흥미 있어 할 것 같아서 말이야."

"그래요, 어떤 사건인데 그러세요."

"자! 이리 와봐."

나는 유 형사의 안내를 받아 폴리스라인 너머로 가서 시신이 있는 곳으로 갔다.

"노부부의 시신인 것 같은데요?"

"그렇지, 그런데 여기서 살해된 것이 아니라 떠내려 온 거 같아."

"네? 떠내려 왔다고요?"

"그래, 아마 사망한 지는 일주일 넘은 거 같다는데, 차림새로 보나 여러 가지를 감안할 때, 살해된 것 같지는 않고, 그렇다고 자살한 거 같지도 않아. 만약 자살이라면 두 부부가 같이 이렇게 한 곳에서 떠오르지는 않겠지?"

"그래요."

"더 특이한 건 노인 어른이 목사님같다는 군."

"그건 어떻게 알았는데요?"

"뒷주머니에 신분증이 있었는데 미국국적의 운전면허증과 신분을 알려줄만한 명함이 있는데 목사라고 하는군."

"네? 목사님?"

나는 깜짝 놀라며 물었다.

"그래! 목사님이시니 자살 할 이유는 더더욱 없겠지?"

"그러게요, 목사님들이 자살하는 경우가 거의 없으니까……"

민주는 그렇게 말을 하면서도 말꼬리를 흐렸다. 최근 가끔 목사들의 자살이 있어온 것을 나는 알기 때문이다. 세종일보는 일간지이지만 종교면을 다루고 있다. 그래서 가끔 기독교와 관계된 취재가 있으면 사회부 기자를 맡고 있으면서도 종교사회적인 취재는 도맡아 하고 있었다. 그래서 교계관련 취재 건이 있으면 유 형사는 교계 인맥이 많은 자신을 찾아와 문제해결의 열쇠를 얻으려고 하는 것이다.

"신분증과 명함을 좀 주실 수 있나요?"

"줄 수는 없고, 여기 있으니 사진을 우선 찍어!"

유 형사가 보여주는 미국 면허증과 물에 젖어 너덜너덜해진 명함을 서둘러 사진을 찍었다.

"김 기자가 기독교 쪽 통이니까. 이 이름을 자료로 해서 미국에 한 번 수소문해봐. 자살이면 문제가 없는데, 만약 타살이라면 자칫 미궁에 빠질 수 있으니 말이야."

"수사는 형사님이 하셔야죠, 제가 뭐 수사관도 아니고."

"아! 내가 특종 만들어 준 건만 몇 개야?"

"아! 지금 그것으로 공치사하고 일은 저한테 떠넘기시는 거예요?"

"두 번째! 우리는 영어가 안 되잖아. 사건은 한국에서 일어났는데, 수소문하고 자료 찾으려면 미국 쪽에 연락해야 되잖아. 이게 우리 머리론 보통 골치 아픈 일이 아니라고."

"그러면 외사과로 넘기면 되잖아요."

"해줄 거야, 말거야?"

"아! 아! 알았어요, 알아 봐드리죠."

민주는 김 형사와 관계를 아주 끊을 수 없어, 도와주겠다고 말을 하고서는 촬영을 마저 했다. 주변의 정황으로 봐서는 강물에 떠내려 온 시체가 분명했다. 그리고 시체가 불어 가스가 나오고 있는 모양으로 봐서는 이미 사망한지 3-4일은 지난듯했다. 지금이 3월 1일, 아직 날씨가 차가운데도 불구하고 강물의 수온 때문인지 시체는 제법 부패도가 심했다. 남자의 나이는 80대로 추정되고 여자의 나이는 그보다는 젊지만 70대중반은 되어 보였다. 비슷한 연령대의 부부가 용케도 따로 따로 발견되지 않고 비슷한 장소에서 발견된 것도 우연치고는 이상했다.

"일단 저는 미국 대사관에 가서 신원 조회부터 의뢰해 볼게요."

"어! 그래 주겠어? 고맙네."

현장을 구경하러온 인파를 뚫고 나는 한강둔치를 빠져나왔다.

'여긴 이촌동 온누리교회가 가까운 곳이지.'

민주는 속으로 한 때 다녔던 온누리교회를 머릿속으로 떠올려본다.

'아직 살아계셨으면 한참을 더 일하실텐데……'

얼마 전 암으로 작고한 목사님이 문득 생각이 났다.

'참 대단하셨는데…….'

봄이라고 하지만 여전히 날씨가 쌀쌀한 게 여간 추운 게 아니다. 차에 타 얼른 히터를 켠다. 찬 강바람에 싸늘한 시신을 보았더니 몸이 더 떨려온다. 사회부기자 10년이면 이골이 날 때도 되었건만, 음악을 틀어놓고 동작대교 북단 쪽으로 차를 몰아 서울 시내로 들어간다. 서울역에 가까이 이르자 차량 정체가 심하다.

'오늘이 주말도 아닌데 왜 정체가 생기지?'

민주는 약간 짜증이 났다. 시도 때도 없이 막히는 교통체증. 뉴욕만 가도 아침저녁만 막히는데 어찌된 일인지 서울은 매일 매일이 정체다. 조금 더 가다보니 태극기를 들고 행진하는 무리들이 보인다.

'앗! 오늘이 토요일인가?'

민주는 매주 토요일이면 어김없이 행해지는 태극기 집회를 생각했다. 스마트폰을 꺼내 날짜를 확인하니 '3월1일 금요일'이 맞다.

'아! 그러면 3.1절 집회행진인가?'

생각이 거기까지 이르자 광화문 앞은 통제되어 못 들어갈 것 같은 생각이 들었다.

'아! 맞다. 오늘 한기총 주최로 3.1절 기념집회를 한다고 했지.'

나는 생각이 거기까지 미치자 차를 몰고 광화문으로 가서는 안 되겠다는 생각이 들었다.

'차라리 이 근처에 차를 주차하고 지하철로 시청 앞으로 가서 걸어가는 게 낫겠어.'

일단 얼른 부장한테 오늘 늦게 들어가겠다고 전화를 해야지 하는 생각이 들었다. 뱁새눈을 해서 나를 기다릴 부장을 생각하니 마음이 급하다.

"부장님, 접니다."

"어! 그래, 한강으로 갔다더니 뭐야?"

"아, 근데 그게요. 좀 복잡해요. 그래서 일단 미국 대사관에 가서 좀 알아보려고 가는 중인데, 오늘이 삼일절 집회와 행진식이 있나 봐요, 그래서 남대문시장 쪽에 주차하고 지하철로 가서 걸어갔다 와야 할 거 같아요."

"그래! 그럼 일찍 들어오긴 힘들겠네?"

"네! 기사는 단신으로 일단 보낼게요."

"알았어."

전화를 하고 나니 마음이 놓인다. 일단 1호선 타기 가까운 곳에 차를 주차하는 것이 급선무였다. 이럴 땐 근처 교회 주차장으로 가는 것이 최선책이다. 보통의 경우 교회 주차장은 평일엔 무료로 개방하니 일석이조다. 잠시 내려서 기도도 하고 말이다. 시청 앞에 내려 거리 분위기도 볼겸 거리로 나섰더니 사람이 인산인해다.

'지금 몇 시야?'

시계를 보니 이제 오후 1시를 넘어가고 있다. 점심시간이 훌쩍 지나가는 것도 모르고 여기까지 왔다. 아무래도 시체를 보고 난 뒤 입맛을 잃어버려 식사 때를 놓친 듯 했다.

"여러분 오늘 우리는 문재인 탄핵 3.1절 범국민대회를 위해 이 자리에 모였습니다. 저는 25대 한기총 대표로서 오늘 이 자리에서 역사적인 사실 하나를 밝히려고 합니다. 3.1절을 과연 누가 주최했느냐고 물을 때, 모든 사람들이 민족대표 33인이 했다고 합니다. 이것은 역사를 잘 모르는 소치입니다. 생각해 보십시오. 일제의 감시와 국제적인 교류도 적은 그 때에 어떻게 파리에서 열리는 만국박람회에 맞추어 시의 적절하게 3.1만세 운동을 벌였겠습니까? 이 모든 것은 하와이에서 그리고 워싱턴에서 미국을 상대로 외교적 독립운동을 펼치던 이승만 대통령이 한 일입니다. 그런데 오늘날 공부도 안 한 사람들이 전국에서 3.1 독립운동 행사를 진행한다고 난리를 치고 있습니다. 다시 한 번 말씀드리지만 '3.1 운동은 이승만이 일으킨 것'입니다. 이는 인촌 김성수 선생과 임영신 총장님의 글에서도 주장되는 바입니다."

민주는 그 이야기를 듣는 순간 내 귀를 의심했다.

'어! 저분이 왜 저러나. 인싸가 되고 싶으신가?'

민주는 지나온 날, 한 번도 학교에서 3.1 운동이 이승만 전 초대대통령과 관계가 있다는 이야기를 들어보지 못했다. 그런데 왜 갑자기 이승만 대통령과 3.1절을 연결시킬까?

'원래 빤스목사라고 소문이 나시더니, 이번에도 언론의 집중포화를 맞으시겠는걸. 푸흡.'

민주는 웃음이 터져 나오려는 것을 꾹 참고 같은 기독교인으로서 저으기 전 목사가 염려되었다.

아니나 다를까, 오후부터 전광훈 목사의 3.1 운동 주도세력에 의한 호도라는 제목으로 비판 글이 올라오기 시작했다. 기사의 대부분은 우리가 알고 있는 상식에서 올라오고 있어 대개가 공감하는 글이었고, 긍정적으로 보는 시각은 열중에 하나 둘 있을까 말까였다.

'에이! 목사님도 괜한 소리 하셔가지고 또 개독교소리 한참동안 듣게

생겼네!'

속으로 그렇게 생각하며 입맛을 다셨다. 그러면서 인터넷으로 올라오는 3.1 운동 관련 최근 기사들을 검색했다.

"1919년 2월 24일 천도교와 기독교의 협력에 불교와 학생들의 합류가 이어져 3.1 운동의 주도체가 비로소 단일화되었다."

"2월 28일까지 민족대표 33인이 선정되었고 독립선언서의 인쇄, 배포 등 거사에 필요한 준비가 완전히 끝났다."

가장 핵심골자는, 고종 장례식에 맞추어 3.1 독립선언서 선포와 함께 만세 운동이 시작됐지만, 이승만 전 대통령은 현장에 없었고 민족대표 명단에 이름을 올리지도 못했다는 것이었다.

'그렇다면 이 전 대통령은 어디서 무엇을 하고 있었을까?'

이 문제가 가장 중요한 것이었다. 3.1 운동 준비 단계이던 당시, 이 전 대통령은 미국에 있었다는 것만은 빼박이다. 다만 한 가지 박은식, 김도형의 '한국독립운동지혈사'에 따르면 이 전 대통령은 워싱턴에서 파리강화회의의 한국 대표로 출국을 준비하고 있었다는 것이고 더욱이 미국 정부가 여권을 발급해주지 않아 결국 회의에 참석하지 못했다는 것이었다. 그런 다음 수일이 지나서야 3월 10일쯤 서재필로부터 3.1 운동 소식을 뒤늦게 접하고선 필라델피아 독립만세사건을 주도했다는 것이 '이승만 기획설 불가론'의 핵심이었다. 민주는 찬찬히 신문기사들을 찾아보았다. 살인사건에 대한 기사를 잠시 유보시켰다. 그리고 3.1 운동과 이승만의 자료를 찾기 시작했다. 3.1 운동이나 건국일 논란 같은 것은 대한민국을 종횡(縱橫)하는 역사적인 문제이기 때문에 경우에 따라선 매우 논란이 크게 불거질 수 있는 중대 사안이었다. 결론은 대체로 만세 운동의 도화선이라고 주장하는 이승만 박사의 밀서가 문제였다. 그 밀서가 일본 도쿄에서의 2.8 독립운동을 일으켰고, 그리고 그 밀서가 일본을 거쳐 한국으로 왔다는데, 그 실체가 모호하다고 한다.

당시 한국에서 일어난 3.1 운동의 도화선 역할을 했던 것은 이 보다 약 한 달 전에 선포된 동경유학생들로 구성된 2.8 독립선언서였다는 것은 대략 의견이 일치한다. 민주는 어디서 자료를 볼 수 있는가 뒤지다가 국가기록원의 〈국가지정기록물〉란을 검색했다.

"3.1 운동 관련 독립선언서류 관련부분. 이 선언은 1919년 2월 8일 조선청년독립단 명의로 재일본 도쿄조선 YMCA 회관에서 낭독됐다. 도쿄 유학생이었던 이광수가 대표로 집필했고, 국내에 반입되어 3.1 독립선언서의 기초가 됐다."

그런데 문제는 이 2.8 독립선언서에 이승만 박사의 이름이 언급되지 않고 있었다. 다만 추정할 수 있는 것은 당시 YMCA는 유일한 기독교 관련 국제단체인 점을 고려할 때, 같은 단체에서 활동한 이 전 대통령의 영향을 완전히 배제할 수는 없다는 것이었다.

'아! 참! 아리송하네. 이승만 박사가 관여했다는 심증은 가는 데 물증이 없으니······.'

민주는 묘한 호기심이 생겼다. 몇 년 전 박근혜 대통령이 탄핵된 이후 광화문은 바야흐로 정치의 광장이 되었다. 그 이전 광우병사태 때나 박근혜 대통령 탄핵 촛불시위 때가 일시적인 바람이었다면 매주 토요일마다 진행되는 태극기 집회는 거의 2년 여를 한 번도 거르지 않고 진행되고 있지만, 한 번도 비중 있게 공영방송에서 다루어지지 않는 것도 재미있다.

'그래 언젠가는 이 부분도 언론에 회자되겠지. 왜 그렇게 외면 당했는지?'

민주는 맡았던 노 목사 부부 사건을 뒤로하고 출근해서도 종일 인터넷을 뒤지며 3.1 운동 관련 자료들만 찾고 있다. 그러는 자신을 보고 피씩 웃음이 났다.

'오지랖은 넓어가지고, 꼭 하라는 일은 안하고, 크크크크!"

조금 더 자료를 뒤지자 끝임 없는 찬반양론 갑론을박들이 튀어나온다. 전광훈 목사의 주장을 가장 뒷받침 하는 설은 당시 3.1 운동 계획에 함께 했던 김성수에게 보낸 '밀서' 관련 주장이었다. 2015년 8월 인터넷 언론 '오늘의 한국'에 실린 기사였다.[1] 그것은 당시 중앙학교를 인수한 김성수에게 이 전 대통령이 보냈다고 하는 밀서가 언급된 부분이었다.

"윌슨 대통령의 민족 자결론 원칙이 정식으로 제출될 이번 강화회의를 이용하여 … 자주권을 회복해야 한다. … 국내에서도 이에 호응해주기 바란다."

대충 이런 내용이었다. 비판하는 쪽은 밀서를 주장하는 근거자료는 김성수의 평전 (권오기 (1985). 인촌 김성수의 사상과 일화. 동아일보사)뿐이라는 것이다. 그러니까 이 전 대통령의 밀서를 다룬 연구 자료는 3.1 운동 연구 전체에 비해 상당히 부족하다는 근거로 전광훈 목사의 주장을 일축해 버리려는 것이었다. 문제는 같은 기독교 진영에서도 전광훈 목사의 주장을 무시하거나 전광훈 목사의 과거 이력을 가지고 비판하는 글들이 한 둘이 아니었다.

---

1) 2015년 8월 인터넷 언론 '오늘의 한국'

〈정치집회 된 범국민대회···설득력 갖기 어려워〉

한기총은 범국민대회에서 3.1 운동 이승만 주도설과 동시에 문재인 대통령 탄핵을 주장하고 기독자유당 지지를 호소했다. 전광훈 목사는 "이승만이 3.1 운동을 일으켰다."라는 발언과 함께 "정부가 광화문에서 행사를 주도하고 있다. 이 것은 3.1절 행사가 아니라 범죄행위이다."라고 덧붙였다. 이어 '1948년 건국설'을 이야기하며 "건국을 부정하는 (문재인) 대통령을 탄핵해야 한다."라고 주장했다. 함께 연단에 오른 고영일 변호사는 "우리 교회가 기독자유당에 참여해서 여의도에 입성할 때 문재인 정권이 퇴진할 줄로 믿는다."고 이야기했다.

기독교 방송 CBS 뉴스마저도 지난 3월 1일 뉴스에서 이 행사를 두고 '사실상 정치 집회'라고 보도했다. 민주는 좀 의아했다.

'어! CBS. 의아하네. 우리가 학생일 때 나름 민주화운동을 한다고 방송으로 설쳐댔는데······ 당시 문익환 목사나 그 동생 문동환 목사, 그리고 요즘 한창 핫한 이슈를 제공하는 이재정 신부도 다 성직자라고 부르는 사람인데 그들은 지금 보다 더 정치적으로 행동을 했었고, 더구나 북한까지 제 집 드나들 듯이 왔다 갔다 했는데, 왜 이상한 프레임으로 비판하지?'

그런 생각이 들자, 오늘과 같은 거대한 3.1절 집회도 일절 언급하지 않는 주류언론들이 이상하게 여겨졌다.

'하기야 우리도 같은 보수진영이라고 하면서 이런 집회 보도는 인색하니 주류언론들이야 더 하겠지.'

민주는 속으로 피식 웃었다.

'나도 기레기일 걸....흐흐흐흐.'

CBS는 전 목사의 3.1 운동 행사가 강한 정치 종교 성향을 띄고 있었기 때문에 자꾸 '이승만이 3.1 운동을 일으켰다.'는 주장을 통해 우파들을 결집한다고 이야기 했다. 민주는 더 이상 파고들기를 포기했다. 이 주제로 들어서면 한없는 나락으로 떨어지는 느낌이 들기 때문이다. 민주는 원래 부탁받았던 노 목사 부부의 의문의 죽음에 대해 집중하기로 하고 머릿속을 비웠다. 그러던 찰나에 윤 부장의 호령이 정신을 번쩍 들게 했다.

정확히 2월 말경에 일어났을 것으로 여겨지는 의문의 죽음. 민주는 미대사관에 의뢰한 사망자의 인적사항을 토대로 탐문조사를 시작했다.
목사의 이름은 조광복. 미국에서 그것도 주로 하와이에서 40년간 목사로 지냈다고 한다. 올해 나이는 76세로 2017년 재산을 정리하고 귀국해 한국에 거주하고 있었다고 한다. 하지만 여전히 하와이에 집이 있고, 관련된 재산도 꽤 있는 것으로 알려졌다. 그런데 마지막 남은 여생 한국에서 중요한 일을 하기 위해 귀국해서 여러 군데 돌아다녔다고 한다. 사망 장소로 추정되는 곳은 미사리 인근이라고 한다. 왜냐면 사망자 부부의 최종 거주지가 미사리 인근 주택이었기 때문이다. 3월 1일 오후, 신고를 받고 출동한 경찰에 의해 시신이 발견되었고, 아들이 며칠 후 나타나 자신의 양친임을 확인했다고 한다. 부검결과 시신은 아무런 외상, 저항의 흔적도 없고 약물도 검출되지 않아 단순 익사로 판명되었다. 그런데 당일 강가 쪽으로 가는 것을 본 사람은 다름 아닌 아들이었다는 진술을 받았다고 한다.
"그냥 늘 그렇듯 산책 가시나 했어요."
더 의문인 것은 그곳은 수심이 얕은 곳이었다고 한다. 이점에서 일부러 걸어 물속으로 들어가 자살했다고 추정할 수밖에 없다는 것이었다.

'흠, 이상한 점이 한 둘이 아니네.'

가족들 모두 하와이에서 살았기 때문에 수영은 조금씩은 했다고 했다. 범죄 심리학자들도 사람은 자살을 하려다가도 막상 물에 빠지면 본능적으로 살려고 하기 때문에 익사를 통한 자살은 불가하다는 것이다. 게다가 자살로 볼 수 없는 정황 중 하나는 진주목걸이와 비싼 시계를 몸에 지니고 있었다는 것이다. 대부분의 익사 자살자들은 신발도 벗어놓고 소지품도 다 두고 뛰어내린다고 한다.

"그 이유는 자신의 억울한 죽음을 알리고 싶어서 그렇게 합니다."

평소 알고 지내는 정신과 의사한테 직접 들은 이야기이다.

결정적인 한 가지는 사건 현장 인근은 별장들이 많고 또 요즘 한참 붐이 이는 펜션들이 이곳저곳 많기 때문에 제법 인적이 많아 사람들의 눈에 띄지 않게 물에 들어가기는 힘들다는 점이다. 나는 유철민 형사의 말과 신문 여기저기 드러나는 정황을 일목요연하게 정리해 보았다.

〈사건 직후 가족들의 태도〉

사건을 수사하면서, 경찰은 조 목사의 가족들을 찾아가 사진을 보여주며 부모의 사망사실을 알려주자 슬퍼하는 모습은 잠시, 동요하기 보다는 너무 태연하더라는 것이다. 한국에 나온 부모를 따라 나온 것까지는 이해가 되는데, 딱히 직업도 변변찮은 아들 내외가 한국까지 와서 아버지 뒷바라지만 하며 주위를 맴돌았다는 것이다. 목사이다 보니 재산도 많지 않을 것 같은데 의외로 많은 점, 그렇다고, 유산을 둘러싼 갈등도 없었다. 그런데 왜 아버지 곁을 맴돌다가 정작 부모님의 죽음이 알려지자 침착한 태도를 보였을까. 여러 가지 정황은 뭔가 미심쩍음이 틀림없다. 그리고 장례를 서두른 점도 의심스러운 점 중의 하나라고 생각되었다.

〈자살 방조혐의〉

조 목사나 부인의 경우 최근까지 몸이 좋지 않아 며느리나 딸이 운전을 해주는 경우가 많았다고 한다. 딸은 오래전 한국으로 시집와 정착하고 있었는데, 가끔 딸이 부모님을 모시고 다니며 운전을 해주었다는 것이다. 죽은 것으로 추정되는 전날도 딸이 미사리까지 데려다 주었고 아들은 바라보기만 했다고 한다. 아들이 잠시 집안에서 소일하는 시간동안 혹시 딸이 일부러 유기하여 죽음으로 몰고 간 것은 아닌가 하는 혐의점을 두게 되었다.

〈불성실한 수사 협조〉

현재 아들과 딸은 조사를 받으면서도 부분 부분 불성실한 협조를 하며 수사를 지연시키고 있다. 실종된 뒤 한 동안 연락이 없었음에도 불구하고 부모의 행방에 대해 알아본 적도 없고, 한 결 같이 바빴다고만 하며 진술이 오락가락 하는 점은 의심스러운 부분이라고 했다. 마침 손자가 있어 할머니 할아버지에 대해 물어보려고 해도 한국말이 짧고 영어를 주로 사용하니 이야기의 앞뒤가 맞지도 않고, 의사소통에 장애가 있어 포기했다고 한다.

〈조 목사 가족의 배경〉

조 목사는 사건이 일어나기 전 뉴욕을 중심으로 노후 목회를 하였고, 한창 때는 하와이 한인교회를 중심으로 큰 목회활동을 하였다고 한다. 그뿐 아니라 하와이 지역에서 부인은 애국부인회 회장을 2번이나 역임하기도 하였고, 뉴욕을 중심으로 한 미주 동북부 한인교회 교계 내에서는 인격적으로나 카리스마적으로 권위가 있었던 사람으로 회고되고 있었다. 아들은 미국서 중부 아이비리그로 불리는 대학을 나온 고학력 엘리트였고, 딸도 하와이 주립대를 나와 국내 대학원에 다니다가 지금의 남편을 만나 아들

둘을 데리고 잘 살고 있는 것으로 밝혀졌다. 조 목사는 말년에 하와이에서 불협화음이 생겨 하는 수 없이 뉴욕 쪽으로 왔고 거기서 은퇴할 때까지 그리고 은퇴 후에도 10여 년 가까이 선교일을 하다 한국에 왔다고 한다. 그런데 갑자기 조 목사가 귀국할 때 하와이에 있는 각종 부지와 교회, 전 재산을 처분하더니 한국으로 다 가져갔다고 소문이 났다고 한다. 그리곤 귀국하고 나서도 주변에 별로 눈에 안 띄게 생활하고 있었다고 한다.

〈왜 조 목사는 귀국을 하였는가?〉
조 목사와 함께 어느 정도 친분이 있는 민요섭 목사에 의하면, 하와이의 재산 일부를 인천에 있는 어느 대학에 기부하려 한다. 그런데 현지의 교회들이 반발하여 소송이 붙었다. 이미 십여 년 전에도 한 번 소송이 붙었는데, 그 일로 의가 상한 조목사가 뉴욕으로 갔고, 다시 하와이를 방문한 조 목사가 관련 서류들을 챙겨 한국으로 돌아갔다는 것이다. 그때 쯤 하와이 교계에서는 교회를 팔아 조 목사가 착복했다 등등 흉흉한 소문이 돌았고, 사건이 발생하자 왜 이런 카리스마 있는 목사가 인생의 마지막을 그렇게 마감했을까 하면서 어리둥절한 반응을 보였었다.
이상이 유 형사에게 건넨 그간의 탐문 취재한 기사 내용이었다.

땅 땅 땅!

민주는 다시 취재를 위해 현장으로 갔다. 현장이란 두 군데다. 하나는 시체가 떠오른 이촌동 한강공원. 그리고 사망했을 것으로 추정되는 미사리 인근 카페단지.

부장의 잔소리가 듣기 싫어 나왔지만, 일반 언론에 알려진 것 이상의 자료는 찾기가 힘들었다. 다만 한 가지 아들내외도 최근 하와이에서 갑자기 귀국한 것을 가지고 심하게 다투었다는 것이다. 그것은 조목사의 아들과 이야기하다 지나가는 이야기 중에 나온 것이다.

"아버님이 왜 한국으로 나오셨어요?"

"아! 아버지가 나오자고 하신 건 아니고요. 어머니가 자꾸 한국의 인천에 있는 어느 대학에 가서 뭔가를 마저 기증해야 된다고 이야기하면서 막무가내로 땅을 매매하려고 내 놓으셨어요. 그래서 저희들이 걱정이 되어 뒤따라 나왔지요."

"하와이 땅?"

"네. 저희 아버님이 하와이 교민 관련 일과 교회 본부에 관한 일을 오래 하시다보니 관리하는 부동산이 꽤 많았어요. 그 중엔 어머님 명의로 된 것도 꽤 있었지요."

"그러면 아버님, 아머님이 어릴 때 하와이로 가신 건가요?"

"네! 그렇죠. 아버님은 아주 어릴 때 부모님을 따라 하와이로 가셨고, 어머니는 이민 1세대의 후손이라 그곳에서 태어나셨어요. 외할아버님도 목사님이셨거든요."

"아, 네 그렇군요. 그렇다면 하와이의 이민 역사라든지 교회의 역사들에 대해서 잘 아시겠군요."

"처음 교회를 맡아 일하실 때는 저희들도 어리고 교회도 미약해서 아무 것도 몰랐죠. 그런데 워낙 강직하시고 또 명망이 있으시다 보니 점점 한인교회의 책임 있는 자리로 올라가셨죠, 그런데 한 10여 년 전 쯤 교계 어른들이랑 크게 다투셨어요."

"왜요?"

"땅 때문이죠. 아버님은 그것 때문에 많이 괴로워 하셨어요. 하지만 최근 아버님이 모든 소송에서 이기셨다 하더라고요. 워낙 모든 것을 꼼꼼하게 법적으로 잘 처리하셨으니 이기셨다고 생각해요."

"그러시겠죠. 그런데 왜 은퇴 후에 한국에 오시려고 생각하셨는지?"

"저희도 그게 늘 의문이었어요. 아버님은 아주 어릴 때 하와이에 오셔서 한국에 대한 정이 별로 없는 걸로 알고 있었거든요. 다만 늘 살아생전 이승만 박사님을 잘 못 모신 것에 대해 가슴 아파하시고 그분을 쓸쓸하게 돌아가시게 한 것에 대한 죄책감 같은 것을 가지고 계시더군요."

"아버님 연세가 85세면 이승만 박사랑 같이 계셨던 시간이 그리 많지는 않았을 것 같은데."

"네 그렇습니다. 저도 나이 계산을 해 보았더니, 아버님이 학생일 때는 이 박사님께서 한국에서 대통령으로 계실 때고 하야하여 하와이에 계실때, 그때 교계 대표로 자주 보며 모셨다는 이야기를 들었습니다."

"아! 네."

"그리고 늘 어머님이 무슨 밀서를 외할아버지 한테 받아서 가지고 있다고."

"밀서라고요?"

민주는 귀가 번쩍 뜨였다.

"네! 이야기 듣기로는 말년에 이 박사님이 돌아가시기 직전 한국에 보낸 밀서의 사본이 여러 종류 있다고 하시면서 ..."

"그게 어떤 건지?"

"저도 말씀만 들었지 본 적이 없어서."

"아! 그거 진짜 중요한 건데."

"아버님 이야기가, 이 박사님께서 나중에 한국에 역사박물관 같은 것이 세워지면 당신이 보관하던 이 자료들이 아주 중요한 역할을 할 것이라면서 저희 아버님에게 부탁하셨다고 합니다."

"그게 어디 있는지 아세요?"

"아버님만 아시는데. 그리고 역사박물관을 꼭 인천에 있는 모 대학과 협조해야 한다고도 말씀하셨어요."

민주는 갑자기 소름이 돋았다. 3월 1일 같은 날, 광화문 쪽에서는 전에 없는 '3.1절 이승만 기획설'이 발표되고, 같은 날 한강둔치에선 의문의 목사 부부 시신이 떠오르고, 조목사의 아들의 입에선 뜬금없이 논란의 중심에 있는 밀서이야기와 인천의 모 대학 이야기가 나오고, 뭔가 있을 거 같은 예감이 들었다.

　조 목사의 아들과는 다시 만나 구체적인 이야기를 듣기로 하고 우선 미국과 하와이로 간 이승만 박사에게 도대체 어떤 일이 100여 년 전에 있었는지 궁금하여 살펴보아야겠다는 생각이 들었다. 그도 그럴 것이 올해가 2019년 3.1 운동이 일어난 지 딱 100년이 되는 해가 아닌가.

　생각이 여기까지 이르자 갑자기 몸이 근질근질해졌다. 간만에 기자의 근성이 살아나는 느낌이었다.

　"부장님, 저 특별기획 하나 하게 지면(紙面) 좀 만들어주세요."

　"무슨 특집? 요즘 어지간한 이슈 아니면 치고 나가기 힘들어. 오죽하면 저널리즘의 자리는 유튜브로 건너갔다고 할까?"

　"네 맞아요. 원래 신문 뉴스가 심층취재로 날렸는데, 요즘은 신속성도 빼앗기고 심층성도 다 빼앗겨 버렸어요. 전 머잖은 장래에 유튜브에게 거의 모든 지위를 다 넘겨주고 현재의 매스미디어들이 다 사라진다고 생각해요."

　"야, 야, 무시무시한 이야기 하지 마. 만약 그런 날이 오더라도 내가 정년퇴직하고 난 뒤에 와야 돼."

　"우와 부장님 이기적이다. 퇴임까지 한 10년 남으셨어요?"

　"이제 딱 8년 남았지."

　"그렇다면 명퇴하시는 게 나으실 듯싶네요. 전 5년 안에 그 날이 온다고 믿고 있거든요."

　"좋아, 난 그렇다 치고. 김 기자는 어쩔 건데."

　"후후 저요! 전 이미 준비하고 있죠."

"그게 뭔데?"

"유튜버요."

"뭐, 유튜버? 하하하하, 그 미모로 유튜버가 된다?"

"아니 부장님. 외모 차별하실 거예요? 그렇다 쳐도 제 외모가 어때서요?"

"거울도 안 보는 여자인가 봐. 하하하하."

"어, 진짜 보자보자 하니……"

"알았어, 알았어. 김 기자 아직은 이뻐! 그러니 얼른 더 늙기 전에 짝부터 찾으라고."

"또 제가 제일 듣기 싫어하는 말씀 하시네."

"그건 그렇고 취재하고 싶은 게 뭔데?"

"이승만 박사 이야기입니다."

"왠 케케묵은 이승만 박사."

"제가 3.1 운동을 연구하다 논란의 중심에 이승만 박사가 있다는 것을 발견했어요."

"뜬금없이 왠 이승만?"

"잘 보세요. 부장님도 뜬금없다고 하셨죠. 이승만 이야기만 나오면 두 진영에서 다 화들짝 놀래요."

"그야 그렇지."

"왜 그런 것 같으세요?"

"우리나라에서 이승만은 극과 극으로 판단이 갈려져 있지."

"맞아요. 그러다보니 자꾸 이승만 박사에 대한 최종적 판단이 유보되고 유보된 채 거의 70년이 흘러버렸어요."

"그렇지, 아직 이승만 박사의 기념관 같은 거 하나 없으니. 김대중 전 대통령은 이미 살아 있을 때 기념관을 세웠는데 말이야."

"그러니까요. 노무현 대통령은 자살했음에도 불구하고 봉하마을이라는 거대한 기념센터를 만들어 놓고 해마다 추모제를 하잖아요. 그런데 한 나라를 세우는 데 지대한 공로를 세운, 흔히 말하는 국부 이승만 대통령에 대해선 동상 하나 세우지 못하고 있잖아요?"

"그렇게 생각하니 그 말이 맞네."

"제가 작년 대만에 갔다가 부러웠던 게 뭔지 아세요?"

"뭔데? 맛 집?"

"아이 참. 제가 뭐 먹방 찍으러 다니는 사람인 줄 아세요? 그게 아니라 장개석 총통 기념관이었어요. 어마어마한 광장에 장개석 총통 기념관이 마치 워싱턴의 링컨 기념관을 흉내 낸 것 같은 멋진 공원과 함께 있었다는 것이었어요. 손문 기념관은 어떻고요. 아예 국부기념관이라고 되어 있을 정도예요. 근데 우린 그런 멋진 지도자가 없는 나라가 되어 버린 거예요."

"이게 다 진영논리의 정중앙에 이승만 전 대통령이 자리하기 때문이란 거지?"

"당연 그렇죠."

"그래서?"

"그래서라뇨? 나 참. 근데 부장님 제가 며칠 전 한강둔치에 나가 취재했던 노인 목사님 부부의 시신 있잖아요?"

"응! 참, 그거 어떻게 되었어?"

"일단 잠정적으로는 자살로 추정하는 데, 재밌는 게 그분이 하와이에서 아주 큰 목회도 하시고 중요한 간부로 오래 동안 봉직하신 분이래요. 그리고 이승만 전 대통령의 임종을 지키신 분들 중 한 분이라네요."

"그래?"

"그런데, 그분이 이승만 대통령과 관련된 밀서인가 하는 자료와 하와이의 토지 문서를 인천에 있는 모 대학에 전달하려고 영구귀국하시고 관계자들을 만나는 중이었는데 돌아가셨다고 그 아들이 말을 했어요."

"그 말 진짜야?"

"제가 왜 거짓말을 하겠어요?"

"야, 그거 잘만하면 특종인데!"

"그러니까요, 부탁인데……"

"무슨 부탁?"

"저 미국 출장 좀 보내주심 안돼요?"

"출장비 따 달라고?"

"아, 그럼 신문사를 위해 특종을 잡으러 가는 데 사비를 쓰란 말이에요?"

"글쎄, 요즘 경영난이 극심하다보니 국장한테 말하기가 심히 곤란해."

"안 그러면 휴가 받아 가서 저 혼자 유튜브식 취재해서 방송으로 올릴 겁니다."

"야! 그러다 이중직으로 일했다고 잘리면 어쩌려고?"

"그렇게 되면 이참에 창업하는 거죠. 대박치면 자동으로 골드버튼 유튜버가 되는 거구요."

"허허, 너무 막 나간다."

"헤헤, 그러니 사정 좀 봐주세요."

"알았어. 일단 품위를 올려보지. 그건 그렇고 아까 그 논란의 중심에 대해 다시 한 번 정리해 설명해봐."

"일단 기획물 시리즈 1번 형식으로 데스크에 올려 드릴 테니 검토해

보시고 기사로 내 주세요."

"오케이, 알았어."

　민주는 기획기사의 자료를 전반적으로 다시 검토했다. 과연 이승만 전 대통령이 2.8 독립선언과 3.1 운동에서 중심이 되거나, 선언서에 이름을 올린 역사가 있을 수 있는가?

　이 점에서 참으로 신기하게 홍해가 갈라지 듯이 양진영의 논리가 갈라진다. 다른 이는 서로 인정하는 부분과 부정하는 부분이 있는데, 이승만 전 대통령에 대해서는 일말의 여지도 없다. 그것을 양분하면 다음과 같다.

　일단 이승만 전 대통령에 대한 평가는 이 부분에서는 일치한다. 즉, 일생 동안 말과 글로 독립운동을 한 사람이라는 점이다. 이것은 보수 쪽에선, 제대로 된 독립운동을 한 업적이라고 하는 근거가 된다. 반면, 진보 쪽에선 그가 무력투쟁을 했다거나 행동으로 독립운동을 한 적이 없는 이론가요, 서생에 불과했다는 비판의 근거가 된다. 동일한 사실을 두고도 이렇게 극명하게 입장 차이가 나는 이유는 한 마디로 프레임으로 전체를 보기 때문이다.

　그러면 왜 이렇게 너무나도 확고부동한 프레임이 되었을까? 민주는 그것이 너무나 궁금했다. 그러다가 한 글을 읽게 되면서 의문이 풀렸다. 일생동안 이승만을 연구해 온 손세일 씨의 주장이었다. 그의 주장을 한 문장으로 정리하자면 '해방공간에서 이승만에게 밀리고 6.25전쟁에 실패한 좌익 진보들에겐 이승만이 철전치 원수와 같다'는 것이었다.

　"20세기는 공산주의의 시대였다. 1917년 10월 볼셰비키 혁명을 시작으로 세계 곳곳에 공산주의 열풍이 식민지 민족해방운동의 강렬한 복음(福音)처럼 퍼졌다. 한국도 예외는 아니었다. 1946년 5월, 미국 트루먼 대통령 대일(對日) 배상특사로 내한해 한국을 둘러봤던 폴리는 '한국의 공산주의는 세계의 어느 곳에서 보다 좋은 출발을 할 수 있었다.'고 평했다. 이런 상황에서 '공산주의와 가장 치열하게 대결한 독립운동가가 다름 아닌 이승만과 김구였다는 사실은 특이할 만하다.' 우남은 자신의 저서들을 통해 '우리 민족은 다른 민족들과 처지가 달라서 이런 사상(공산주의)을 수용하는 데는 큰 위험이 따른다.'고 여러 차례 경고했다. 건국 과정 초기엔 이런 이승만의 반공주의가 우남과 백범의 공통점을 잇는 연결고리였지만 정부수립 후엔 분열의 씨앗이 되었다."[2]

리트머스 시험지란 게 있다. 산성 알칼리성을 규명하는 가장 간단한 시험지다. 그런데 공산주의자 혹은 사회주의자로 분류되는 좌익 쪽 인사들에겐 이승만이 기가 막힌 리트머스 시험지가 되는 것이다. 그리고 이어지는 논란의 중심은 1948년 8월 15일 대한민국 정부수립과 1919년 4월 13일 임시정부의 수립이다. 이 중 어느 것을 '건국'으로 봐야 하는지가 한 때는 좌우익을 가르는 또 다른 검산 방법이었다. 여기서 한 발 더 나아가 '건국의 아버지'를 누구로 볼 것인가. 이승만 중심의 대한민국정부로 볼 것인가 아니면 김구 중심의 임시정부로 볼 것인가가 해석의 결과이다. 우남과 백범, 결국 이 둘에 대한 오늘의 극명한 시각차는 이 대립과 갈등의 과거 연장선상에 있는 것이다. 문재인 대통령도 대한민국의 정식 건국을 부정하고, 임시정부 100주년을 건국100주년이라고 할 정도였다. 그러나 그렇게 되면 북한은 자동으로 반란정부가 되기에, 북한이 반발을 했다. 북한이 반발하자 문재인 대통령은 2019년 건국100주년 기

---

2) 손세일 (2015). 이승만과 김구. 조선뉴스프레스

념식에 참석도 하지 않고, 기념사도 대독시키지 않았다. 북한이 한국 역사를 좌우하는 것이다.

이 문제에 대한 종지부를 찍기 위해선 과연 이승만 초대 대통령이 말로만 독립운동을 했는지, 아니면 세계 외교의 중심지인 미국에서 가장 권위 있고 확실한 판단을 가지고 기획하고 조정했는지를 밝힐 필요가 있을 것 같았다. 그의 행적을 따라 가다보면 분명히 실마리가 있을 것 같았다. 아울러 오고 가는 길에 하와이를 들러 밀서의 진위 여부와 땅에 대한 이야기들을 종합해 판단의 근거로 삼아야겠다는 결심을 해 본다.

"야! 김 기자, 한 턱 쏴야 겠어!"

"왜요? 갑자기 겁나게."

"왜, 한 턱 쏘라니까 겁나?"

"아 그렇죠…… 박봉에 요즘은 유튜브 장비 사느라 돈이 한도 없이 들어가는데……"

"자네 진짜 유튜버 할 거야?"

"출장 보내달라고 부탁드린 지가 언제인데……"

민주는 짐짓 화가 난 척하며 부장의 눈치를 살폈다. 아무래도 허가가 떨어진 듯 했다. 하지만 좋아하는 척하면 안 된다.

"자, 여기 출장비 허락서야. 경리부에 가서 싸인하고, 출장용 비자카드 받아가지고 잘 다녀와. 한 턱 얻어먹으려고 했다가 일 잘하는 부하 하나 잃을 뻔 했네. 에이 참."

"부장님 진짜요?"

"진짜지."

"오늘 저녁 제가 찐하게 한 턱 낼게요. 그 대신 술 드시고 2차니 3차니 하심 안돼요!"

　"알았어, 알았어. 독실한 독신 크리스찬 미모의 여기자와 염문을 뿌리면 안 되지……"

　여의도를 건너 영등포의 한 식당에 자리 잡은 우리 부서의 회식은 미국 출장을 떠나는 나를 위해 마련되었다. 회식비의 절반은 내가 내는 걸로 하고 우리는 삼겹살을 양껏 구워 먹었다. 해외여행의 경험상, 가장 먹고 싶은 음식 1번이 삼겹살 임을 알고 있기에 양껏 먹어 두고 싶어서였다. 우리나라 어느 삼겹살집이든 뒤따라 나오는 음식은 된장찌개이니 이것도 실컷 먹어 두어야 한다.

　"고마워요, 부장님."

　"아무튼 잘해야 돼. 아무 재미도 없는 거 잔뜩 써가지고 와서 생색만 낼 생각이면 아예 가지를 말아."

　"알았어요, 부장님."

　"휴! 내가 저거 출장 보내놓으면 애를 물가에 세워둔 거 같다니까!"

　"걱정 마세요. 이래봬도, 제가 국제자유학교 나온 학생 아닙니까. 우리 학교는요, 고등학교 2학년이 되면 안 가보는 나라 없이 다 가보게 해요. 그것도 둘 씩 둘 씩, 짝 지워서 배낭여행하라고요. 호호호."

　"그런 학교도 있어? 난 좋은 대학 나온 것만 생각했지, 대안학교 나온 것은 생각도 못했네."

　"그러니, 사람은 까봐야 안다고요."

　"알았어요. 이승만 박사나 잘 좀 까오세요."

　"네 부장님. 아 참, 이 시 한 번 읽어 보실래요?"

　"시? 어떤 신데?"

"이게 육당 최남선 선생님 보다 몇 년 더 앞선 신체시래요."
"신체시. 거참 오랜만에 들어보는 말이네, 뭔데 한 번 읊어봐."

슬프다 저 나무 다 늙었네
병들고 썩어서 반만 섰네
심악한 비바람 이리저리 급히 쳐
몇 백 년 큰 나무 오늘 위태

원수의 땃작새(딱따구리) 밑을 쪼네
미욱한 저 새야 쪼지 마라
쪼고 더 쪼다가 고목이 부러지면

네 처자 네 몸은 어디 의지(依支)
버티세 버티세, 저 고목을
뿌리만 굳박혀 반근(盤根)되면

새 가지 새 잎이 다시 영화(榮華) 봄 되면
강근(强根)이 자란 뒤 풍우 불외(不畏)
쏘아라, 저 포수 땃작새를

원수의 저 미물, 남을 쪼아
비바람을 도와 위망(危亡)을 재촉하여
넘어지게 하니 어찌 할꼬

민주는 제법 목에 힘을 주고 회식자리에서 시 한 편을 낭독했다.
"이 시가 우리나라 최초의 한글 시, 즉 신체시래요."

"그래, 의미가 있어 보이는 데. 누가 지은 신데?"

"이게 제가 까보고자 하는 우남 이승만 박사가 어릴 적 지은 시랍니다."

"그래! 제법 의미있어 보이는 데, 내용이 뭐라고 하든가?"

"망해가는 조선을 고목나무로 비유하고 안으로 썩어가는 왕과 대신, 거기에다 딱따구리며 각종 새들이 쪼아대는 것을 외세에 비유하여 아무리 썩고 풍상을 겪어도 뿌리만은 굳게 내려 미래를 준비하자, 그런 의미래요."

"꼭 요즘 우리나라를 두고 하는 말 같다."

"어! 괜히 정치이야기 꺼냈나?"

"괜찮아! 살아보면 인생사 전부 정치야. 집안에서는 가정정치, 회사에서는 회사정치, 나라에선 나라정치지. 김 기자가 출장비 얻어 내어 외유하는 것도 다 나를 구슬린 정치 빨 아니겠어?"

"우와! 우리 부장님, 맥주 한 잔 들어가니 멋진 말 다 나오시네."

"그래! 나 말 잘했으니 2차로 노래방 어때?"

"어! 또 2차 이야기. 2차 3차 이야기하면 다신 회식 안 한다 그랬죠?"

"그래도 오늘은 특별한 날이잖아. 딱 한 잔만 더 하게 노래방 가자."

술만 들어가면 "노래방 가자."는 주사를 부리는 부장님을 겨우 택시 태워 보내고 난 뒤 나는 차를 몰며 이승만 박사의 이야기를 어떻게 풀어갈까 고민을 한다. 조국을 등지고 떠나는 한 사내의 모습을 그려본다. 집에 도착해 샤워를 하자마자 침대에 누워 한 사내의 가녀린 어깨를 누르는 커다란 짐을 머리 속에서 그려보다 눈이 감겼다.

님 자취를 찾으니

　드디어 출장가는 날이다. 민주는 먼저 하와이부터 들린 후 미국 워싱턴으로 가야겠다고 마음먹었다. 조 목사 부부의 죽음과 관련된 희미한 단서를 찾기 위해 이승만 박사의 과거 행적이 가장 많다는 하와이부터 가기로 결정한 것이다. 다행히 출장비는 넉넉히 받은 관계로 돈 걱정하지 않고 마음껏 취재할 수 있다.

　민주는 어학연수 때의 추억을 떠올리며 할 수만 있다면 즐겁게 여행을 마치고 멋진 이야기들을 주워 담아 돌아오고 싶었다. 다행히 출석하는 교회 목사님께서 하와이 현지 기독교본부와 이야기할 수 있도록 애써주셨다. 관계자를 공항에서 만나기로 해서 길을 헤매지 않고 취재를 할 것 같아 솔직히 마음이 홀가분했다. 기자 생활에 지쳐 해외에 자주 못 나가서 오랜만에 보는 공항이 마치 어제 본 것처럼 정겹다.

'어릴 땐 해외에 이민이나 여행가는 친구들을 보며 비행기를 버스처럼 타고 다니게 해달라고 기도 한 적이 있었지, 푸후후.'

정말 그 기도가 이루어져 한 때는 거의 한 달에 한 번씩 해외여행을 다녔던 적도 있었던 것 같다. 명목은 어학연수였지만 워킹홀리데이 프로그램을 이용한 각국 여행 프로그램이었다. 공항수속을 마치고 국적기를 타고 호놀룰루 국제공항으로 날아갔다. 공항에 도착하여 입국심사를 받아 입국장으로 들어가니 얼굴이 검게 그을린 한 남자가 종이에 이름을 적어 기다리고 있었다.

"세종일보, 김민주 기자님 환영합니다."

분명 나를 기다리는 하와이 한인연합교회 본부 관계자였다.

"알로하! 반갑습니다. 하와이에 오신 것을 환영합니다."

"아! 네 안녕하세요. 한국에서 온 김민주 기자입니다."

"오시느라 수고 많으셨습니다. 미스터 최라고 불러 주십시오. 오늘은 피곤하실 텐데 우선 숙소에 가셔서 여장을 푸시고 늦은 저녁 같이 하시며 일정을 의논하시죠."

"아! 네 좋습니다. 정말 귀한 시간과 배려를 해 주셔서 감사드립니다."

"아닙니다. 조광복 목사님의 죽음에 관계된 일이라고 하니 저희들이 더 도와 드려야지요. 조 목사님의 장인은 이곳에서 이승만 대통령 다음으로 전설적인 분이십니다."

"그렇군요. 그 분과 관련된 이야기를 좀 많이 해 주십시오. 한국의 독자들이 많이 궁금해 합니다."

민주는 공항 밖으로 나가 차에 짐을 싣고 공항로를 빠져 나오는 내내 환영 나온 미스터 최와 이야기를 이어나갔다.

"한국 분들한테 유명한 신혼여행지로 제일 인기가 많았죠. 한 땐 하루에만 비행기 5대가 올 정도였으니까요."

"네! 맞아요. 우리 선배들 중 가장 많이 다녀왔다는 신혼여행지가 하와이더라고요."

"그러다보니 하와이는 호스텔보다는 호텔이 더 많습니다. 그렇기 때문에 하와이에서 값이 싸면서 시설이 좋은 호스텔 찾기는 정말 쉽지 않습니다."

"네, 저는 학생 때부터 주로 호스텔을 많이 이용해서 그런지 호스텔이 더 좋더라고요. 여행자들끼리 정보도 교환하고요."

"그래서 부탁하신 대로 와이키키 비치사이드 호스텔로 숙소를 정했습니다. 사실 이용하신 분들의 호불호가 갈리는 곳인데, 다행히 저희 교인 분이 근무하는 곳이라 예약이 쉬우면서도 저렴하게 했습니다."

막상 도착해보니 위치도 괜찮고, 숙소도 마음에 들었다. 다만 엘리베이터가 없어서 4층까지 짐을 들고 올라가야 해서 힘이 들었다. 미스터 최가 직원의 도움을 받아 예약한 방은 2인 여성 전용방으로 방에 침대가 두 개 있었다. 거실에도 넓은 소파가 있어 글쓰기에는 안성맞춤이었다. 숙소에 도착했을 때 방에는 이미 사람들이 있어서 거실에 짐을 풀었다.

가장 인상 깊은 것은 숙소 바로 앞이 평화로운 와이키키 비치라는 점이었다. 로비에서는 팔찌로 된 전자식 키를 주었다. 잊어버리지 않게 하려는 배려 같았다.

"여긴 간단한 조식이 아침 9시부터 10시까지 제공됩니다. 아침에 간단하게 식사는 여기서 하시고 일정을 진행하시면 될 듯 합니다. 그리고 3박동안의 숙박비는 저희 한인교회협회에서 지불하기로 했습니다. 그러니 마음 편하게 계시면 됩니다. 혹 더 계시게 된다면 추가분만 지불하시면 되겠습니다."

"어머! 정말요. 감사합니다. 사실 이건 한국에서는 김영란 법 위반이거든요."

"하하하! 알고 있습니다. 하지만 여긴 미국이고 더더구나 사랑과 정이 넘치는 낭만의 섬 하와이입니다."

4층 방에서 와이키키 비치가 한 눈에 들어오니 입이 다물어지지 않는다.

'주님이 귀한 일 한다고 주시는 보너스 인가?'

나는 혼잣말로 감사의 기도를 드렸다.

"네! 뭐라고 하셨죠?"

"아! 아니에요. 주님께 감사하다고 보고 드렸어요."

"아! 네, 신앙심이 깊군요, 그런데 외모까지.... 그럼 여장을 푸시고 저녁 7시에 찾아뵙겠습니다."

"네. 여러 모로 너무 감사해요."

민주는 진심을 담아 깊이 고개를 숙이며 인사를 했다.

간만에 누워보는 푹신푹신한 침대. 원룸생활에 찌들은 나의 일상을 일순간에 날려버리는 멋진 풍광이 보상처럼 행복하다. 저녁까진 시간이 아직 한참이나 남았다. 잠시 샤워를 하고 머리를 말린 후 자리에 누우니 정신이 몽롱하다. 그다지 먼 거리는 아니라 시차문제는 아닌 듯한데, 새벽같이 공항에 나오느라 잠을 설친 여파로 피곤이 급 밀려오는 것 같았다. 잠시 눈을 감는다. 착륙할 때 내다본 호놀룰루 항이 환상처럼 눈에 들어온다.

그때 수평선 너머 해가 떠올랐다. 거대한 증기선이다. 어느새 열도 몇 개를 통과해 섬을 크게 둘러 항구로 진입을 하는 게 보였다. 갑판에 선

자그마한 체구의 동양인이 보인다. 그 배가 10개월 전 요코하마(橫濱)항(港)에서 출발한 것이라는 프랑카드가 환영인파 가운데 버티고 서있다. 목적지는 캐나다 빅토리아 항. 그날 타이타닉(Titanic)호의 비극적 침몰이 전 세계 속보로 타전되고 있었지만, 호놀룰루 항은 아랑곳없이 팡파레와 인파들의 소음으로 가득하다.

사내는 시계를 본다. 오전 7시 23분. 8시에 정박하려고 외항에 있던 배는 파일럿 선에 예인되어 서서히 항구로 들어온다. 대부분의 승객은 하와이를 무대로 무역업과 농장을 하는 백인들이었다. 말끔한 차림의 동양인 남자가 한 눈에 들어온다. 그런데 그 많은 환영인파가 다름 아닌 그 사내를 맞이하기 위해 나온 것임을 알 수 있었다.

이름은 이승만, 조지워싱턴대와 하버드대를 거쳐 프린스턴대에서 한인 최초로 정치학 박사 학위를 받은 한인사회의 전설적인 인물이었다. 그의 방문은 이미 여러 날 하와이 현지 신문에 대서특필 되었다. 그 해가 1913년 2월 3일이었다. 38세의 청년. 그와 하와이와의 인연은 그렇게 시작이 된 것이다. 마치 타이타닉 영화의 한 장면을 보는 것처럼 슬로우 모션으로 보여주는 장면을 즐기는데 갑자기 전화벨이 울린다. 깜짝 놀라 잠에서 깨니 꿈이다.

머리맡의 핸드폰을 집어 드니 미스터 최였다.

"좀 쉬셨나요? 혼자 식사하시면 심심하실 것 같아 친구해 드리려고 왔습니다."

"아! 네 잠시만요. 금방 내려가겠습니다."

전화를 끊고 정신을 차리고 보니 꿀잠을 자면서 너무 재밌는 꿈을 꾼 것이다. 너무나도 생생한, 70살 먹은 노인 목사님이 중앙청을 무대로 연설하는 모습 외에는 한 번도 본 적이 없는 멋진 사내가 배의 갑판에 서서 웃음을 짓는 모습이 뇌리에 그대로 박혀버렸다.

"좀 쉬셨나요? 하와이를 거쳐 미국으로 가신다기에 필요하신 자료들이 무엇인지 물어보고 만날 분이나 관계된 자료들을 미리 준비해 드리려고요."

"오! 감사합니다. 어떻게 이렇게 친절하시고 자상하셔요."

민주는 진심어린 감사를 그에게 표했다. 같이 저녁을 먹으며 이런 저런 이야기를 꺼낸다.

"3일 안에 오아후(Oahu)섬과 하와이섬 일대를 돌기엔 역부족일 것입니다. 하지만 볼 곳은 다 보셔야 100년 전 독립운동 역사의 흔적을 추적할 수 있으니 아침 일찍부터 강행군 하셔야 할 겁니다."

"이래 약골로 보여도 사회부 기자로 10년간 밤낮으로 뛰어다닌 몸입니다. 그러니 걱정 붙잡아 매세요."

"하하하, 그러면 다행입니다."

다음 날 아침 이른 식사를 간단히 끝내고 내려가 미스터 최가 운전하는 자동차에 올랐다

"이거 참 도깨비장난 같네요.…"

미스터 최는 한참을 길을 헤매고 있다.

"저도 오랜만에 오다 보니!......"

하와이에서 태어난 이민 3세인 그가 아후이마누(Ahuimanu)가(街)를 30분 째 헤매고 있었다. 가장 먼저 안내받기로 한 곳은 독립운동가 박용만의 '대조선국민군단'이 자리잡았던 병영터였다. 흔적조차 희미한 그곳을 100년이 지나 찾는다는 것은 쉬운 일은 아니었다.

"드디어 찾았네요. 저기 보이는 저 곳입니다."

100년 전 무기라곤 어설픈 칼, 그리고 목총을 가지고 훈련을 받던 하

와이 독립군의 훈련장을 발견한 것이다. 그런데 지금은 아후이마누 마을 주택가로 변해버리고 말았다. 평범한 주택가가 된 역사의 현장은 팻말이나 표지석 하나 없었다.

"언제부터인지 하와이에서의 독립운동은 많이 잊혀졌어요. 사실상 임정의 독립운동 자금 대부분은 여기 하와이에서 조달되었는데 말입니다."

"저희들도 학교 다닐 때 배운 것은 독립운동의 산실이 상해임시정부였다는 것과 만주의 독립군 운동 밖에 없었어요."

"여기 이 하와이는 어떻게 보면 진정한 의미에서의 임시정부가 있던 곳이라 보면 됩니다. 이 박사님 스스로 하와이의 8개 섬을 조선팔도라 여기며 여기서 독립적인 자치를 실현하시며 사실상의 대통령 역할을 맡아 하셨어요."

"그런데, 왜 우리는 그것을 잘 모르고 있었을까요?"

"그것은 여기 하와이에서 이미 오래전부터 노선갈등과 입장차이로 인한 분열이 있었기 때문입니다."

"그 분열의 핵심은 무엇이었죠?"

"원래 옥중동지였던 박용만 선생과 이승만 박사간의 독립투쟁 방법에 대한 입장 차이 때문이었습니다. 1912년 4월 두 번째 도미 길에 오른 이승만 박사가 민주당 대선후보가 된 프린스턴대 시절 은사(恩師)인 우드로 윌슨을 직접 만나기 위해 미국으로 갔다가 네브래스카주의 헤이스팅스에서 박용만 선생을 다시 만납니다. 거기까지는 좋았는데 약속을 따라 12월에 하와이에 먼저 도착한 박용만 선생은 대한민국민회를 통해 이승만 박사를 초대합니다. 다음 가보실 곳이 바로 이 박사님이 하와이에 거주하기 시작하실 때 거주하셨던 가옥인데, 아무튼 처음엔 사이가 좋았지만 나중엔 갈등 속에 두 분의 사이가 많이 서먹서먹하게 됩니다."

미스터 최의 안내로 찾아간 푸누이 가옥은 평범한 개인주택이었다. 언뜻 보면 주변의 큰 집 중앙에 있는 것이 마치 차고처럼 보였다, 재밌는 것은 그 집의 현재 주인이 한국의 초대 대통령이 묵었던 곳이라는 것조차 모른다는 것이었다.

"여기가 이승만 전 대한민국 초대 대통령의 사택이었다는 것을 모르신다고요?"

민주는 그 순간 상해 임시정부 흔적지를 대대적으로 정비하고 중국정부의 협조로 관리되고 있다는 뉴스를 썼던 기억을 떠올리며 짐짓 화가났다. 박정희, 김영삼, 김대중, 노무현까지 모두 역대 대통령이랍시고 역사지를 만들어 관람을 시키는데, 일평생 자신 소유의 집한채 가져보지 못한 불쌍한 대통령은 타국에 살았던 집조차 잊혀져 가고 있었던 것이다.

'아! 어쩜 이렇게 처절하게 무시되고 있을까. 과연 이승만은 비난 받을 만한 일이 많아 이렇게 외면당하고 있는가?'

이런 의문이 머리를 '휙' 하고 스치고 지나갔다.

"이승만 박사님은 이 집에서 대단한 책을 쓰셨습니다."

"책을 쓰셨다고요?"

"네, 혹 제목을 들어보셨는지 모르겠지만 '한국교회핍박'이란 제목의 책입니다. 1913년 4월에 발간되었는데 서문을 쓴 날짜로 추정해보면 거의 한 달 만에 쓰신 것이죠. 그게 가능할까요? 김 기자님."

"가능해요, 다만 글 감옥 속에 갇혀야 됩니다. 보통 글 쓰는 사람들이 말하는 글 감옥이라는 게 있는데, 사지가 묶여 감옥에 갇히는 현상이 나타나면 인간의 뇌는 심심함을 극복하기 위해 기록에 매달리게 되죠. 저도 보름 만에 책 한 권 썼던 적이 있어요."

"오! 그래요? 그 책 나중에 저한테 한 권 주십시오."

"호호 네, 그럴게요. 그런데 이 박사님이 쓰셨단 그 책의 내용이 무엇인지?……"

"한국을 두 번째 떠난 이유가 된 '105인 사건'이 일본에 의해 날조된 것을 주로 기록한 책이랍니다."

"105인 사건요? 그게 이승만 전 대통령님이랑 무슨 상관이 있죠?"

"하하! 나중에 연구 한 번 해 보십시오. 일본이 획책하고 있는 한국 기독교 말살의 만행을 고발하고 향후 기독교가 나아갈 방향과 이승만 박사의 신앙적 사상을 드러낸 책입니다."

"그 책이야 말로 한 번 읽어 보고 싶네요."

"그리고 저기 보이는 저 곳이 한인들이 최초로 세운 '한인중앙학교' 여학생들의 기숙사 터입니다. 1914년 이 박사님은 하와이 섬들의 현황을 둘러보기 위해 순회전도 집회를 여셨는데, 그때 눈물 어린 사실을 발견합니다."

"그게 뭔데요?"

"원래 조선인들은 남존여비 사상이 오래되다 보니 딸들에게 공부나 자기개발을 시켜주지 않았어요, 그러다보니 입하나 덜려고 어린 나이에 중국인 또는 하와이 본토인에게 팔려 시집을 가는 경우를 본 것이죠. 그래서 무엇보다 시급한 것이 여학생 학교란 것을 깨달은 것입니다. 100년 전에 이런 선각자들이 계셨기에 우리나라 여성분들이 지금 세계 어디에 내놓아도 당당하고 실력있는 여자들이 되었다고 저는 생각합니다."

미스터 최의 말에는 뭔가가 있었다.

"그럼 여성해방의 선각자가 이승만 박사라는 이야기인가요?"

"하하! 적어도 저는 그렇게 생각합니다. 대한민국 헌법도 기독교적 정신 위에 완성된 것이라고 들었습니다만, 아무튼 이 박사님은 결국 용단을 내리시죠. 순회 마지막 방문지였던 마우이섬 카홀루이(Kahului)에서 소녀들을 데려와 기숙을 시키며 급히 교육을 시작한 것이죠."

"와! 결단력이나 행동력이 짱이시네요."

민주는 진심으로 이승만 전 대통령에 대해 새로운 인식의 전환을 했다. 진정한 의미의 여성해방은 교육의 평등권 회복 아닌가. 미국이 여성 참정권을 완전히 허락한 것도 1920년 무렵이었는데, 이승만 박사는 여성을 동일한 인격체요, 주체로 보고 여성 지위향상의 기초가 되는 여성들만의 학교를 계획하고 설립했다고 하니 그가 무늬만 개혁자요, 정치가가 아니란 생각이 들었다.

"페미들이 이승만 대통령을 존경해야겠어요. 호호호. 그런데 제가 상해임시 정부 기념관 취재를 했는데, 상해 임시정부는 그냥 존재하는 것으로만 의미가 있단 생각이 들더군요. 그리고 운영유지비 대부분을 중국 국민당정부의 도움을 받아썼다고 했어요. 물론 학교 설립이나 운영 이런 건 생각도 못했고요. 그런데 이승만 박사는 하와이에 오자마자 문제점도 파악하고 해결책도 즉시에 제시하고 참 불가사의한 인물이시군요."

"네, 맞습니다. 그래서 하와이 이민 1세대와 2세대는 이 박사님에 대한 흠모의 정이 대단합니다. 어떻게 보면 한인들이 그래도 하와이에서 위축되지 않고 하와이 구성원들 중 상위에 속하는 그룹에서 대접받을 수 있는 것은 그분의 업적 때문이라고 감히 말씀드릴 수 있습니다."

"그 정도인가요?"

한인기숙학교 교장으로 취임한 이 박사는 교명(校名)을 한인중앙학교로 변경하고 본격적인 미국식 기독교식 교육사업을 시작했다고 한다. 이 박사에 대한 소문은 금방 퍼져 교민들이 자녀들을 맡기기 시작했다. 그래서 나온 슬로건이 '하와이부터 기독교 국가'로였다고 한다.

"그렇게 호응을 얻던 박사님이 왜 갈등의 중앙에 서시게 되었나요?"

"아마 그 논쟁은 지금도 현재진행형이라고 보시면 됩니다. 학교가 세워지고 난 일 년 뒤인 1914년 8월에 박용만 선생은 대조선국민군단 병학교를 지어 개교하시죠. 한인 동포 청년 120여 명을 모아 낮에는 파인애플 농사를 짓고 밤엔 군사교육을 받게 했는데 그것을 둔전(屯田)식 군사조직이라 하더군요."

"둔전! 네 들어본 거 같아요."

"사람들은 이 학교를 '산너머 학교'라 불렀고 학생들은 '산너머 아이들'이라는 별명으로 불렀다고 합니다."

"그런데 그 학교가 얼마 못가 없어졌다면서요?"

"네, 맞습니다. 박사님은 조국의 독립은 단시간에 이루어질 일이 아니라는 것을 깨닫지요. 그래서 육영사업과 한인들의 역량을 키우는 일에 주력을 하십니다. 성경에 있는 초대교회의 아름다운 기독교사회를 우선 하와이에서 실현해 보고 싶으셨던 것이죠. 마치 청교도들이 목사들을 앞세워 미 대륙에 정착하여 학교부터 세우고 시민의식을 키워나갔던 것처럼 말이에요. 그런 원대한 일을 마음에 두고 적극적으로 추진할 사람이 이승만 박사님 외에 누가 있겠어요? 반면 박용만 선생은 행동주의자였어요. 의분이 이성을 앞섰던 것 같아요. 그래서 언제든 무력을 통해 한국으로 달려가 전쟁을 치를 기세였어요. 한번은 하와이에 잠시 정박하는 일본군함을 피습하겠다고 우기는 바람에 두 분이 크게 다투시기도 했대요. 그러니 두 분이 점점 사이가 나빠질 수 밖에 없었죠."

"후후, 어쩌면 유토피아를 실험해 보려고 하신 거네요?"

"맞습니다. 자, 내리십시오. 도착했습니다."

차에서 내리는 민주는 눈을 의심했다. 눈 앞엔 작은 광화문이 떡하니

서 있는 것이다.

"여기가 광화문의 외형을 모델로 설계된 한인기독교회입니다.

1937년 10월 3일 개천절에 맞춰 착공한 교회는 서울 광화문(光化門)의 외형을 모델로 설계되었죠. 재밌는 것은 설계자가 이 박사님이 세운 학교의 첫 졸업생 건축사 김찬재 씨였습니다. 한인 최초의 건축사였죠."

"우와 교육사업의 작은 결실을 맺었군요?"

"맞습니다. 김찬재 씨 외에도 성공한 졸업생이 한두분이 아닙니다."

"그렇겠죠. 선교사들이 세운 미션스쿨이 결국 서재필 선생이나 이승만 박사님, 윤치호 선생님 같은 위인들을 키워내었으니 말이에요."

"그런데 교육 사업이라는 것이 하루 이틀, 일이년에 결과가 나타나지 않는 장기적인 사업 아니겠습니까. 그런데 박용만 선생이 보시기엔 이 박사님의 독립운동이 마음에 안 들었던 거죠. 그것은 상해에 있는 임시정부 요인들도 같은 생각을 가졌을 거라 여겨집니다. 결국 노선갈등으로 인해 심각한 내홍을 거쳐 분열되고 병학교는 지원을 받지 못해 사라지고 맙니다. 그때부터 두 분은 원수지간이 되지요. 또 각각의 어른을 존경하고 따르던 분들도 서로 반목하고 시기하고 질투하며 분쟁이 무력으로까지 발전하게 됩니다. 두 분은 의형제 결의까지 했던 분들이기 때문에 결코 표면적으로 다툰 적은 없습니다. 하지만 각각의 단체를 설립하고 운영하던 분들 간에 분쟁이 깊어지면서 소송전(訴訟戰)까지 이어지고, 결국 땅을 둘러 싼 분쟁까지 이어지게 된 것입니다."

"휴! 좋은 뜻을 가져도 분쟁은 생기는 거군요."

"그게 죄성(罪性)이 가득한 인간들의 삶 아닐까 해요. 아무튼 이 교회는 전적으로 이 박사님의 수고와 교우들의 헌신으로 완공이 됩니다. 모두 이 박사님을 신뢰하고 믿었기에 가능한 일이었습니다. 거의 모두 헌금으로 지어졌습니다. 1938년 4월 24일 1500여 명의 인파가 모인 가운데 헌당식이 거행되었죠."

안내 책자를 보니 당시 세례교인은 총 1,263명, 주일학교 학생이 573명, 청년회원은 145명이었다.

"나중에 이 박사님이 대통령직에서 하야한 후에 하와이로 돌아오시게 된 것도 이곳이 바로 그분의 피와 땀과 눈물로 세운 곳이기 때문입니다. 돌아가실 때까지 이 교회를 왔다 갔다 하셨죠. 물론 마지막 장례 예배도 1965년 7월 21일에 이곳에서 거행되었습니다. 당시 조문객만 700분이었습니다."

미스터 최의 설명에 따르면, 광화문 누각은 2000년 재건축에 착공해 2006년에 완공되었다고 한다. 안내를 받으며 교회 옆 마당으로 들어서니 한국에선 볼 수 없었던 이승만의 동상이 우뚝 서 있었다.

"대한민국 건국 대통령 한인기독교회 창설하신 어른 우남 리승만 박사상"

민주는 그 글을 읽는 순간 가슴이 미어졌다. 전 세계 어디를 가도 자신들의 나라를 세운 최초의 지도자를 국부라고 부르며 자랑스럽게 기념을 하는데, 한국은 어찌된 연유인지 광복이 된 지 70년의 세월이 되어도 변변한 동상하나 세우지 못하고 있으니 이런 일이 어찌 가능할까 싶었다. 다시 눈을 들어 나머지 글을 읽어 보니 갈라디아서 5장 1절의 말씀이 같이 새겨져 있었다.

"그리스도께서 우리로 자유케 하려고 자유를 주셨으니 굳세게 서서 다시는 종의 멍에를 매지 말라"

민주는 드디어 눈물이 터졌다. 아마 민주가 교인이었기 때문인지도 모르겠다. 이 보다 더 우리의, 곧 한국인들의 처지를 잘 설명한 구절이 있을까. 힘이 없고 배운 게 없으면 남의 지배를 받고, 힘이 없고 능력이 없는 나라는 다른 나라에 주권을 빼앗겨 단체로 노예가 된다는 것은 정한 이치 아닐까.

"지금도 학교가 운영되고 있나요?"

"네. 미국교육법에 따라 하와이 곳곳에도 본토와 같은 학교들이 들어서자 한인기독학교는 인기가 줄어 결국 한인기독학원으로 명맥만 유지하게 됩니다. 지금도 위쪽에 있는 알리올라니 캠퍼스와 칼리히 캠퍼스, 두 건물에서 초등학교를 운영하고 있습니다. 그런데 1990년대 들어 건물 개·보수비용이 부족해 우리 하와이국민회가 한국 정부에 회관을 기증하겠다고 제안을 했어요. 하지만 당시는 IMF 상황이라 정부가 인수를 미루는 바람에 한국의 경민학원 홍우준 이사장님께서 한국독립문화원을 설립하시며 이 국민회관을 인수해 주셨죠. 지금 야당의 홍문종 의원 아버님이시라고 하면 잘 아실겁니다."

"아, 네 홍문종 의원님, 잘 알죠."

"근데 여기에 또 하나의 비사가 있습니다."

"비사요?"

"네, 칼리히 지역으로 옮긴 학교가 당시 재정난을 겪지요. 그래서 고국에 도움을 호소하는 사절단을 보냅니다. 각고의 노력 끝에 1923년 9월 최종 완공이 되었죠. 그리하여 1947년 폐교될 때까지 많은 졸업생들이 사회로 나가고 교계로 나가 일군이 되었습니다. 그중에 한 분이 얼마 전 돌아가셨다는 조 목사님이십니다."

"아, 네, 그렇다면 이승만 박사님과는 각별하셨겠네요."

"그렇습니다. 아마 신임하셨던 제자들 중 몇 안 되는 분들 중 한 분일겁니다."

"그런데 조 목사님께서 땅을 팔아서 어디에 기부하고 또 밀서 같은 거 가지고 계셨다는 이야기를 하시는 거 같던데?"

"사실 학교의 역할이 많이 줄어들자, 대부분의 땅은 팔려 이 박사님에게 전달되었죠. 칼리히 언덕 일대의 땅은 1955년 팔렸습니다. 당시 이승만 대통령 시절인데, 부지 매각대금 15만 달러는 한국에 보내진 것으로 압니다."

"아! 그렇군요, 저희들은 전혀 몰랐어요. 그럼 조 목사님이 찾아가겠다고 한 대학이?"

"아마 인천에 있는 유명 대학일 겁니다."

"한국 가서 확인해 보면 알겠네요."

"네, 그렇게 하세요. '쿨라 콜레아(Kula Kolea)'란 하와이식 지명인데, 영어로 번역하면 '스쿨 코리아(School Korea)'죠. 호놀룰루의 언덕 위에 있어서 호놀룰루 전경과 태평양을 한눈에 볼 수 있죠. 또 동지회관 건물도 팔아 한국에 보낸 것으로 압니다."

정말 의외였다. 하와이에 있는 학교와 땅을 팔아 한국에 대학을 설립했다. 그리고 그 배경에 대한인동지회가 있었다. 민주는 점점 궁금함이 넘쳐났다.

대한인동지회는 1921년 이승만과 민찬호, 안현경(安顯京), 이종관(李鍾寬) 등 인사가 모여 만든 독립운동 단체로, 이승만에게 평생 강력한 지지기반이 되었다고 한다.

"하와이 곳곳에 이승만 전 대통령의 숨결이 없는 곳이 없군요."

"1925년 3월경 박사님은 자본금 7만 달러의 동지식산회사를 설립합니다."

"그게 무슨 회사죠?"

"동지촌(村)을 지어 고령 한인들을 자립하게하려는 최초의 한인소유 사탕수수 농장이었죠."

"직접 회사를 설립하셨다고요?"

"네! 하와이섬 올라(Olaa) 지방에 임야 3.86km²(약 117만 평)를 매입했던 것이죠. '동지촌(同志村)'이라고 부르면서 개간사업을 해, 사탕수수 농장을 만들고 노령의 한인 동포들을 모아 농사를 함께 지으며 살게 하려는 목적이었습니다. 얼마 전 한국의 '월간조선' 잡지에 '이승만과 김구' 시리즈를 연재한 손세일(孫世一) 전 의원께서 이승만의 동지촌 구상을 '1920년대 유토피아니즘 시험 사례'라며 기고 한 적이 있습니다."

민주는 그 이야기를 듣고 나중에 그 사실을 인터넷으로 검색하여 확인하니 사실이었다. 그것을 정리해 보면 다음과 같다.

"그것은 고난의 세월을 보낸 동포들의 유토피아가 될 수 있을 것이었다. 구미위원부 위원이 되어 이승만의 신임을 받았다가 뒷날 가장 비판적인 정적이 된 김현구(金鉉九)는 이승만의 동지촌 구상이 일종의 사회주의의 소한국(小韓國)을 건설하려 한 것으로서, 박용만의 무형 정부론과 둔병식(屯兵式) 집단 거주지론을 본뜬 것이었다고 말하고 있으나, 특별한 근거는 없다. 이승만의 이러한 동지촌 건설 구상은 안창호(安昌浩)의 이상촌 건설 구상과도 궤를 같이하는 것으로서, 1920년대의 유토피아니즘의 시험 사례의 하나였다."

민주는 솔직히 이승만 대통령이 학구적이고 관료적인 줄만 알았는데, 매우 진취적이면서도 실제적인 경제활동도 모범적으로 이끌어 낸 사업가적인 면이 있다는 것도 발견했다. 민주는 미스터 최의 가이드를 받으면서 벌린 입을 다물 수가 없었다.

"동지촌 안에는 당시 연료의 대명사였던 숯을 굽던 가마도 있습니다."

"숯이라고요?"

"네, 그렇습니다. 고도성장기 한국에서 연탄공장이 급성장하였듯이 여기선 숯 공장이 고부가가치 산업이었는데, 이 박사님이 하와이 섬에 세운 동지촌 숯가마공장은 '근대적 숯가마' 공장으로 인기가 높았습니다. 이를 설치하기 위해 제조업 전문 에이전트인 터너(Turner)사에 자문을 받고, 호놀룰루 직업학교 강사 조지 윈터(Winter)와 실험을 진행한 뒤에 3개월에 걸친 노력 끝에 '과학적 새 방법의 숯가마'를 설치해 하루 4톤, 매달 2,000포대의 숯을 만들 수 있었다고 합니다."

미스터 최의 안내로 방문한 숯 가마터는 지금 보아도 대단한 감이 있었다. 또 감사하게도 다른 유적지에 비해 비교적 원형 그대로 보존돼 있었다. 숯가마공장으로 가는 길엔 1미터가 넘는 잡초가 무성했다. 지금은 주인이 매물로 내어놓아 마음만 먹으면 매입해서 독립운동 유적지로 만들 수 있을 것이라고 미스터 최가 말했다.

"이 박사님의 하와이 25년은 교육을 통한 지도자 양성이 가장 시급했고 그 다음이 국부라고 할 수 있는 안정적인 산업 활동의 터전을 마련하고 그 여력으로 교회들을 확장하고 세워나갔다는 것입니다. 이것이 상해임정과 다른 점입니다. 상해임정은 거의 대부분의 시간을 국민당정부로부터 보조금을 받으며 존재하는 것에 중점을 두고 있었다면, 하와이 임시정부는 장기적인 비전을 가지고 독립과 건국을 준비하였습니다. 그래서 해방 이후 지금까지 이승만 박사와 궤를 같이 하지 못한 인사들은 끝없이 그분을 향해 악의적 역사 왜곡을 하고 있습니다."

"저도 건국의 아버지로서의 이승만 전 대통령님은 인정해요. 하지만 나중에 너무 독재를 하려고 과욕을 부리신 것 때문에……"

"하하하! 그것도 나중에 차차 설명을 드리죠. 그분도 인간인 이상 약점이 많을 수 밖에요. 철저한 정치인이었고, 고령으로 장기 집권을 했죠. 아마도 미국에서 독립운동을 위해 애쓰시는 동안, 루즈벨트 대통령이 4선을 한 것도 영향을 끼쳤다고 봐야 할 겁니다. 민주주의 본고장에도 없는 자신을 겨냥한 3선 금지조항이었으니 아마 불합리하다고 여겼을 수도 있어요. 그는 성인군자가 절대 아닙니다. 하지만 선각자(先覺者)였음은 분명합니다. 미국의 전문가들도 예측 못한 일본의 미국 기습공격을 '일본 내막기(Japan Inside Out)'란 책을 통해 경고할 정도로 국제정세에 밝았습니다. 그의 책은 일본의 진주만공격 이후 베스트셀러가 됐죠. 여기 오셔서 둘러 보셨지만, 이승만이라는 한 위대한 인물이 없었더라면 이렇게 화려한 한인문명을 한인들이 이루어 낼 수 있었겠습니까? 우리 한인들보다 먼저 이민 온 민족들도 많은데, 그들에 비하면 얼마나 많은 일들을 우리가 이루어 내었습니까. 독립자금을 대었고, 인재들을 양성했고, 스스로 산업과 복지를 이루어 내는 등 정말 그분은 한 발 앞서가며 이끌어주신 분입니다. 아마 제 생각에 그 분이 한국에 가셔서 전쟁에서 승리하고 산업화의 밑받침을 만들어 내셨던 것도 여기서의 통치 경험을 십분 발휘하신 것이라고 생각합니다."

"정말 며칠 동안 반성을 많이 했습니다. 독립운동사를 배웠지만 대부분 중국 중심이다 보니 한국에서 주류시각은 이승만을 독재자로 규정하고 3·15 부정선거와 4·19 혁명만 강조하는 경향이 있는데, 한 사람에 대한 평가는 공과(功過)가 구분돼야 할 것 같습니다."

"그렇습니다. 내일 미국으로 가셔야 한다니, 제가 나머지는 정리해서 알려 드리고, 조 목사님 관련 부지 문제는 좀 더 구체적으로 소송관련 기록들을 뒤져 설명을 드리겠습니다."

"어머! 정말요! 감사합니다."

"하하하! 김 기자님이 이쁘셔서 원래 준비한 것 보다 더 많이 보여드리고 말씀드린 것 같습니다. 제가 너무 오버한 것은 아닌지 모르겠습니다."

"어머! 아녜요. 진심으로 도움을 주셔서 감사드립니다."

미국으로의 일정이 없었더라면 조금 더 구체적인 정보들을 수집하면 좋으련만, 나는 아쉬움을 뒤로 미루고 나머지 사실들을 정리해 한국으로 송고(送稿)했다.

누군가를 안다는 것은

'나는 망명객인가?'

'아님 유학생인가?'

'이도 저도 아니면 나는 도피의 길을 가는 행객에 불과한가?'

승만은 이런 저런 생각에 머리가 복잡하다. 저 뱃전을 때리며 휘날리는 파도의 포말(泡沫)만큼이나 산란하다. 그 옛날 발해의 유민들은 얼음으로 덮인 북쪽 바다를 건너 해뜨는 신대륙으로 갔다는데, 승만도 해가 뜨는 태평양을 건너고 있다. 저 멀리 낯선 땅이 있다는데, 미지(未地)에 대한 생각은 설렘보다 아픔이 더 크다. 무너져가는 한 나라의 행객. 이름 없는 방랑자로 정처없이 배에 오른 호사스런 여행객처럼 보이지만, 처량

함은 숨길 수가 없다. 기약을 알 수 없으니 유랑이란 말이 틀리지 않았다. 배를 탔으니 행객이나, 망망한 태평양에 몸을 띄워 보낸 망명객의 마음은 심란하기 짝이 없다.

'나의 가는 길을 누가 알겠는가? 또 이 길을 다시 돌아올 수는 있을런가?'

계묘년 지난여름 더위가 기승을 부리던 팔월이 기억난다. 그날은 출옥 날이었다. 아직도 온 몸이 성하지 않다. 고문과 투옥의 후유증이 몸에 기억으로 켜켜이 쌓여있다. 아프지 않은 것은 부러 잊으려 하기 때문이다. 하지만 갇혀 있던 기억만은 지울 수 없다. 멈춰지지 않는 안면의 실룩거림! 손톱을 쑤셔대던 고문의 흔적. 차가운 날씨는 고문의 기억을 더 상기시킨다. 심해지는 경련은 겨울이 오는 것을 알려준다. 손끝이 아려오면 자신도 모르게 후 불며 손끝의 고통을 달래어 본다.

먼 길을 떠나갈 채비를 할 무렵, 이제는 실룩거림이 일상이 되었다. 승만은 배에서 멀어져 가는 상처 가득한 고국산천을 바라본다. 자신의 가슴 속 아린 것보다 더 아리게 다가온다.

'나라'

'조국'

'왕조'

'백성'

그 먼 경치를 바라보며 한 단어 한 단어 입에 올려본다, 그러다가 지난 날 지었던 한글 시 '고목가'(古木歌)를 기억해 낸다. 치기어린 20살, 협성보에 실었던 그 시는 조국의 무너져가는 마음을 시로 달랜 것이었다. 이젠 늙어 수명을 다한 나라! 그 나라를 딱따구리 같은 친러파 관료들이 쪼아대고, 러시아는 바람처럼 나무를 흔들어 대었다. 딱따구리를 잡자고 포수를 자처한 수구 세력이 득세하니 이를 말리는 독립협회나 협성회도 다 부질이 없었다. 피 끓는 젊음의 애국심으로 만민을 깨우고자 했다. 하지만 대다수 민중은 아직 너무나도 역량이 부족했다. 국가의 기틀이라 할 국부는 바닥이 나, 마치 며칠 남지 않은 빈 쌀독을 보는 것 같았다. 풍전등화! 문자대로의 운명이 현실이었다. 그 산천을 뒤로 하고 승만은 이제 기약 없는 길을 떠난다.

"자네, 그 몸으로 그 긴 여행을 가기는 가겠는가?"

"가야지. 내 몸이 비록 가루가 되고 재가 되어 사라지더라도 이 나라 이 백성을 살릴 수 있다면 나는 이 길을 걸어 저 먼 태평양을 건너갈 걸세."

"황제께서 민영익 공과 한규설 선생의 간언(諫言)으로 도미할 수 있도록 성사가 된 것은 천우신조의 기회일세."

"아니! 난 결코 고종의 심부름을 할 생각이 없네, 내가 고종이 내려오길 바라며 싸우다가 이 지경이 되었는데,..."

승만의 몸이 부들부들 떨린다.

"그래도, 명분이 있어야지!"

"명분……"

"미국에서 정착하는 데 도움이 될 것 아닌가?"

"그래도 난 일없네,"

"고집은 여전하군!"

윤치호 선배와 동지들은 승만 더러 조미조약 중 "타국의 어떠한 불공평이나 경멸하는 일이 있을 때에 일단 확인하고 서로 도와주며 중간에서 잘 조처하여 두터운 우의를 보여준다"는 조문을 미국이 지켜 일본의 계책을 막아 주기를 청원하는 고종황제의 밀서를 미국 대통령에게 전하라고 거듭 부탁을 했다. 하지만 승만은 결코 그럴 생각이 없었다. 조선!, 아니 대한제국은 쇠락해 가는 집안의 형상과 같았다. 승만은 결코 조선의 부활을 바라지 않았다.

'가진 것이라곤 쥐꼬리조차 없는 나라. 제국이란 말이 가당키나 하단 말인가? 전제군주를 자처하면서 어찌 계몽군주 행세를 하려는 건가? 새로운 나라는 민국이 되어야 하고, 기독교 정신으로 세워져야만 하지.'

이 불순한 생각을 눈치 챈 조정은 박영효 쿠데타 사건을 빌미로 승만을 결국 구속하여 종신형을 선고했다. 수많은 상소가 올라오자 못이기는 체 감형을 했지만 6년 여의 감옥 생활은 승만에겐 크나큰 고통이었다. 출옥한 지금도 이 나라가 다시는 왕국이 되어서는 안된다는 생각엔 변함이 없었다.

'제국이 되어선 안되지. 세계평화시민의 민국이 되어야지. 어차피 무너질 거라면 뿌리만 남겨두고 새롭게 시작해야지.'

승만의 생각에 고종은 결코 이 나라를 살릴 위인이 되지 않았다. 눈을 감고 다시 한 번 두 주먹을 불끈 쥔다.

"미국에 꼭 가야만 하겠는가?"

옥중 동지 중 유일하게 흉금을 터고 지내는 윤치호의 만류였다.

"어쩌면 좋을까요? 저도 굳이 해외로 도피하고 싶은 생각은 없습니다."

"내 생각엔 국내에서 다시 동지들을 모아 규합하고 인재들을 키우며 미래를 도모해야 되지 않을까 싶네!"

승만보다 한참이나 연배인 윤치호는 매사에 정확한 사람이었다. 그는 명분보다 실리를 중히 여기는 사람이고, 매사에 신중했다. 반면 승만은 성격이 급했다. 그러다보니 덜렁대기도 하였다. 기질이 불같아 도무지 뒤로 물러서는 법이 없었다. 타협하기 보다는 고집대로 밀고 나가는 성격이었다. 십여 년 전 만민공동회 때를 생각해도 그랬다. 독립협회 초대 회장인 안경수가 명성황후 살해사건에 가담한 자라는 누명을 쓰고 부득이 일본으로 망명하게 되고, 안경수에 이어 회장이 된 이완용은 관찰사라는 감투에 팔려 곧 협회에서 사라졌다. 그 바람에 3대 회장이 된 윤치호는 야반(夜半)에 그를 체포하러 온 경리들을 맞는 척하다 배재학당으로 몸을 피해 화를 모면할 수 있었다. 그 와중에 이승만은 아펜젤러 박사 집에 가서 피난 중에 있는 윤치호와 그 밖에 독립협회 회원들을 만났다.

"우남, 자네도 얼른 피하셔야 하지 않겠는가?"

"지금 피한다면 국외로 가라는 이야기인데, 나는 그럴 수가 없네."

"이럴 때 일수록 정면 돌파를 해야 합니다. 여기서 굽히면 오히려 저들은 더욱 우리를 압박하고 결국엔 재갈 물려 독립협회를 해산시키려 할 것입니다."

"지금 기회를 못 잡으면 또 내일이 있지 않나. 하루아침에 모든 걸 이룰 수 없는 법이네."

그날 윤치호는 간곡하게 승만에게 피난할 것을 권했다. 그러나 고집이 불같은 승만은 이를 거절하고 문을 박차고 나갔다.

"자! 우리 모두 경무청(警務廳)으로 갑시다."

"자네 다시 한 번 숙고해 보게."

"염려 마십시오. 제 뒤엔 수 천 명의 군중들이 저를 따르고 있습니다."

"자! 나를 따르시오. 갑시다."

"우와!"

"우리 모두 경무청으로 가자!"

"독립협회 인사들을 석방하라! 석방하라! 석방하라."

수천의 군중들의 집회 결과 결국 그날 체포된 17명의 석방을 받아내었다. 물론 군중대회를 열고 며칠 밤을 연좌(連坐)하며 시위를 벌인 결과였다. 승만은 윤치호에게 많은 도움을 받았으면서도 노선은 같았지만 방법론에서 늘 부딪혔다. 승만에겐 혁명가적 기질이 윤치호에겐 계몽적 기질이 가득했기 때문이다.

하지만 그런 기억도 어느새 십 년 가까이 세월이 흐르자 아득한 일이 되었다. 그런데 오늘 다시 출발하며, 윤치호를 비롯한 동지들과 언쟁을 벌이고 있는 자신을 본다.

"오늘이 11월 4일 출발일일세."
"알았네, 출발준비는 다 되었으니 인천항으로 가세."
승만은 다행히 선교사들의 도움으로 특사의 자격이 아닌 유학생 신분의 비자를 받았다. 그리고 여러 선교사들로 부터 미국 고관들과 상하의원들 및 유력한 인사들에게 소개하는 소개장도 받아 소중히 몸에 지녔다. 이윽고 송별식이 끝나고 출발로 고단한 몸을 배에 싣는다.

아스라이 멀어져 가는 제물포항. 한양과 가까워 관문이 된 제물포는 이제 조그마한 포구가 아니었다. 청국과 일본 그리고 미국으로 드나드는 선적이 있는 국제항이었다. 마중 나온 인사들이 손을 흔드는 것을 보며, 승만은 지나온 날들을 주마등같이 떠올렸다.

'아! 동지들....'
'그리고 고마운 교우들'
그러나 가장 마음을 아프게 하는 것은 아내와 아들이었다. 동갑인 아내, 또 이내 얻은 아들, 그리고 연로하신 부모님을 두고 떠나자니 발길이 차마 떨어지지 않는다.

'차라리 범부로 오손도손 살면 될 것을...'

'나의 운명을 바꾸어 놓은 청일전쟁....'

그리고 절양가, 목민심서에서 읽었던 시 한편. 승만은 그 시를 생각하며 조선이 있는 한 이 나라는 망할 수 밖에 없었다는 것을 다시 한 번 자각하며 입술을 지그시 깨문다.

애절양(哀絶陽)

갈밭마을 젊은 여인 울음도 서러워라
현문(縣門) 향해 울부짖다 하늘보고 호소하네

군인 남편 못돌아옴은 있을 법도 한 일이나
예로부터 남절양(男絶陽)3)은 들어보지 못했노라

시아버지 죽어서 이미 상복 입었고
갓난아인 배냇물도 안 말랐는데
삼대의 이름이 군적(軍籍)에 실리다니
달려가서 억울함을 호소하려도
범 같은 문지기 버티어 있고
이정(里正)이 호통하여 단벌 소만 끌려갔네

남편 문득 칼을 갈아 방안으로 뛰어들자
붉은 피 자리에 낭자하구나
스스로 한탄하네 "아이 낳은 죄로구나"

---

3) 남절양: 남자의 생식기를 자름

그때 다산의 시를 읽고서는 무너져 가는 나라, 조선을 두고 꺼이꺼이 울었더랬다. 송나라는 천여년 전 노비도 없는 나라를 만들었건만, 이 나라는 양반들을 위해 노비들이 노예처럼 사는 나라로 천년을 지내왔다. 사람을 우마처럼 사고 팔고 그 자식들을 강아지, 소새끼처럼 사고 파는, 그런 나라가 어찌 선비의 나라인가.

신분제 사회체제로는 결코 세계시민이 될 수 없었다. 승만은 그것을 깨는 것 만이 나라를 강하게 하는 것이라 생각하고 또 생각했다. 그의 가슴에 불을 지른 것 그것은 민권국가였다. 배재학당에서 처음 배웠던 천부적 인권이란 말이 내내 그의 마음을 쥐어짰다.

'천부적 인권'

'내 목숨이 귀하니 남의 목숨 당연 귀하다.'

'내 살아갈 권리 소중하니 타인의 권리 또한 소중하다.'

'내 길이 내 마음이 중요하니 남 또한 그러하다.'

되뇌이고 되뇌어도 어느 하나 틀린 말이 없었다. 그렇기에 승만의 마음은 이미 대한이 그런 민국이 되는 날을 그리며 환상에 젖어 살고 있었다. 그렇기에 절양가는 승만의 심장에 비수처럼 느껴져 왔다. 죽은 시아버지에게서까지 군포를 거두는 백골징포(白骨徵布), 입가에 어미젖이 누렇게 말라붙은 갓난아이도 장정으로 취급해서 군포를 징수하는 황구첨정(黃口簽丁), 결국엔 다시는 아이를 낳지 않기 위해 음경을 잘라버린 백성의 아픔이, 이 시에서 동맥이 끊어져 분수처럼 쏟아나는 피처럼 생생했다. 그 목민심서에서 다산은 이렇게 적고 있었다.

"이것은 1803년 가을 내가 강진에 있으면서 갈대밭에 사는 한 백성이 아이를 낳은 지 사흘 만에 군적에 등록되고 동네 이장이 소를 빼앗아가니 그 사람이 칼을 뽑아 생식기를 스스로 베면서 하는 말이 '내가 이것 때문에 곤액을 당한다'하였던 것이다. 그 아내가 생식기를 관가에 가지고 가니 피가 아직 뚝뚝 떨어지는데 울며 하소연했으나 문지기가 막아버렸다. 내가 듣고 이 시를 지었다"

"여러분! 오늘 저는 배를 타고 도망가는 것이 아니라, 우리나라를 부강하게 할 방편을 가지러 가는 것입니다. 가서 그 방편을 확실하게 가져오지 못하면 자결을 하리라는 심정으로 갑니다. 부디 저를 위해서 또 이 나라를 위해서 꼭 기도해 주십시오."

환송객들의 우레와 같은 박수소리가 제물포항을 흔들었다.

승만은 망해가는 나라의 관리가 되고자 했다. 긴긴 세월 과거시험을 준비했던 자신의 과거를 생각해 본다.

"승만아! 너는 무너져 가는 집안을 일으켜야 할 6대 독자니라, 어미가 밤낮을 가리지 않고 이 삯바느질로 너를 뒷바라지 하고 있다. 네 아버지는 마음을 상하여 과거를 포기했지만 너만은 반드시 급제를 하여, 어미의 원을 풀어다오."

"네! 어머니, 최선을 다하고 있습니다."

"그래! 고맙구나."

입은 그렇게 말하고 있지만, 승만의 마음은 이미 과거를 떠나있었다. 지난 6년간 6번의 과거를 보았지만 이미 부패한 조정은 매관매직의 도구로 과거를 이용할 뿐, 어떤 인재도 키우고 뽑을 의지가 없었다. 그런데 과거제도가 폐지되었다는 포고가 붙었다. 한편으로 서운하고 한편으론 시원했다. 그 바람에 배재학당을 간 것이 시대의 부름이었다. 그런 생각을 하며 스스로를 위로 한다.

‘앞으로의 시대는 영어가 꼭 필요하다. 영어를 배우려면 꼭 선교사들을 만나야 한다.’

그런 바람 중에 배재학당에 다니는 친구로부터 권유를 받아 청강생이 되었다. 청강을 하다 보니 승만은 학생이 되어 있었다. 또 사람들을 계몽하는 수단으로 신문이 필요하다는 이야기를 들었다. 그래서 신문을 만들었다. 그것은 그 어떤 것보다 값진 경험이었다. 덕분에 인재들을 만나고 사귀게 되고 그들과 함께 왕정개혁, 입헌군주제를 부르짖을 수 있었다. 한 마디로 풍운아(風雲兒)로 살게 된 행운이었다. 물론 돌아온 것은 반역 죄인이라는 낙인과 한성감옥이었다. 덕분에 절양가 속의 그 여인처럼 애절양이 아니라 애절남이 되어버린 내 아내 박승선! 승만은 그녀를 생각하며 눈을 감는다.

‘출옥은 했건만. 기껏 만난 남편이 미국 대통령을 만나겠다고 떠나니, 이 보다 기막힌 일이 또 어디 있겠는가. 미안하도다. 기구하도다.’

“내 아들 태산아! 네 어미의 상소(上疏)와 옥바라지가 이 배를 타게 했다만, 나는 해줄 수 있는 게 마음의 기도 밖에 없구나.”

승만은 저물어가는 저녁 배 위에서 옥중에서 지은 시로 기억을 되살려 다시 읊조려 보았다.

임 생각

세월아 이 가을 위해 머물러 다오
짝 잃은 원앙을 어찌 하랴
오이로운 새라 달밤에 자주 놀라고
고향가을 가득 실은 먼 기러기

그리울 때는 연꽃 따는 노래 부르고
버들보고 시름한 적 몇 번이던고
타향살이 이다지도 초라할 손가
이별이란 인간치곤 못할 일이야

아내의 원망 (규원)

그리다 지치고 밤마다 차다
춥고도 지쳤으니 꿈 또한 어렵다
임의 마음 날처럼 괴롭다마는
옥창앞 찾아올 꿈이 있으랴

시를 짓는다는 것은 한탄의 마음이 있다는 것.
말로 글로 할 수 없는 비탄이 그대로 시가 되는 법이러니.
사랑의 감옥에 갇히지 않고는 사랑 노래가 나오지 않고.
인생이라는 생애의 감옥에 갇히지 않는 자.
시가 나오지 않는 법이리라.
어머니를 따라 부르고 배웠던 한시.
한글을 사랑하고자 지었던 국문시.
영어를 배우고 끄적거렸던 영시.
　모두 다 승만의 가슴 속에 있는 애락이 소리치며 울려 나온 탄식이었다.
울분과 한, 그리고 희망과 기도가 모두 승만의 시요, 노래였다. 그래서 승
만은 자신의 마음의 만분지일이나마 토해내며 기록으로 남겨두었다.

'우거지국 맑기가 비 갠 연못 같은데
이방 저방 골고루 나눠주네
밥상이 아니라도 배부르고 자리도 항상 젖고
반 사발 밥이라 씀바귀도 달기만 하네
나물은 싱거워 소금이 생각나고
깨물리는 모래알 옥같이 희네
얼굴 가득한 부황기로 사람마다 하는 말이
이거나마 하루 세 때 먹어 봤으면'

'밤마다 긴긴 사연 새벽닭이 울 때까지
흘러가는 세월 옛 집이 그리워지네
사람은 벌레처럼 굴속에서 살아가는데
세월은 흐르는 시내처럼 급히 지나가네
설 술이 익었거니 어버이께 올려보고파
솜옷이 새로 오니 아내가 그리워지네
헤어 보니 올 겨울도 열흘 남았으니
삼 년이나 매여 있는 천리마 라오'

한 달 하고도 보름 그렇게 길게 배를 타니 여긴 또 다른 감옥이다. 한성감옥이 지상 감옥이라면 승만이 탄 배는 해상 감옥이었다. 창살은 없지만, 내릴 수 있는 뭍이 없으니 이 보다 더한 구속이 어디 있을까. 증기선은 쉬지도 않고 나아간다. 하지만 어느 세월에 하늘 넓이 태평양을 건넌단 말인가. 소음과 석탄냄새 코를 찌르는 데 배의 제일 밑바닥, 3등 칸의 벽은 상념을 불러오는 등걸이다. 지나온 날을 다시 되돌아보니, 모두가 부질없다. 다 내탓이다.

일본인들, 로스케놈들, 그리고 청나라 놈들. 모두 다 집어 삼킬 듯 달려드는 형국. 이제는 도망 갈 곳 막힌 토선생 꼴이다. 늘 다투던 동지들, 모두가 그립다. 불을 보듯 뻔한 조선은 노을 속에 매일 사라진다.

"일본서 돌아온 망명객들이 물 쓰듯 돈을 쓰는 이유가 뭐라고 생각하오?"

"그들이 일본에서 좋은 대우를 받고 어떤 밀명을 받았기 때문이지 않겠소?"

"당연히 그렇겠지요. 그들이 말하는 동아인(東亞人)의 단결. 곧 대동아합방(大東亞合邦)이 결국은 무엇을 말하는 것이겠소?"

"나는 그들의 구상이 만국의 평화를 이루는 가장 좋은 계책이라 생각하는 바이요."

"그러면 그들이 주장하는 노일전쟁(露日戰爭)과 미일전쟁(美日戰爭)도 어쩌면 정당한 것이라고 생각하시오?"

"그들이 눈에 보이지는 않지만 지금 이 나라를 침략해 들어오려고 호시탐탐 노리고 있는 것은 사실 아니겠소? 그러니 아세아가 연합해 항거해야 한다는 데에 반대할 이유가 없지 않겠소?"

승만은 늘 윤치호나 다른 동지들과 대화를 하면 부딪치기 일쑤였다. 승만의 생각엔 하루라도 빨리 봉건체제, 노예체제인 이 나라를 개조해야 했다. 왕을 없애지는 못해도 입헌군주제에 의한 민주적인 사회를 만들어야 한다고 생각했다. 그렇기에 한시라도 늦출 수 없는 과업이었다. 그래서 늘 마음이 바빴다. 미봉책으로 열었던 중추원 역시 고종의 변심으로 결국 물거품이 되고 말았다. 그것도 승만의 마음에 불을 질렀다. 고종이 중추원을 폐쇄하라는 어명과 함께 승만을 비롯한 독립협회 출신 의원들을 즉시 체포하라는 명령도 내렸다. 결국 도망자가 된 승만은 미숙했던 자신의 한계를 묵묵히 뒤돌아 보며 절취부심하고 있는 것이다.

'민중으로부터의 혁명!'

'군사적인 혁명!'

'평화로운 계몽혁명!'

"과연 이 땅에 가능한 혁명은 무엇일까?"

승만은 만나는 동지마다 이 질문을 던졌다.

"평범한 방법으로 조선을 바꾼다는 것은 불가능합니다. 혁명과 같은 급진적인 방법으로 일거에 다른 나라를 따라잡아야 합니다. 이미 우리는 많은 시간을 지체했습니다."

"우남! 아직 우리는 역량이 부족하네! 프랑스 혁명과 같은 민중혁명은 아직은 시기상조야!"

"만민공동회를 엽시다. 그래서 군중들을 계몽하고 그 안에서 함께 할 동지들을 찾아봅시다. 서구에서는 집회와 결사의 자유가 있으니 우리가 매일처럼 모여 시위하고 또 의견을 제출하면 반드시 임금도 마음이 변할 것입니다."

만민공동회가 민주적인 토론과 절차를 거쳐 상부를 움직이는 그 기능을 하리라 기대했건만 …… 돌아온 것은 반역자의 낙인이었고, 결국 도피와 잠적을 되풀이 하는 죄인이 되고 말았다. 그 무렵 감리교 병원에 숨어 있을 때였다. 경무청에 있는 미국인 고문관들과 수 명의 선교사들이 매일 승만을 찾아왔다. 그의 무사함을 알기 위해서였다. 몸만 자유로울 수 있다면 만민공동회를 통해 군중 선동운동을 재시도하려고 마음먹고 있을 때였다. 그때 주상호(周相鎬, 한글학자 주시경의 본명)가 찾아왔다.

"지금 밖에 수 천 명의 민중이 자네를 애타게 기다리고 있네. 언제까지 여기 숨어 있으려나."

태어나서 그때처럼 가슴 뛰어본 일이 없었다.

'사내로 태어나 목숨을 바쳐 일할 거리를 찾았다면, 이 또한 행운 아닌가.'

스스로 자위하며 밖으로 나갈 기미만 엿보고 있었다. 며칠 후 알고 지내던 미국인 의사 해리 셔먼도 찾아왔다.

"우남! 병원 근처에 있는 환자 집에 가보지 않겠소?"

승만은 병원에 갇혀있는 생활이 답답했던 차에 기쁘게 생각하고 그를 따라 나섰다. 그러나 그들이 일본영사관 근처에 이르렀을 때 평복차림의 경리들이 달려와 승만을 체포하고 만다.

"너를 반역죄로 체포한다. 황제께서 친히 칙령을 내려 너와 너희의 일당을 체포하라 하셨다."

승만은 꼼짝없이 잡혔다. 그리고 유치장에 던져졌다. 당황한 셔먼의사가 즉시 미국 공사관으로 달려가서 체포를 항의하였다. 하지만 그 노력은 허사였다.

"아! 이대로 끝나는 것인가?"

그렇게 망연자실 선혜신창 감옥 바닥에 엎드려 있을 때. 경무청의 미국인 고문관 스트리 플링이 승만을 접견하러 왔다.

"우남! 괜찮으시오?"

"네! 아직은 견딜 만합니다."

"고문은 하지 않았소?"

"고문은 하지 않았습니다."

"내가 수시로 올 테니 어찌 되었건 몸을 보전하시오."

"감사합니다."

그는 승만의 석방은 시간문제라고 했지만 왠지 불안한 마음을 감출 수가 없었다. 왜냐면 고종이 이 일에 대해 대단히 분개하고 있었기 때문이다. 간수들이 와서 "배재학당 학생들이 감옥 앞에서 웅성거리고 있다."고 이야기 해주었다. 또 학생대표 한 명이 찾아와 간곡하게 전언한다.

"선생님! 빨리 나오셔야 합니다. 수 천 명의 군중들이 종로 네거리에 모여서 선생님이 나와 연설하기를 기다리고 있습니다."

"하지만 지금은 영어의 몸이니......"

"저희들은 나오시기만 하면 시위운동을 전개하도록 계획하고 있습니다."

"하늘이 돕지 않고서야 내가 나간다는 것은 꿈같은 일이지!"

승만은 자신보다 앞서 체포된 독립협회 회원인 최정식(崔廷植)과 서상대(徐相大)에게도 이런 정보를 알려 주었다. 최정식은 승만보다 네 살이나 위였다. 그는 정말 대단한 열변가였다. 그는 앞서 광화문 회합에서 황제가 중추원을 다시 조직한다고 말하였을 때 큰소리로 연설했다.

"만약에 황제께서 약속을 지키지 않는다면 우리는 어떻게 이것을 강요할 수 있겠습니까?"

"옳소!"

"우리의 의지가 관철될 때까지 농성을 풀면 안 됩니다."

정식이 강성으로 외치는 바람에 특히 엄벌에 처하려는 계획이 세워졌다. 세 사람은 탈옥이라도 해서 만민공동회를 열어 독립협회를 부활시키기로 약속하고 주시경(주상호), 최정식의 부탁을 받은 최학주로부터 서상대에게 몰래 전해진, 탈출 시에 사용할 호신용 권총을 감옥 안에 감추어 두고 있었다.

일 년 후 스로리 폴링이 와서 죄수들을 돌아보고 간 후 승만과 동지들은 거사를 실행했다. 서상대, 최정식 두 동지와 함께였다. 하지만 그 탈주가 결국은 승만을 사형대로 끌고 가게 될 길이었다. 그들은 그때는 알지 못했다.

'음! 용기와 열정 만으로는 어떤 일도 이룰 수 없는 법이거늘.'

지금 돌이켜보면 치기 어린 젊은 놈의 망상에 불과했다. 또한 목숨 걸 일이라 생각하면 무모한 도전을 계란으로 바위 치듯 한 것이었다.

당시 한성 감옥에는 350명의 죄수가 갇혀있었다. 죄목으로 분류하면 사기범, 절도범, 흉악범, 정치범 등 다양했다. 특이하게도 정치범들은 대부분 같은 성향이었다. 갑오경장이 실패한 뒤에 일본에 망명하여 고종황제 폐위, 국체 개혁을 추진했던 박영효, 유길준 계열의 역적들이거나, 정부 시책에 반대했던 인물들이었다. 주로 개화파 계열에 속했던 관료, 군인, 경찰관, 언론인, 학생회 회장, 독립협회 회원들이었다. 그들은 모두 서구적인 개혁파 애국자들이었다. 하지만 지옥 같던 감옥이었다. 그 어두운 감방 안에서 대부분의 죄수들은 죽음의 시간을 고통스럽게 기다리고 있었다.

"우리를 기다리는 것은"

"교수대겠지."

가끔 자유 시간에 옆 사람과 이야기라도 나눌 수 있을 때 모두들 자신들의 미래를 염려하며 실낱 같은 희망이 있을까 귀를 기울였다.

"여긴 악마가 옥좌에서 군림하고 있는 곳이야! 희망의 빛줄기라고는 하나도 없지. 그러니 괜히 희망을 품지 마!"

"하늘이 무너져도 솟아날 구멍은 있는 법이지!"

같은 시기 감옥에 들어온 사람들은 교활한 일본인들의 꾀임에 넘어간 민족주의 경향의 지도자들이었다. 물론 그 일은 일본에 망명 갔던 사람들이 앞장 선 것이다. 그들에게 속은 사람들은 일본을 한국독립의 우방으로 생각하고 넘어갔다. 승만은 당시에 너무 어리고 천진난만했다. 그래서 앞

뒤 정황을 미리 살피지 못하였다. 하지만 치기 어린 승만은 조바심을 내며 감옥에서 일어나 한시라도 바삐 다시 뛰쳐나가고 싶어 안달이 났다.

"우리가 나가야 다시 뭔가 해 볼 텐데,"

"수천 명의 사람들이 여전히 인도해 줄 지도자를 애타게 찾고 있다는 소식은 들었소?"

"그런 소식은 간수가 자주 들려주더이다."

"그렇다면 분명 기회는 올 거요!"

그러던 찰나 권총이 들어왔다. 승만과 함께 총을 의지하여 목숨을 건 탈옥을 감행했다. 누군가 말했다. '결정적인 때에 운명은 내 편이 아니다.'고.

"꼼짝 마시오. 가만히 있으면 목숨은 보전할 것이요."

"이러지 마시오. 대역죄인의 탈주는 발견 즉시 사살이요. 신중히 생각하시오."

하지만 승만은 권총으로 간수들을 위협하고 감방 문을 열고 길로 뛰쳐나왔다. 이 때 함께 탈출한 최정식은 쫓아오는 간수 한 사람의 발을 총으로 쏘아 주저앉게 하였다.

"탕, 탕, 탕."

정확히 세 발의 총알이 발사되었다.

"윽!"

한 발의 총알이 뒤쫓아 오던 간수장의 다리를 관통했다. '윽' 하는 단말마의 신음을 내며 그는 앞으로 고꾸라졌다. 그러자 쫓아오는 속도가 줄어들었다. 승만이 더 이상 총을 쏠 필요가 없었다. 빠르게 상황을 파악한 승만은 앞으로 내달리기 시작했다.

"보시요! 사람들이 모여 있는 곳이 어디요?"

승만은 군중들이 모였을 곳으로 여겨지는 쪽으로 뛰어갔으나 아무도 승만을 기다리고 있지 않았다.

"사람들이라니?"

"분명히 여기에 집회를 하려고 수천의 사람들이 모인다고 했는데, 그들을 모르시오?"

"글쎄 금시초문이요만."

승만은 그 말을 듣고 너무나도 실망하여 쓰러져 버리고 말았다. 다리에 힘이 풀리고 하늘이 노랗게 되는 것을 보았다. 갈 곳을 잃은 승만은 한 발자국도 움직일 수 없었다. 서로 약속한 시간에 오차가 있었다. 바깥 사람들이 승만을 기다리고 있지 않았다.

"아! 하늘이시여! 정녕 이 나라를 버리시는 것입니까? 저를 버리시면 이 나라는 어찌 한단 말입니까?"

대로에 주저앉아 분함과 설움에 승만은 눈물을 왈칵 쏟고 말았다. 추격하던 경리와 간수들에 의해 꼼짝없이 잡혔다. 다시 갇히게 된 승만은 하늘이 자신을 버린 것이라 생각했다. 몇 달을 괴로워하고 또 원망하였다. 하지만 범사에 때가 있으며, 시기와 기한이 있다고 하신 대로 그 하늘의 뜻이란 것은 어차피 인간이 모른다. 그렇기에 더 깊고 오묘한 비밀 속에 숨어 있는 것이다.

결국 7개월 간의 감옥 생활은 탈옥 미수로 끝이 났다. 길지 않지만 짧지도 않은 그 7개월의 시간이 바깥과의 교류를 단절시켜 버리고 말았다. 간수가 몰래 갖다준 신문을 보니 승만이 사형을 당하고 말았다는 소식이 연일 대서특필되었을 정도였다. 여북했으면 부친께서 승만의 시체를 내어달라는 하소연을 옥리(獄吏)에게 하였겠는가.

옥중에 퍼진 괴질, 콜레라는 사나흘 만에 수십 명을 쓰러뜨리고 있었다. 어떤 날은 하루에도 열 몇 명이 쓰러져 들것에 실려 나갔다. 이런 와중에 승만은 탈출을 했었건만 그 노력도 헛되이 다시 감옥에 끌려오게 된 것이다.

찰나의 순간 추적자를 따돌리기 위해 서상대와 최정식, 두 사람은 이미 감리교 교회 안으로 피신했다. 하지만 승만은 아무도 없는 휑한 광장을 보고 실망과 배반당한 기분으로 그만 기진맥진하고 말았다. 탈출시간과 회집시간이 달랐던 것이다. 그 이야기를 듣고서 하늘을 향해 고개를 들었다.

'하늘이 나를 버리시는가?'

'아! 성경에 나와 있는 그 예수여! 나를 버리시나이까?'

거의 모든 소망이 무너져 내리니, 마치 추적자를 피하다 천 길 낭떠러지 앞에 서있는 심정이 되고 말았다.

그루터기인양 했으나

한성 바닥은 작았고, 한 두 다리를 건너면 모르는 사람이 없을 정도로 생활반경이 한정되어 있었다. 그리고 워낙 요주의 인물이었기 때문에 곳곳에 왕이 부리는 자객과 관원이 풀어놓은 정보원이 많았다.

승만이 갇힌 곳, 한성감옥! 그곳은 돌로 된 벽 안쪽이었다. 감옥 안은 선교사들조차 손이 닿지 않는 곳이다.

'나를 기다리는 것은 죽음 밖에는 없도다.'

종일 승만은 죽음을 바라고 있었다. 고통을 잊고 멈추는 유일한 길은 죽음 밖에는 없었다. 혹독한 고문은 승만을 생의 마지막까지 가게 만들었다. 누구나 살기를 바란다. 더 잘살기를 바란다. 하지만, 생은 언제나 우리에게 죽음을 요구한다. 늘 죽느냐 사느냐를 결정하게 만든다. 역설

적이게도 생의 마지막 자리에서 또 삶을 걱정한다. 고문의 방향이 바뀌었다.

"너의 배후가 누구냐?"

"나는 배후가 없다. 나는 이 나라의 미래가 배후다. 의분(義憤)이 강개(慷慨)하여 스스로 일했을 뿐이다. 그러니 무슨 배후가 있겠는가?"

"아니다, 네 놈이 주로 서양선교사들과 같이 일을 하였으니 분명 배후에 미국이나 영국이 있을 것이다. 그 배후를 대라. 그렇지 않으면 살아 돌아갈 수 없을 것이다."

"나는 결코 외세를 등에 지고 일 할 생각이 없었다. 만약 외세의 힘을 빌린다면, 동등한 값으로 그들과 나란히 어깨를 같이 하여 인류공존의 길을 모색할 것이나, 누가 누구를 침범하여 지배하는 제국주의적 침략에는 결코 마음을 허락한 적이 없다."

"닥쳐라. 네 놈이 아직도 고신(拷訊)이 약하여 정신을 못 차린 게로구나."

"내가 원하고 바라는 바는 백성이 나라의 주인이 되는 세상, 만민이 평등하게 권리를 갖게 되는 세상, 그러한 사상과 체계를 가진 그들 나라를 본받고 싶었다. 하지만, 결코 그들의 힘을 빌려 나라를 뒤엎게 할 생각은 없었다. 그러니 나를 모욕하지 말라!"

말이 끝나기도 전에 무릎을 꿇은 다리 사이에 두개의 나무를 끼게 하고 무릎과 발목을 묶어 그 뒤에서 두 명의 경리가 통나무로 내리쳤다. 또 삼각형으로 날카롭게 깍은 대나무를 손가락 사이에 끼고 살점이 떨어져 나가도록 짓눌렀다. 그리고 매일 같이 마루 위에 엎어 놓고 살가죽이 빨갛게 벗겨질 때까지 대나무로 후려치기도 했다.

"아악. 윽! 흑흑."

"어서 자백하렸다."

"아아아 악......"

밤이 되면 승만은 고문실에서 끌려나와 어두운 지하실에 쳐 박혀져 있다가 아침이 되면 또 고문실로 연행되는 일을 반복하고 있었다. 만약에 승만이 보통의 체력을 가진 사람이었다면 도저히 살아남지 못했을 것이다.

며칠이 지나자 박달북은 승만의 고문을 자신의 부하에게 맡겼다. 그때부터 겨우 승만은 혹독한 고문에서 벗어 날수가 있었다. 그러나 매일 밤 발을 통나무 위에 놓은 채 수갑을 차고 있어야 했고 두꺼운 널빤지로 만든 무거운 칼을 쓰고 있어야 했다. 당연히 서지도 눕지도 못하며 그저 허리를 굽히고 쪼그리고 앉아있는 수밖에 없었다. 어떤 고통보다 인신을 구속하고 구타하는 이 비인간적인 고신은 비난받아 마땅할 공권력이었다. 매를 맞고 돌아오면 그저 멍하니 정신을 잃고 누워 있어야만 했다. 무서운 불안도 이미 인내 속에서 사라지고 말았다. 온갖 희망도 죽은 듯이 없어지고 기억도 희미해졌다.

'아! 이 모든 게 꿈이었으면. 한 여름 대청마루에 누워 잠시 자다 꾼 꿈이라면 얼마나 좋을까?'

하지만 고통에 혼절하였다가 눈을 뜨면 또 고통은 시작되었다. 승만이 여기에서 나갈 일은 만 분지 일의 확률도 없었다. 그저 죽지 않는 한 고문은 계속될 것 같았기 때문이다.

다행히 승만의 죽음이 거짓이었다는 것이 밝혀지자 교회에서 승만을 구명하기 위해 기도를 시작했다. 승만을 위해 기도하고 있다는 소식과 함께 감방에 성경이 전달되었다. 고통을 잊기 위해, 무료함도 달래기 위해 승만은 감방에서 혼자 있는 시간이면 성경을 읽었다. 배재학교 다닐 때는 그 책이 아무 의미가 없었다. 하지만 성경을 읽는 중에 선교사가 하나님께 기도하면 응답해 주신다던 말이 생각났다. 그래서 승만은 평생 처음으로 감방에서 입을 열어 기도를 시작했다.

"오! 하나님, 나의 영혼을 구해주시옵소서. 오! 하나님, 우리나라를 구해주옵소서!"

처음에는 그렇게 기도했다. 하지만 기도는 점점 더 처절해졌고 급기야 눈물이 흐르며 진심으로 하늘을 향해 울부짖었다. "하나님! 이 나라를 구원해 주십시오. 저는 어떻게 되어도 상관없습니다. 이 나라를 흑흑 흑......."

그랬더니 금방 감방이 환한 빛으로 가득 채워지는 것이 아닌가!

'아! 이게 무슨 일인가!'

"오! 주님이시여! 여기가 어디입니까?"

분명 그분의 임재를 느낄 수 있었다. 그 순간 승만의 마음에 기쁨이 넘치며 평안이 깃들기 시작했다.

더 이상 살 기력이나 희망이 없던 순간이었다. 이제 할 수 있는 일이라곤 영혼의 마지막을 위해 기도할 일 밖에는 없었던 순간이었다.

"오, 주여! 이 나라와 이 영혼을 구해 주소서."

"오, 예수여! 나를 불쌍히 여기소서. 혹 내가 당신 품으로 간다면 그곳에 갈 때에 나를 기억하여 주소서."

하루 단 5분, 수갑과 칼을 벗고 쉴 수 있는 그 시간이 승만에겐 천 금 같은 해방이었다. 그런 그가 무릎을 꿇고 기도를 했다는 것은 그의 마음이 이미 알 수 없는 힘의 지배를 당하고 있었다는 것을 뜻했다.

"오! 주여. 당신이 진정한 신이라면, 이 불쌍한 내 나라와 저를 구원하여 주옵소서. 혹 제가 살아난다면, 평생을 당신을 위해 그리고 이 나라를 위해 제 모든 신명을 드리겠나이다.”

얼마나 간절히 기도했을까? 그때였다. 다시 한 번 알 수 없는 기운이 그를 사로잡았다.

“으윽 흑흑 주여! 주여! 주------여!”

승만은 자신의 몸이 마치 벼락을 맞은 듯한 강렬한 힘을 느꼈다. 온몸에 찌르르한 것이 흐르며 갑자기 혀가 꼬이고 그의 눈앞에서 지나온 스물 몇 해의 일들이 주마등처럼 지나가는 것이었다. 특히나 그가 지었던 모든 죄상이 낱낱이 눈 앞에 드러나는 것이 보였다. 그래서 무릎을 꿇고 기도하지 않을 수 없었던 것이다.

“오! 예수여! 나는 죄인입니다. 나를 버리소서. 자기 죄조차 해결하지 못하는 자가 타인의 죄를 또 나라의 죄를 논하다니, 저는 위선자입니다. 저는 위선자입니다. 저는 당신을 모시기에 부족한 죄인입니다. 용서하여 주옵소서. 오, 주여! 오, 주여!”

“내가 너를 고목의 그루터기가 되게 할 것이다.”

“네! 그게 무슨 말씀입니까?”

승만은 그때는 그 말씀이 무슨 의미인지 몰랐다.

“그 중에 십분의 일이 아직 남아 있을지라도 이것도 황폐하게 될 것이나 밤나무와 상수리나무가 베임을 당하여도 그 그루터기는 남아 있는 것 같이 거룩한 씨가 이 땅의 그루터기니라 하시더라.”(이사야 6:13)

그때부터 그는 변한 사람이 되었다. 뿐만 아니라 선교사들과 그들의 종교에 대해 갖고 있던 증오감, 불신감이 사라졌다.

승만은 선교사들과 교류는 했지만, 그때까지만 해도 미국 선교사들은 한국을 병탄하려는 목적으로 침투한 미국정부 앞잡이(agents)가 아닐까 하고 의심하고 있었다. 왜냐하면 1년 전인 1898년 미국이 하와이를 병탄했을 때, 선교사들이 먼저 원주민을 개종시킨 뒤 미국 군사들이 하와이 여왕을 폐위시켰다는 사실을 알았기 때문이다. 그런 식으로 조선에서도 똑같은 계획을 수행하는 줄 여겼던 것이다.

그러나 그는 그날 그 극적인 체험 이후 유대인들의 신, 인간으로 온 나사렛 사람 예수가 어떻게 신이 될 수 있는가 고민했다. 그런데 그분은 진정한 하나님, 곧 로고스였다. 도(道)이신 그분이 사람의 육체를 입고 오신 분이라는 것을 그날 확연하게 체험을 했던 것이다.

"오! 주님, 약속한대로 저는 다시는 저를 위해 살지 않고 당신의 나라를 위해, 또 당신이 가르쳐주신 도(道)의 길로 행하겠나이다. 감사합니다."

혹독한 고문은 재판을 받기 전 7개월이나 계속되었다. 재판정은 아무런 소득도 얻지 못했다. 고통의 7개월이 승만으로 하여금 절대적 절망을 체험케 하였다. 절대적 절망은 곧 그로 하여금 인간의 한계와 신의 영역에 대한 성찰로 이어졌다.

"오늘부터 보름간 너는 잠시 자유로운 수감생활이 될 것이다."

그 말이 떨어짐과 동시에 목에 씌워졌던 칼이 벗겨졌다.

"법정에 나갈 때는 초췌한 모습을 보여선 안 되니 건강을 챙기시오."

간수장은 법정에 나갈 것을 대비해 기력의 회복을 위해 휴식과 음식물을 허락해 주었다. 그렇게 일주일이 지난 후 승만은 머리에 고깔을 쓴 채 법정으로 끌려 나갔다. 법정에 가니 승만이 가장 싫어하는 홍종우(洪

鍾宇)가 판사석에 앉아있었다.

승만과 더불어 재판을 받게 된 사람은 동지였던 최정식이었다. 그는 탈옥 후 진남포에 있는 일본인 여관에서 체포되었다고 한다. 그리고 서울로 압송(押送)되어 오늘 같이 재판을 받게 된 것이었다.

"저는 이승만과 함께 하였고, 그를 도왔을 뿐입니다. 결코 반역을 목적으로 죄를 지은 적이 없나이다."

첫날 재판에서 최정식은 혼자라도 살기 위해서 능수능란한 달변(達辯)으로 모든 죄를 승만에게 미루려는 모습이 보였다. 승만은 지금까지의 고문으로 몸도 쇠약해졌고 정신도 산란했기 때문에 변명이라곤 한 마디도 할 수 없었다. 그러나 최정식은 달변으로 증언하는 가운데 앞뒤가 모순되는 말을 지껄이게 되었다.

"저는 단지 이 일이 모두 다 나라를 위한 우국충정에서 한 일일 뿐입니다. 따라서 총을 쏘게 된 것도 뒤따르는 간수에게 위협을 할 요량이었지 살인을 할 의도는 전혀 없었습니다."

"그렇다면 피고 이승만도 발사를 하였는가?"

"아닙니다. 저는 총을 엉겁결에 지니고는 있었으나 쏘지는 않았습니다."

"경리는 피고 이승만의 총에서 발사 자국을 발견하였는가?"

"저희들이 검토한 바로는 피고 이승만의 총에서는 한 발도 발사되지 않고 6개의 총알이 그대로 있음을 확인하였습니다. 여기 증거물입니다."

승만이 가지고 있었던 권총에서는 한 발도 쏘아지지 않았다는 것이 증명된 것이다. 이에 따라 생과 사가 그 법정에서 갈리게 되었다.

"피고 최정식에겐 국가 반역죄와 살인 미수죄로 사형을 이승만에겐 반역죄 및 소요죄로 무기징역을 언도한다. 아울러 곤장 100대를 언도한다."

홍종우 판사는 최정식에게 사형을 이승만에게는 무기징역과 곤장 100대의 체형(體刑)을 판결하였다.

"곤장은 그 자리에서 즉시 시행하라!"

추상과 같은 선고가 내려지자 승만의 아버지는 곤장을 때릴 간수(看守)에게 무릎을 꿇고 호소하였다.

"영감님, 저렇게 쇠약한 몸이 백대의 곤장을 맞는다면 도저히 살 수 없을 것 입니다"

"흠!....."

그런데 그 간수는 8개월 전에 두 사람이 탈주를 꾀했을 때 다리를 맞은 사람이었다. 하지만 그것에 대하여 아무렇지도 않게 생각하고 있었다.

"신기하오. 나는 그가 지금까지 고문을 참고 견디어 온 것에 놀랐소."

"영감! 제발 살려주시오."

홍종우 판사가 관례(慣例)에 따라서 매질하는 것을 감독하기 위하여 들어왔으나 웬일인지 매질이 시작되자 그는 곧 나가 버렸다.

"하나요!, 둘이요! 셋이요......."

간수가 곤봉(棍棒)으로 백을 셀 때까지 내리쳤다. 승만의 성품과 기질에 감탄한 간수가 치는 시늉은 크게 하였으나 세게 치지는 않아 승만의 몸에는 아무런 상처도 내지 않았다.

"승만아! 괜찮으냐?"

"아버님! 저는 괜찮습니다. 너무 걱정하지 마십시오."

"다행이다, 하늘이 도우시고 조상들이 돌보았구나!"

다행히 간수의 재량으로 관대한 매질을 받은 후 승만은 다시 감옥으로 들어가 영어(囹圄)의 몸이 되었다. 원래 쌀 창고였던 감방은 난방이 전혀 되지 않았다. 그 감옥에서 맞이한 겨울! 얼어 죽지 않은 것이 다행이었다. 덮을 이불도 죄수가 준비해야 했는데, 마룻바닥에 가마니가 깔려 있어 겨우 땅의 한기를 피할 뿐인 그런 곳이었다. 그곳에는 단 하나의 석유등잔이 복도에 있었으나 죄수들에게는 허락되지 않았다. 인생을 살면서 가지 말아야 할 곳이 있다면 바로 감옥이다. 그러나 그런 감옥에 갇혀 본 자는 절망 속에서도 하늘을 바라볼 수 있다. 만약 승만의 생애에 한성감옥에서의 그 체험이 없었더라면, 낮은 자리에서 깨닫는 것이 없었으리라.

승만이 처음 기독교를 접한 것은 배재학당에서였다. 당시 윤치호 공이 민영환공과 더불어 니콜라이 2세의 대관식에 참석하기 위해 한국을 떠나게 되던 때였다.

"자 오늘 여러분들에게 특강 강사를 한 분 소개드리겠습니다."

"누구시죠?"

"혹 이름을 들어보셨는지 모르지만, 서재필 박사입니다."

"네! 미국에서 공부하시고 박사학위를 처음으로 받으셨다는 그 서재필 박사님 말입니까?"

"그렇습니다."

윤치호 공의 뒤를 이어 서재필 박사가 배재학당에서 특별 강의를 하게 되었다. 그는 만국지리, 역사, 의회제도와 민주주의, 서구 문화와 세계정세에 대해 강의했는데, 한 마디로 원더풀이었다.

"선생님! 저희들에게 만국회의 진행법을 좀 가르쳐 주십시오."

"그럽시다. 민주주의를 제대로 배우려면 회의 진행법을 알아야 하니."

그렇게 해서 승만과 학생들은 매주 토요일 오후 회의 진행방법과 절차, 토론과 연설 방법에 대한 체계적인 훈련도 받을 수 있었다.

"여러분! 지금 세계는 미몽에서 깨어나 새로운 사회로 가고 있습니다. 그동안 우리나라만 잠에서 깨어나지 못한 채, 여러 세월을 허비하였습니다. 그러므로 이제부터라도 여러분들은 민주주의를 적극적으로 배우고 이해하여 자유롭고 합리적인 토론, 민주적 합의, 진정성의 개념을 습득하기 바랍니다."

당시 서재필 박사는 미국시민권을 가진 의학박사였다. 귀국을 망설였지만, 개화파들의 간곡한 부탁으로 중추원 고문으로 들어와 봉직하며 협성회를 만들도록 힘을 써주었다. 뿐만 아니라 국가의 경제와 기업의 중요성도 서재필 박사를 통하여 깨우치게 되었다.

"여러분! 민주주의가 부흥하려면 가장 중요한 것이 산업입니다. 산업이 근대화되지 못하면 결코 민주주의가 성공할 수 없습니다. 저는 그래서 하루 빨리 우리 민족의 자본으로 석유회사를 설립해야 한다고 정부에 건의했습니다. 지금 우리나라는 일본 상인들이 석유수입과 판매를 독점하고 있습니다. 그 때문에 막대한 부가 유출되고 있고, 그 이익도 막대합니다. 그들과 맞서서 상권을 일궈나가는 구체적인 방법은 석유직수입회사를 설립하는 것입니다."

승만은 그날 처음으로 민주주의가 꽃피우기 위해서는 경제와 기업의 자유로운 설립 그리고 이윤추구가 중요함을 배우게 되었다. 당시 조선은 근대적인 상회설립의 법조차 없었는데, 서재필은 중추원의 규례에 근거하여 농상공부 대신을 역임한 김가진과 더불어 건양협회의 결성작업과 동시에 상무회의소의 설립을 추진했다. 법 제정 한 달 만에 최초로 한성

상무회의소가 결성될 수 있었던 것이다.

당시 석유의 판매단위는 '궤' 또는 '상자'(case)로 표시되었는데, 인천·부산·원산의 3항을 통하여 수입되는 석유총량은 20만 궤에 연 증가율이 3% 내외였다. 연간 인천항을 통해 7만 상자를 수입했다. 상자당 20전에 수입하여 72전에 팔고 있었으니 그 이익이 얼마나 막대했는지 알 수 있다. 그래서 서재필 박사는 학생들에게 탁상에서 민주주의를 배울 것이 아니라 정치 경제 군사 분야에 폭넓은 지식을 갖도록 격려하여 주었다.

"조선사람의 회사도 스탠다드 석유회사의 일본지사에서 일본인 상인들과 똑같이 싼값으로 석유를 얼마든지 사올 수 있습니다. 따라서 거기서 나오는 이윤도 조선사회의 몫이 되지 못할 이유가 없습니다."

그러나 조선에서 그들은 석유의 독점적인 거래만으로 연간 5~6만 원의 순익을 올리고 있었다. 그런 일본인 상인들 속에서 서재필의 석유회사 설립계획을 그들은 좌시할 수 없었다.

"작금에 일부 몰지각한 인사들이 석유회사를 설립한다고 설쳐대는데 이것은 서재필과 미국인들이 결탁한 결과가 분명하다. 이렇게 가면 석유회사의 앞길은 낭패함이 필연이나니 쓸데없는 도단으로 행하는 모든 작들이 다 실패로 끝나는 것은 의심 없는 사실이로다."

이런 이유를 붙여 상무회의소의 석유회사 설립 계획의 중단을 강력하게 촉구하였다. 이 때문에 서재필 박사와 김가진 등은 추방공작을 받게 되었다.

"우리는 서재필이 미국시민권을 가지고서 이 땅에서 행하는 모든 일은 미국의 앞잡이 노릇임을 확인하노라. 따라서 그가 추진해 온 신문발간도 불법임을 천명한다."

결국 서재필의 추방을 획책하는 무리들에게 빌미를 주고 말았다.

김가진은 민비시해사건 직전인 전해 10월 4일자로 농상공부 대신에서 해임되었다가 다시 10월 15일에 주일공사로 임명받은 바 있다. 그러나 일본의 대한정책에 불만을 품고 계속 부임을 미루어 오던 김가진은 서재필과 의기투합하여 건양협회와 석유직수입회사의 일이 궤도에 오르는 것을 기다려 정월 31일 사직서를 올리고 2월 1일 공사직을 사임하였는데, 그 다음날 갑자기 경무청에 구속되고 말았다. 그날 한성신보는 다음과 같이 기사를 썼다.

"일하에 석유회사 일로 발기인이 되어 계획 중에 있다는 김가진 씨는 무슨 일로 그러하는지 모르나 경무청으로 구인되어…시방 예심을 받고 있다."

또 나카무라 기자는 당시 상황을 이렇게 보도한다.

"김가진·서재필 2인의 제휴가 이루어져 석유회사·건양협회 등이 발기 되었으나 김 씨는 돌연 경무청에 구인되는 신세가 되었다."

이렇게 아주 신속하게 본국에 타전했다. 건양협회와 석유회사 일을 계기로 서재필과 김가진이 제휴하게 된 사실에 주의를 환기시키는 목적이었다.

"그것은 김가진에 대한 일본 측의 응징과 보복이었음이 아닌가 하는 의구심을 민중들에게 시사(時事)하였다고 민중들은 이해한다."

이렇게 되자 서재필 박사의 설득으로 자본을 투자하기로 동의했던 상가들은 김가진 구속사건이 발생하자 모두 뒤로 물러서고 만다. 모든 것이 무너지고만 결정타였다.

"조선 사람들이 자기 자본에 대한 위험을 두려워한다는 사실 말고는 다른 이유가 없다. 그들은 서로에게 믿음을 갖지 않으며, 사람과 사람 사이에 믿음이 없다는 것은 어느 나라에서나 무역의 가장 큰 적이다.”

서재필 박사는 한 기고문에서 이렇게 설파하며 그 아쉬움을 토로했다. 그때부터 서재필 박사는 공개강연에 치중하게 되었다. 그리고 건양협회의 결성을 적극적으로 추진하였다. 매주 일요일마다 열린 공개 강연회는 입추의 여지없이 청중들이 모여들었다.

“…저는 정치를 하려고 이 모임을 주도하지 않았습니다. 저의 관심은 민중들을 계몽하여 결국은 사회개량과 풍속교정을 하려는 것입니다. 서구 사회가 한 발 앞서 출발했기 때문에, 우리는 지금부터라도 부지런히 그들이 갔던 길을 뒤따라가야 합니다. 이것이 건양협회의 설립 목적입니다.”

서 박사는 김가진이 구속된 후에도 건양협회의 결성을 포기하지 않고 계속 밀고 나갔다. 서재필의 공개 강연은 당초의 계획대로 순조롭게 진행되었다. 아관파천이 일어날 때까지 모두 네 번 열렸다. 그의 공개 강연이 첫 선을 보인 때부터 그것이 사회에 던져준 충격은 대단히 크고 신선했다. 늘 청중 3~4백 명이 모였다. 방청자가 그의 강연을 되뇌일 정도로 강연을 통해서 얻어진 집단적 각성의 효과가 놀랄 만큼 컸다. 승만은 빠른 시간 서박사를 닮아가고 있었다.

“국가의 자주적 자세 확립이 얼마나 중요한 지 모릅니다. 국가의 운명을 적극적으로 이끌어 갈 역사 주체는 여러분 자신들입니다. 그리고 세력화 되어야 합니다.”

당시로서 그의 강연은 파격적이며 불온하기까지 한 일이었다. 때문에 그는 일본공사 고무라 쥬타로(小村壽太郞)가 질시하는 표적이 되었다.

“이 강연은 사회개량과 풍속교정일 뿐이므로 강연을 막는 행위는 결국 정치적인 탄압일 수밖에 없다.”

“조선 사람들을 위한 조선과 깨끗한 정치”(Korea for Koreans and

Clean Politics)가 우리 독립신문의 발간 취지인 것이다."

승만은 가슴이 뛰었다. 승만은 선교사들로부터 원론적인 사상과 정치 등에 대한 강의를 들었다면, 망명객으로 미국에 갔다가 그곳에서 뼈를 깎는 노력으로 미국의 주류사회에서 의사가 되고 박사를 땄던 서 박사를 통해선 보다 구체적인 행동방향을 배우게 된 것이다. 서 박사의 여러 연설에 감동은 받은 승만은 감옥 안에서 만든 학교에서 모인 학생들에게 그것을 가르쳤다.

"저는 배재학당에서 위대한 스승 서재필(徐載弼)을 만났습니다. 질서 정연한 학생의 모습, 회의규칙의 엄격한 적용, 성실하게 토론에 임하는 자세, 전 회원의 열정적인 참여, 자기주장을 표현하는 용감한 태도가 길러졌다고 생각합니다."[4]

"그러면 고래하면 모든 전통을 다 포기해야 됩니까?"

학생들이 가장 많이 하는 질문이었다.

"고래한 조선의 기운을 헌 옷 벗어버리듯 과감히 버리자 함은 정신 중 오래되고 가치 없이 전통입네 하고 있는 구습을 말함이요. 새로운 것이 라 함은 새로운 옷 즉 근대화된 서구의 합리적 사고와 가치관을 형식과 함께 받아들이자는 것이니 그 핵심은 자유로운 사상을 뒷받침 하자는 것 이니 이는 학생제군들이 충분한 분별력이 있으리라 파악합니다."

"사상이라 함은 정신을 바꾼다는 이야기인데 그것이 과연 가능한 것 이며, 또 의식이 족해야 예절을 안다고 했는데, 오늘과 같이 피폐한 이 조선에서 이것이 가능한 일인지요?"

---

4) 2012-06-21 New Dally. 이승만 시대(3) 서재필을 만나다...민비시해 사건후 도 피생활. 이주영 건국대명예교수

"백번 맞는 말입니다. 자유사상은 그만한 실력과 경제력이 나라에 있어야 합니다. 개개인도 마찬가지입니다."

승만은 강연을 할 때면 자신도 모르는 뜨거운 피가 용솟음침을 느낄 수 있었다. 잠시 울먹이며, 숨을 고른 다음 말을 이어나갔다.

"따라서 저는 개개인을 중히 여기는 민주주의라는 제도만이 우리나라를 바꿀 수 있는 유일한 힘과 가치의 근원이라는 것을 확신하게 되었습니다. 이 나라를 미국과 같은 민주주의 국가로 만들겠다는 의지가 그때부터 생겼습니다. 그리고 민족 자본을 일으켜 반드시 직접 무역을 하고, 직접 생산을 하는 그런 기업들을 일궈내야 합니다. 우리 모두 그 일을 위해 일하기 위해 여기 모인 줄 압니다. 그러므로 여러분이 비록 핍박을 받아 이 감옥 안에서 고생을 하고 있지만 미래를 위해 준비를 잘 하여 미래를 도모하면 반드시 이 나라에 서광이 비출 것을 믿습니다."

"짝짝짝짝!"

우뢰와 같은 박수소리가 좁디좁은 한성감옥 안에 울리며 메아리를 쳤다. 고난이 때로는 유익인 것은 고난 속에 있을 때 자신을 진정으로 돌아보게 되고, 그 안에서 다시금 나아갈 방향과 구체적인 행동들을 결심할 수 있기 때문이다.

배재학당은 미션스쿨이란 명목으로 창설되어 승만 뿐 아니라 많은 인재들이 눈을 뜨게 되는 학문의 전당이 되었다.

"기독교 교육의 목표가 무엇이겠습니까? 인간은 평등하다는 의식으로 발전하도록 유도하는 것입니다. 여러분도 아시겠지만 우리 조선은 아직도 천여 년 전 유럽사회가 타파했던 노예사회에 머물러 있습니다. 그러므로 우리의 조선은 반드시 새로운 인권사회로 개혁되어야 합니다. 그래서 오직 인간의 존엄성을 중시하는 사회를 존중하는 성서적, 공화적 전통을 세워가야 할 것입니다."

당신은 누구시기에

　승만의 지칠 줄 모르는 열정은 감옥에서도 죄수들을 상대로 만민공동회를 만들고 말았다. 기독교 교육이 퍼지게 되면 일본이 내세우는 신도 또한 거부해야 할 이단에 불과하다고 느낄 것이기에 그는 지칠 줄 모르고 사람들을 설득했다.

　승만은 감옥 안에서 20세기를 맞이했다. 세상이 모두 서기(西紀)력으로 바뀌었다. 때문에 그것은 대단한 역사적 변화였다고 여기게 되었다. 20세기 들어 두 해 뒤, 승만이 감옥에 있는 동안 조정(朝廷)은 친러 내각으로 변했다. 친러 내각은 독립협회의 관계자들과 일본 육사 출신들, 친일적 인물이라고 판단되던 반대파들을 검거하기 시작했다. 일본에 망명

중이던 박영효, 유길준 등과 공모해 역모를 꾸민다는 명목이었다.

그래서 승만의 감옥 안에서의 강연과 가르침은 점점 불이 붙게 된다. 유길준의 동생이자 내부협판이었던 유성준, 법부협판과 승지였던 이원긍, 경무관 김정식, 참서관 홍재기, 강화진위대 장교 유동근과 홍정섭, 후일 제국신문 사장이 되는 이종일, 만민공동회 간부 양의종, 안경수의 양자 안국선, 이상재와 그의 아들인 부여군수 이승인, 조택현, 장호익, 권호선, 김교선 등 무관학교 교관들도 체포되어 한성감옥에 구금되었기 때문이다. 이어서 신흥우, 성낙준 등 배재 출신들도 황제 폐위 음모에 가담한 대역죄로 수감되어 들어왔다. 친러 내각은 그들을 가혹하게 다뤘다. 감옥 환경이 열악한 데다 1903년 3월부터 다시 시작된 콜레라에 40명 이상의 죄수가 죽어나갔다. 하루 동안 열일곱 명이 눈앞에서 쓰러져 수인들은 시신과 함께 섞여 지내기도 했다.

"친러파 놈들 도저히 용서할 수 없도다."

"내 나가기만 하면 결코 가만두지 않으리."

수감자들은 울분을 토로하며 보복을 다짐했다. 그러나 조기 석방될 것이라는 예상이 빗나가자 낙담과 절망에 빠져들었다. 이러한 상황은 승만으로 하여금 복음을 전하고자 할 때 잘 받아들이는 토양을 만들어주었다. 또 선교사들이 적기에 도움의 손길을 감옥 안으로 보내주었고, 그들의 도움과 사랑이 맞물리면서 성령의 강한 임재가 승만에게 나타나기 시작했다. 승만은 그 마음을 사람들에게 속속 전달했다.

"여러분! 저의 거사는 실패했습니다. 하지만 지금 돌이켜보면 그 실패도 그분의 뜻이었습니다. 그해(1898년) 11월 보부상들과 격투가 있었을 때 맞아죽지 않았던 것이나, 다음해(1899년) 1월 탈옥을 시도했을 때, 소지했던 권총을 사용하지 않은 것은 인간의 이성으로는 설명할 수 없는 섭리였습니다. 생각해 보십시오. 제 동지처럼 살기만을 도모하여 총을 한 발이라도 쏘았다면, 저는 이미 이 세상 사람이 아니었을 것입니다. 이모두가 보이지는 않지만 존재하는 손(the unseen hand)[5]의 힘이라고 생각합니다."

승만의 이런 고백은 같은 처지를 당하여 갇혀있는 수많은 선각자들의 심금을 울렸다. 그들의 마음이 열리는 것 같으면 그는 그 틈을 놓치지 않고 기독교와 정치에 대해 연설을 했다.

"여러분! 저는 솔직히 우매했습니다. 기독교는 근대를 연 이데올로기라고만 여기고 있었습니다. 그러므로 기독교 정신을 받아들이면 우리 민족도 근대화될 것이라 생각했습니다. 하지만 저는 감옥 안에서 신비한 체험을 통해 1900년 전의 그분을 직접적으로 만나게 되었습니다. 그 경험을 통해 이념으로 이해했던 기독교가 아니라는 것을 깨달았습니다. 성경이 말하는 믿음이 인간의 영생 그리고 삶의 길을 가르쳐 주는 참 진리임을 깨닫게 되었습니다. 그리하여 기독교 선교사들을 의심했던 적이 있는 저는 회개를 했습니다. 그분들은 결코 제국주의의 주구(走狗)가 아니었습니다. 그분들은 정말 순수한 마음으로 이 땅을 위해 자신을 헌신하려고 오신 진정 위대한 지도자들임을 깨닫게 되었나이다."

승만은 삶의 목적이 완전히 바뀌었다. 그래서 우선 그가 할 수 있는 일부터 찾았던 것이다. 그 일이 한성감옥 안의 애국지사들에게 복음을 전하는 일이었다. 그는 죄수들을 만나는 대로 체험담을 이야기했다.

"보시요! 내가 선교사들에게 듣고 배운 예수는 2천 년 전, 저 먼 이스라엘 땅의 신이라 여겼소. 하지만 더이상 살 소망이 끊어지고 없을 때,

---

5) 이승만 기념관, 이승만과 기독교. 미래한국 (http://www.futurekorea.co.kr)

죽기를 각오하고 만나주시기를 간구하였소이다. '주! 예수여, 나를 불쌍히 여기시어 당신의 존재와 일하심을 보아 알게 하소서. 제 영혼을 불쌍히 여기시어 이 인생의 감옥에서 구원하여 주옵소서! 인생은 모두가 다 자기의 죄로 말미암아 인생감옥에 들어가나이다.' 그렇게 기도했을 때, 나는 전율을 느끼며 그분의 내주(內住)하심을 경험했소. 나는 여러분들도 간절히 구주 예수의 이름을 부르면 그분의 임재를 체험하리라 확신하오. 나는 성경 속에서 그분의 이름을 찾았고 그리고 불렀소. 그리고 만났소. 부디 여러분들도 예수를 구주로 믿고 불러 보시오."

대부분의 사람들은 처음엔 반신반의했다. 그러다가 승만의 거짓 없는 간곡하고도 애절한 호소를 들으면 마음이 동요되었다. 그리고 며칠이 지나지 않아 혼자 있는 시간, 간절한 마음으로 예수를 불렀다. 그러면 신기하게도 승만이 말한 신비한 체험이 일어나는 것이다. 마치 불이 번져가듯이 감옥 안 곳곳에서 동일한 일들이 일어났다.

"주여! 감사합니다. 저들의 감동어린 이야기를 들으니 제 마음이 심히 행복합니다. 만물보다 더 심히 부패한 인간을 찾아와 주시고 만나주시니 너무나도 감사합니다."

그의 전도에 감응하고 또 그와 같은 체험의 길로 들어서는 사람들을 보며 감사한 마음을 돌리지 않을 수 없었다.

그렇게 한 해 두해가 가면서 감옥 안은 구국의 동지에서 더 나아가 믿음을 같이하는 동지가 늘어나게 되었다. 그리고 그들과 같이 성경을 연구하기로 마음을 모았다. 성경공부 모임은 이상재, 이원긍, 김상옥, 이희준을 비롯해 40여 명 이상이 참석하는 큰 모임이 되었다. 말 그대로 작은 교회가 된 것이다.

선교사들은 콜레라가 돌 때, 약품을 넣어 줬고 많은 물품들을 챙겨서

지입해 주었다. 선교사들의 이 가없이 주는 사랑으로 인해 전도가 점점 불이 붙었다. 한 걸음 더 나아가 성경반은 '옥중학교'가 되고 결국 예배당과 함께 신학당이 되었다.

"우남! 우리도 자네와 같은 체험을 했으니, 나도 이제 그리스도인이 된 것인가?"

"당연합니다. 우리를 찾아와 주시고 만나 주신 예수님이 너무 감사하지 않습니까?"

승만은 너무나도 기뻤다. 그들이 회심 체험을 했다는 것은 더 이상 이들이 기독교를 근대문명의 도구로만 생각하지 않게 되었다는 것을 말해준다.

수많은 선각자들이 예수를 믿고 회심하게 되자 이번엔 간수들이 믿음을 받아들이게 되고 나중엔 간수장까지 승만이 도(道) 전하는 것에 귀를 기울이게 되었다.

간수장이 복음을 받아들이게 되자 감방에서 승만은 좀 더 많은 독서와 집필을 할 수 있었다. 당시는 죄수들이 항아리를 갖는 것은 허용되었다. 승만은 그 항아리를 눕히고 그 안에 촛불을 켜고서 공부했다. 선교사들이 들여보내주는 영어책과 잡지들은 그에게 일거리를 주었다. 그것들을 읽으면서 문장들을 외웠고, 일영(日英)사전의 영어단어를 몽땅 외워버리고 말았다. 방법은 과거시험 공부할 때 한문서적을 암기했던 그 방법이었다. 종교서적은 물론 국제법 관련 서적들을 탐독했고, 엄청난 독서목록 중에는 청일전쟁사인 '청일전기' '만국사략' '주복문답' '감리교역사' '기초영문법' 등이 있었다. 승만은 그것을 읽는 것으로 만족하지 않고 한 권 한 권 번역하기 시작했다.

"승만! 정말 대단하오! 이 책들은 이 나라에 꼭 필요한 책들이요! 어떻게 이런 작업들을 단시간에 할 수 있단 말이요?"

"제가 시를 몇 편 썼는데, 형편이 되면 책으로 한 번 엮어 주십시오."

"알겠네, 지난번에 준 원고도 산술책으로 엮어 보급하고 있네."

옥중원고를 모아 승만의 첫 시집인 '체역집'이 나왔다. 뿐만 아니라 승만은 옥중에서 75편이나 논설을 써서 매일 신문에 기고했다.

시간이 지나자 한성감옥은 승만 한 사람으로 인해 거대한 변화가 일어났다. 승만은 한성감옥 서장 김영선에게 '옥중학당' 개설을 탄원해 얻어내었다. 감동한 김영선은 학당운영을 허락했을 뿐만 아니라 문필도구를 보내주었고 옥리들로부터 의연금을 거둬 지원해주기까지 했다. 그 다음 해에는 각 칸에 있는 아이들을 수십 명 모아 영어, 일어, 산수, 세계지리 등을 가르치고, 어른 죄수반에겐 신학문과 성경까지 가르쳤다.

"우남! 서양의 개명한 나라에도 없는 일을 당신이 하오!"

면회를 온 선교사들은 옥중의 소식을 듣고 기뻐하면서 서적과 식품을 계속 도와주었다. 드디어 유사 이래 처음으로 한성감옥 안에는 서적실[6]이 생기는 일까지 일어난다.

"서적실을 설시(設始)하야 죄수들로 하여금 임의로 책을 읽어보게 하려함에 성서공회에서 기꺼이 찬조하야 지폐 50원을 허락함에 책장을 만들고 서책을 수집함에, 심지어 일본과 상해의 외국선교사들이 듣고 서책을 보내는 자 무수한 지라……"

승만은 선교사들에게 보낸 편지에서 이렇게 그 감회를 적었다. 한성감옥은 한 마디로 선각자들이 주로 갇혀 있었기 때문에 그 서적실은 매우

---

6) http://xn--zb0bnwy6egumoslu1g.com/bbs/board.php?bo_table=relatedbook&wr_id=12

유용했다. 대출이 빈번했다. 세계사, 국제법 등 1년 반 동안 대출된 도서가 2020권이나 되었다.

승만의 노력은 그것으로 끝난 것이 아니었다. 이미 그는 예수로 말미암아 변화된 사람이 되었다. 콜레라로 숨져가는 죄수들을 끌어안고 간호하였다. 그 괴질로 인해 수많은 사람이 죽어나갔다. 승만은 그 심정을 한마디로 이렇게 표현했다.

"나 홀로 무사하다니..."

그 때의 이야기를 나중 옥중서신으로 썼다.

"......작년 가을 괴질이 옥중에 먼저 들어와 4, 5일 동안에 60여명을 목전에서 쓸어내릴 새, 심할 때는 하루에 열일곱 목숨이 눈앞에서 쓸어질 때에 죽는 자와 호흡을 상통하며 그 수족과 몸을 만져 곧 시신과 함께 섞여 지냈으되 홀로 무사히 넘기고 이런 기회를 당하며 복음 말씀을 가르치매 기쁨을 이기지 못할 지라......"

승만의 희생적 헌신은 콜레라 환자를 구호했을 뿐 아니라, 자신의 신앙을 굳힐 수 있었고, 동시에 많은 죄수들과 그 가족들에게 종교적 감화를 끼쳤다.

승만은 한 시간도 그냥 있을 수 없었다. 혹시라도 시간이 남으면 붓글씨 쓰기와 한시를 짓는 일도 게을리 하지 않았다. 승만은 기고하는 글을 쓰기도 했다.

"...... 붓글씨를 쓰는 것은 재미있는 일이며 근육의 긴장을 푸는 데도 도움이 된다. ...... 훌륭한 학자가 구비해야 할 요건으로서 서예가를 만들려고 했던 부모님에 대한 의무감에서 붓글씨를 시작했다. 간수들의 회의에서 붓과 잉크를 사용해도 좋다는 허락을 받았을 때 이것이 서예의 절호의 기회라고 생각하고 ...... 나의 손가락 셋이 굳어져 내 손을 망쳐 불구화되었다."

그때 지은 시중에 옥중세모(獄中歲暮)가 있다.
밤마다 긴 긴 사연 닭이 울도록
이 해도 거의로다 집이 그리워
사람은 벌레처럼 구먹에 살고
세월은 시냇물처럼 따라가누나
어버이께 설술을 올려보곺아
솜옷을 부쳐준 아내 보곺아

그는 정치 시도 썼다. 시에서도 외교의 중요성을 강조했다.

정치의 급무는 외교에 있고
일이랑 능한 분께 물어 보소
외로우면 나라가 위태롭다오
자유로써 백성을 인도합세다
그릇된 예법은 선 듯 고치고
신식도 좋으면 받아 들이소

고난이 꼭 저주는 아니며 형통이 반드시 축복은 아니다. 그것을 증명
해 보인 이가 이승만이 아닐까 한다. 역사적 거인의 고난은 오히려 수
천만 구원의 축복이 되기도 한다. 종신형을 확정 받은 승만이 한 세기가
바뀔 무렵에 선교사 에디(Sherwood Eddy)로부터 받은 성경을 읽으며
예수를 만난 것이야 말로 승만이 받은 가장 큰 축복이었던 것이다. 그래
서 그가 했던 최초의 기도가 '하나님이 나의 영혼을 구원해 준 것처럼
이 민족을 구원해 달라(save my soul save my country)'는 것이었다.

승만은 자신의 심정을 영문으로 고백하였다. 그 제목은 "미스터 리의 투옥경위서(Mr. Rhee's Story of His Imprisonment)"였다. 그 내용은 다음과 같다.

"(⋯)하나님께 기도를 했더니 금방 감방이 빛으로 가득 채워지는 것 같았고 나의 마음에 기쁨이 넘치는 평안이 깃들며 나는 완전히 변한 사람이 되었다. 내가 선교사들과 그들의 종교에 대해서 갖고 있던 증오감, 그들에 대한 불신감도 사라졌다. 나는 그들이 우리에게 자기들 스스로 대단히 값지게 여기는 것을 주기 위해 왔다는 것을 깨달았다."

승만은 한성감옥 안에서 최대한 시간을 절약하여 훗날을 도모하기 위한 준비를 착실히 했다. 승만은 그의 마음을 숨기지 않고 이야기했다.

"나의 감옥 생활을 이야기하자면(⋯) 죄수 한 사람은 간수들이 오는가 살피기 위해 파수를 섰고 또 한 사람은 성경 책장을 넘겨주었다. 나는 몸이 형틀에 들어가 있었고 손에 수갑이 채워 있어 책장을 넘길 수 없었다. 그러나 나의 마음 속 그 안위와 평안과 기쁨은 형용할 수 없었다. 나는 그 감옥에서 얼마나 감사했는지 잊을 수 없다. 6년 반 동안 감옥살이에서 얻은 축복에 대해서 영원히 감사할 것이다."

결국 승만은 1904년 8월7일 사면을 받고 다시 세상에 나올 수 있는 자유를 얻었다. 그 기쁨을 승만은 그의 영문 자서전에서 토로했다.[7]

당시 승만이 수감됐던 한성감옥은 악명 높은 곳이었다. 팥밥과 콩나물, 소금국에 연명하며 자주 고문을 당하고 축사에 가둔 소떼처럼 이리저리 죄수들을 몰아 부치는 곳이었다. 바구니 속에서 겹쳐져 밀치락달치

---

7) Rough Sketch : Autobiography of Dr. Syngman Rhee 중.

락 거리는 미꾸라지처럼 버텨야 했던 곳이었다. 같이 갇혔던 최정식, 안경수, 권형진, 장호익, 임병길 등은 이미 형장의 이슬로 사라져 버렸다. 법정에서 그렇게 살기를 아등바등 했던 최정식은 고요한 눈빛으로 말했다.

"승만아! 잘 있거라. 너는 살아남아 우리가 함께 시작한 일을 끝맺어다오."

그 모습을 보는 승만은 그의 마지막 말에 그가 고작 해줄 수 있는 말은 "가서 편안히 죽으시오."라는 고함뿐이었다. 아무리 마음을 다잡고 다잡아도, 회의가 없을 순 없었다. 나라를 위해 확신을 가지고 했었던 활동에 대해서도 의문이 들었다. 사회적 정죄와 비난, 언제 처형될 지 알 수 없는 공포와 두려움, 믿었던 이들에 대한 원망과 아쉬움, 여기에 불결한 위생과 건강 상의 문제까지 덮치면서 사망의 음침한 골짜기를 걸어가는 것 같았다. 안식은 짧은 찰나. 또 다시 길고 긴 어둠이 마음을 누르는 법이다. 그러나 절대적 고통은 절대적 신앙의 씨앗이 되었던 것이다. 생명을 만나면 어둠은 빛으로 변한다.

육신은 형틀과 수갑에 채워져 있어도 영혼은 생명을 얻었던 탓에 그의 마음은 뜨거웠다. 그곳에서 승만은 생각한다.

'그래! 내가 출옥하여 남은 인생이 주어진다면, 이 나라는 반드시 기독교 국가가 되어야 하리라.'

이러한 마음의 방침이 확정되자 그는 새로운 나라가 나아가야 할 길을 글로 쓰기 시작했다. 〈옥중전도〉, 〈예수교에 대한 장래의 기초〉, 〈두 가지 편벽됨〉, 〈교회경략〉, 〈대한교우들의 힘쓸 일〉 이 글들은 모두 나중에 책으로 바깥으로 나가게 되었다. 모두가 다 "기독교 입국론(立國論)"[8]의

---

8) 이승만 기념관 하나님의 기적 대한민국 건국.

철학 위에 쓰여 진 것이다. 승만의 이 혁명적인 세계관은 1913년 '한국교회핍박'이란 책으로 구체화되었다. 승만은 감옥 안에서 활동이 자유로워지는 시점, 스승인 아펜젤러에게 편지를 보냈다.

존경하는 선생님께

서양력에 대해서는 까마득히 잊고 있었기 때문에 이 무렵인 것은 확실하지만 어느 날이 성탄절인지 기억할 수가 없습니다. 이 편지를 귀한 선물 대신 새해 인사까지 겸한 성탄절 선물로 여기고 받아주시기를 부탁드립니다. 행복, 강녕, 축복이 함께 하시기를 빕니다.

저희 가난한 가족들을 위해 값비싼 담요와 쌀, 그리고 땔감 등을 보내주신 데 대하여 어떤 감사의 말씀을 드려야 할지 모르겠습니다. 동시에 저와 같이 비참하고 죄 많은 몸을 감옥에 갇혀 있는 가망 없는 상태에서 구원해 주시고, 더욱이 의지할 데 없는 제 가족들에게 먹고 살아갈 양식을 주신 하나님께 진심으로 감사를 드립니다.

내게 주시는 하나님의 축복이 얼마나 놀라운지요! 제 부친께서 편지로 선생님의 크신 도움에 감사하다고 하셨습니다. 그 때는 저희 집이 아주 곤경에 처한 시기였습니다. 황량한 겨울이기 때문에 이곳 어둡고 축축한 감방은 요즘 너무나 춥습니다. 대부분의 수용자들은 의복과 음식, 그 외에 모든 것이 부족하여 어려움을 겪고 있습니다.

그러나 하나님의 은혜와 선생님의 자비로 저는 지금 옷이 충분하며 그래서 추위가 더 이상 저를 괴롭히지 못합니다. 다시 한 번 선생님께 감사를 드립니다. 차후에 다시 글을 올릴 것을 기대하면서 오늘은 이만 그치겠습니다.

1899년 12월 28일 이승만

승만은 연이어 아펜젤러에게 또 편지를 썼다.

존경하는 선생님께

이제 신정과 구정은 다 지나고 봄이 시작되었습니다. 번창과 축복과 행복이 특별한 선생님과 모든 크리스천 가족에게 일 년 내내 함께 하시기를 하나님께 기도드립니다. 사모님에게 새해 인사를 전해주시길 바랍니다. 부친의 편지로 선생님의 소식과 선생님께서 저의 석방을 위해 백방으로 노력하신다는 것을 자주 듣고 있습니다. 진심으로 감사를 드립니다. 당연히 선생님께 고마움을 전하는 편지를 보내려고 하였습니다만, 그저 감사 감사하다는 말만 한다는 것은 소용이 없다는 생각을 하였습니다.
비록 세상의 권세있는 모든 자들이 나를 대항한다고 해도 하나님의 뜻은 이루어 질 것임을 확실히 믿습니다. 이 믿음이 저를 편안하게 해주며, 이 비참한 곳에서 행복하게 만들어 줍니다. 그리하여 저는 책을 읽고, 간간이 시를 지으면서 시간을 보내고 있습니다. 그러나 제가 잊을 수 없는 오직 한 가지는 연로하신 아버지와 모든 가족들이 겪는 말할 수 없는 고통입니다.
1900년 2월 6일 이승만

"우남! 당신의 충절은 이해하네. 하지만 아직은 시기가 아니네. 어찌하든지 몸은 보호하소. 때가 되면 어찌 아는가, 좋은 세상이 올지."
"암! 그렇고말고, 살아서 나간다면 우남은 장차 큰 일을 할 사람이야. 그러니 우리가 노동도 면해 줄 테니 어찌하든지 몸만 잘 간수하소."
간수장(看守長)인 김영선(金永善)과 차장(次長)인 이중진(李重鎭)은 승만의 정치적 노력을 동정하여 틈이 있을 때마다 찾아와서 위로하였다. 그것이 그나마 큰 위로였다.

"사람이 불의한 일로 고난을 받는 것은 당연한 것이네, 하지만 옳은 일로 고난을 받는 것은 주의 뜻이네. 자네가 가는 길이 진정 대의를 위한 길이라면, 그 끝은 반드시 있는 법이네."

또 배재학당의 교사이며 선교사인 벙커 박사는 크리스마스에 선물도 보내주었다. 유명한 감리교 교육자인 호레이스 언더우드 박사도 이따금 면회를 와서 승만이 감옥에서 새롭게 얻은 신앙에 대해서 의논 상대가 되어 주곤 하였다.

"자네의 진정한 회심체험을 들어보니 너무나도 감사하군, 여기 한국에 온 대부분의 선교사들이 그런 체험을 청년 때 했었지. 그들이 그런 뜨거운 체험이 없었더라면 어떻게 저 큰 태평양을 건너 알지도 못한 조선백성에게 복음을 전파하러 왔겠는가? 바로 자네 같은 청년을 주의 전사로 만들기 위해 우리를 보내신 것이네. 반드시 때가 올 것이니 게으르지 말고 성경을 읽고 또 읽게. 그곳에 자네가 원하는 모든 해답이 다 들어 있을 터니....."

승만의 상투를 직접 잘라주었던 에비슨 박사는 약품을 보내 주었다. 그리고 가족은 가족대로 될 수 있는 한 많은 차입을 해주었다. 면회 온 사람들을 만날 때마다 감옥에서의 신비한 체험을 전했다.

"나는 미국 선교사들이 가져온 신앙은 잘 모르겠소. 하지만 그들이 말하는 기독교의 복음은 세상을 깨우는 새로운 사상인 것만은 분명하오. 그러니 우리 모두 기독교 청년운동을 통해 무너져가는 이 나라가 고리타분한 불교와 미신적 이데올로기를 버리고 새로운 건국 이데올로기로 받아들이길 원하오."

승만은 이태 뒤, 형기를 다섯 해 남겨 놓고 하늘의 은혜와 선교사들의 끈질긴 구명 노력으로 가석방되었다. 그리고 게일, 언더우드, 벙커, 질레트, 스크랜턴, 프레스턴이 써준 추천서 19통을 가지고 미국으로 유학을 떠나, 이 배에 오른 것이니 실로 10년이 채 되지 않은 세월의 시간 속에 천당과 지옥을 왔다 갔다 했으며, 곤고와 쾌락의 지경을 다 맛보게 되었다.

7

독립정신

"우남! 감옥에 있는 이 긴 시간 자네가 좋은 일 한 가지는 해 주어야 되겠네."

"좋은 일이라니?"

"나는 아직도 자네가 저 종로통에서 쩌렁쩌렁 울리는 목소리로 만민 공동회에서 외치던 그 놀라운 연설을 잊지 못하네. 자네의 그 연설을 들으려고 얼마나 많은 사람들이 모였는가. 일개 나라의 황제가 소집령을 내려도 그 정도의 민중을 모으기는 쉽지 않을 걸세, 그러니 자네의 가슴과 머리에 있는 그 열정과 패기의 정신을 글로 좀 남겨주게. 그러면 우리가 그것을 신문 인쇄하 듯 책으로 엮어 나라의 미래를 짊어질 젊은이들에게 배포해 보겠네!"

"나는 이제 정치보다는 전도하는 일에 더 매진하려고 하네. 한 나라를 구하는 것보다 더 크고 중차대한 일이 그리스도의 왕국을 세우는 일임을 나는 깨달았네. 지금은 내가 조금 더 그분의 정신을 배우고 함양하는 일에 매진해야 되지 않나 생각하네."

"허허! 자네! 바위를 갉아먹고 쇠를 녹일 그 위세는 다 어디 갔는가? 비록 감옥에 있어 그 위세 가득한 결기가 죽었다 할지라도 그 본질이야 남아 있지 않겠는가. 그러니 부디 그 열정이 다 식어버리기 전에 이 땅을 위한 자네의 그 고귀한 정신으로 좀 알려주게. 부탁하네."

"생각해 봄세. 그러나 기대는 하지 말게. 나는 지금 그분께 받는 정신을 누리기도 감당하기가 어렵네."

승만과 뜻을 같이 했던 동지들은 진정한 독립을 쟁취하기 위해 펼쳤던 어설프지만 열정으로 가득 찼던 독립의 정신을 글로 남겨주기를 여러 번 간청했다. 하지만 구약성경 출애굽서의 모세처럼, 그는 나라의 해방을 위한 사업에 약간 시큰둥해 있었다. 하지만 이 문제를 놓고 기도하기 시작했을 때, 주께서 이 문제에 대해서도 관심이 있으시다는 확신을 얻었다. 그래서 쓰기 시작한 책이 독립정신이다.

"보게, 내가 독립정신(獨立精神)이란 제목으로 몇 개의 글을 써보았네."

"그래! 한 번 보세."

"큰 기대는 하지 말게. 내가 아무래도 그때는 치기어려 많이 설쳐대기는 했지만 알맹이가 없었네. 그러다보니 말도 되지 않는 이야기를 너무 많은 사람들에게 한 것이 아닌가 하는 부끄러운 마음이 있네."

"아냐, 아냐! 언뜻 보아도 이 책은 참으로 소중한 책이 될 것일세."

독립정신은 승만이 감옥 생활 중 틈틈이 기록을 하여 석방될 때까지

34장이 완성되었다. 처녀작 〈독립정신〉은 선교사들의 도움으로 감옥에서 밖으로 나갔다. 그리고 박용만에 의해 일본 세관원의 검문을 피해 미국으로 운반되어 그곳에서 출판하게 되었다. 나중 의형제(義兄弟)요, 큰 의지가 되었던 박용만(朴容萬)은 이 책을 간행하며 다음과 같은 소회를 밝혔다.

"사람이 말하되 범에게 물려가도 정신만 차리면 산다 했으니 만일 이 말이 거짓이 아니라면 비록 나라는 망하였어도 그 나라 백성들의 독립정신만 완전하면 결코 아주 망하지는 않을 것이다."

승만은 탈고를 하고 책의 초문(初聞)을 뭐라고 쓸까 고민을 했다. 그리곤 다음과 같이 썼다.

"옥중에 지루한 세월이 어언 5년 세월이 되니 천금광음(千金光陰)을 허송하기 애석하여 내외국 친구들이 때로 빌려 주는 각색 서책을 잠심하여 고초와 근심을 저으기 잊고저 하나 이따금 세상 형편을 따라 어리석은 창자의 울분한 피가 복받침함을 억제할 수가 없어 약간의 책권을 번역하여 놓은 것이 몇 가지 있으나 하나도 발간하지 못하매 마음이 더욱 울적함을 이기지 못하다가...수년 동안 신문 논설 짓기로 저으기 회포를 말하더니 중간에 무슨 사단이 있어 그것 또한 폐지하고 있을 때 노일전쟁이 벌어지는지라. 비록 이 세상에 나서서 한 가지 유조한 일을 이룰만한 경륜이 없으니 이 어찌 남아가 무심히 들어앉을 때리요. 강개 격분한 눈물을 금치 못하여 그 동안에 만들었던 한영사전을 정지하고 양력 29일에 이 글을 만들기 시작하니 당초에는 한 장 종이에 장서를 기록하여 그 중에서 몇 장만을 발간하려 하였으나 급기야 시작하고 본즉, 끊을 수 없는 말이 연속하는지라 마지못하여 관계있는 사건을 대강대강 기록할 사이에 사형을 받은 죄수들이 집행을 당한 일도 수 차 있었으니… 들고 나는 죄수들도 여럿이 있었으며 자연히 소요하고 송구하여 얼마동안 정지하기도 하고 혹 비밀히 쓰느라고 몇 번 써서 감추기도 하며 글이 연속치는 못하나 그 강령을 상고하면 맥락이 서로 연락하여 다 독립 (獨立) 두 글자에 주의할 것이다. 지명(지명)과 인명(인명)을 많이 쓰지 않고 향용 쓰기 쉬운 말로써 길게 늘려 소설 같이 보기 좋게 만듦이요. 전혀 국문으로 기록함은 전국에 많은 인민들이 보기 쉽게 만듦이요. 특별히 백성 편을 향하여 많이 의논함은 대한의 장래가 전혀 아래 인민들에게 달림이라. 대저 우리나라 소위 중등이상 사람이나 여간한 문자나 안다는 사람들은 썩고 물이 들어 다시 바랄 것이 없으며, 또한 이 사람들이 사는 근처도 다 그 기운을 받아 어찌할 수 없이 되었나니·이 말이 듣기에 너무 심한 듯하나 역력히 증험하여 보면 허언(虛言)이 아닌 줄을 가히 믿을지라. 오직 내가 깊이 바라는 바는 국중에 더욱 무식하고 천하고 어리고 약한 형제자매들이 가장 많이 주의하여 스스로 흥기 한 마음이 생기어 차차 행하기를 시험하고 남을 또한 인도하여 날로 인심이 변하여 풍속이 고쳐져서 아래로부터 화하며 썩은 데서 싹이 나며 죽은 데서 살아나기를 원하고 원하노라."

승만이 스스로 생각하기에 책을 쓰긴 하였지만 국외로는 한 번도 나간 적이 없이 낡고 보수적인 문화 가운데서 편견적(偏見的)인 기초교육을 받고 자란 한 청년이 감옥 안에서 저술한 것이라 전문가가 보기에 얼마나 가소로울까? 가끔 생각해도 실로 낯 뜨겁다. 그럼에도 실없는 사람들은 자유주의자의 영감(靈感)이니, 근세에 가장 뛰어난 책이니 하는데 모두가 주 예수 앞에서 볼 땐 참으로 미약하기 이를 데 없는 졸작이라 하지 않을 수 없다.

감사한 것은 필기도구를 쓸 수 있었던 것은 엄비 덕분이었고 간수장이 편리를 봐준 덕이었다. 어차피 길어질 멀고도 긴 여행 속에서 앞으로 나아가기 위해 뒤를 돌아다보았다.

'그래! 더 멀리 가기 위해서는 더 멀리 뒤돌아보아야 하고, 더 많이 나아가기 위해서도 더 많이 되돌아 생각해야 한다. 이스라엘 백성들은 더 나아가기에 앞서 항상 기억해야 할 역사를 가지고 있었고, 하늘의 하나님은 그들에게 늘 경고하기를 '기념하라, 기억하라'고 하셨다. 이 말씀이 무슨 뜻인가. 한 순간 한 순간 의미 없는 일이 없으며, 지극히 작은 소자의 발걸음이라도 그분에게 기억되지 않음이 없다는 것을 알려주는 것이다. 여북하면 기억을 위한 말씀을 주셨고, 회고를 위해서는 기념물을 세우라 하셨을까. 그것을 내 인생에 대입해 보자! 나는 몰락한 왕조의 왕족으로 그리고 가난하기 이를 데 없는 가난한 집안의 장남으로, 그것도 5대 독자로 태어난 것도 모두가 그분의 계획이요, 섭리임을.'

제주도 앞바다를 지날 때만 해도, 모든 것이 아프고 귀찮고 서글프기만 했다. 어디서부터 아픈 조국의 상처를 어루만지고 고쳐야 할지 암담하기만 했다. 그러나 이젠 태평양 한 복판, 출발지를 알 수 없는 위치에 이르니 도달할 길도 가물가물하여 짐작이 되지 않는다. 다시 승만은 속으로 생각한다.

'아! 이 긴 항해의 길을 나의 스승 선교사들은 무엇을 바라고 왔는가. 누가 그들을 이 망망대해로 밀어 넣었는가.'

승만의 생각에 선교사 본인들이야 사명을 받아서 왔다 하지만 그 가족들까지 이끌고 온 것은 무엇을 말함인가. 장차 이 민족이 고마우신 예수의 사랑을 깨닫는 순간, 그들의 수고와 사랑에 보답을 하기를 바래본다. 승만은 언더우드 선교사의 조언과 그의 추천서를 가슴에 품고 지그시 눈을 감는다.

"이승만은 그의 조국에서 위험한 발언을 했다는 이유로 투옥되어 수년간 정치범으로 복역했던 한국의 기독교인입니다. 그의 노력 덕분에 지난해 저도 감옥에서 수감자들과 예배를 볼 수 있도록 허가를 받았습니다. 이제 그를 기쁜 마음으로 추천하니 그의 학업과 편의를 보살펴 주십시오. ...... 그는 학업을 마치기 위해 미국에 갔으며, 그에게 진학에 도움이 될 만한 기회나 조언을 주신다면 제게는 더 없는 기쁨이겠습니다."

따뜻한 선교사의 추천서를 가슴에 안고 있으니 그 마음이 전달되어 오는 듯했다. 언더우드 선교사는 승만에게 워싱턴·뉴욕·시카고의 교회 지도자와 주요 인사들에게 보내는 추천서를 8통이나 손수 작성해서 주었다.

다시 생각에 잠긴다. 그 긴 옥살이 동안 끝없는 사랑과 은혜를 베풀었던 이들을 기억해낸다. 사명을 가지고 산다는 것은 어깨에 짐을 한가득 지고 있는 것과 같은 고통이 있다. 그 고통 속에 홀로 서있다고 생각할 때, 예수의 사신이 된 그들 선교사들은 진심을 다해 위로해 주고 아파해 주고 자신들의 모든 것을 아깝지 않게 여기며 거저 주었다. 그런 고마운 분 중의 한 분이 아펜젤러 선교사였다. 그런데 정확히 2년 뒤 아펜젤러 선교사가 먼저 하늘나라로 갔다는 비보를 들었다. 그는 일본인들에게 폭행을 당한 사건이 먼저 있었다. 그런 연유로 목포에서 열린 성서번역자 회의에 1주일 늦게 참석하게 되었다. 급히 배를 타고 목포로 가다가 배가 충돌하는 사고를 당하고 말았다. 승만은 옥중에서 그의 사고 소식을 들었다.

"오! 주여! 어찌하여 그분을 먼저 데려가십니까. 차라리 죄 많은 저를 먼저 데려가심이 옳지 않습니까. 그분은 조선의 빛이었습니다. 그분은 이 조선의 그믐날 밤 어둠을 비추이는 별빛이었습니다."

승만은 며칠간을 식음을 전폐하며 슬피 울었다. 하지만 승만이 운다고 가신 그분이 돌아 올리는 없었다. 그가 왔던 그 나라로 가는 배 위에서 가신 이를 그리워한다.

"편히 쉬소서! 곧 영원한 그 나라에서 뵈올 일이 있을 것입니다. 당신은 어둠 속에 있던 조선에 여명을 가져다 준 분이십니다. 우리나라가 영원한 것처럼 당신의 이름은 영원할 것입니다."

승만은 또 연동교회 초대 담임 목사였던 제임스 게일 선교사의 추천서도 품에 갖고 있었다. 그 추천서는 사랑의 마음으로 가득했다. 특히 워싱턴 교회 지도자들에게 승만을 소개하는 추천서를 심심하면 배에서 꺼내 읽었다. 그것은 마치 격문과 같았다.

"그는 한국의 독립뿐 아니라 한국 국민이 무기력함으로부터 깨어나야 한다고 믿고 있습니다. 여러분들이 그를 돕는 것은 그리스도의 나라를 돕는 것입니다. 많은 편리를 살펴주시고 그가 꿈꾸고 있는 대한국의 자존과 자립을 위해 힘써 주시기를 부탁드립니다. 그가 꿈꾸는 대한국이라는 나라는 바로 미국과 같은 그리스도가 주인이 되어 통치하는 나라입니다."

피가 섞인 것도 아니요, 족속이 같은 것도 아닌데? 무엇이 선교사로 하여금 승만을 위한 사랑 가득한 추천서들을 쓰게 했을까? 그 이유를 굳이 밝히라고 한다면 십자가가 답이요, 그리스도가 해법이리라. 승만은 하와이 근처를 지나간다는 항해사의 이야기를 듣고 그들의 심정을 헤아리며 기도한다.

오, 주님! 지금은 아무것도 보이지 않습니다.

제 조국은 참으로 메마르고 가난하기 그지없는 땅입니다.

하지만 저희들을 불쌍히 여겨 귀하디 귀한 씨앗을 옮겨와 심어 주었습니다.

제가 이 바다를 건너가고 보니 이처럼 엄청나게 드넓은 태평양을 어떻게 건너왔는지 그 사실이 기적입니다.

이제는 거꾸로 저를 붙잡아 그분들이 오신 반대길로 인도하십니다. 곧 혈혈단신 저는 그분들의 조국에 뚝 떨어뜨려질 것입니다.

그분들이 아무것도 보지 못하고 우리를 찾아왔 듯 저는 주의 인도하심이 무엇인지도 모르고 아무것도 정확하게 보이지 않습니다.

보이는 것은 고집스럽게 얼룩진 어둠 뿐입니다.

주여! 내 조국 백성들은 자신들이 묶여 있는지도, 고통이라는 것도 모르고 있습니다. 저 먼 태평양 건너의 땅에서 목숨 걸고 찾아와 자유를 주려는 이들을 의심하고 화부터 냅니다. 저희들의 영적인 눈을 열어주옵소서. 눈에 덮인 구습의 껍질과 악한 마음의 깍지를 벗겨주시고 밝게 하여 주옵소서.

믿음은 바라는 것들의 실상이요, 보지 못하는 것들이 증거니 저희 백성들이 속히 무지와 가난을 벗고 세계시민의 일원으로 일어나게 하소서. 빛을 발하게 하소서.

속히 세상 모든 기독교인들이 하늘나라의 한 백성, 한 자녀임을 알고 눈물로 기뻐할 날이 속히 오게 하옵소서.

은총의 땅, 복음으로 복 받는 땅, 영적인 나라가 되게 하여 주옵소서. 오직 주여! 나의 가는 길을 의탁합니다. 오직 제 믿음을 붙잡아 주소서!

"아! 어머니, 어머니! 어……머……니!!!!"

"짝! 짝! 짝! 짝!"

사정없이 내리치는 회초리는 어린 승만의 종아리에 핏줄을 만들어 간다. 하나, 둘, 세엣, 네엣, 어느 듯 수십 줄의 핏줄이 생긴다.

"아! 아! 아!"

어떤 대항도 못하고 짧은 신음소리만 내는 아이는 행여라도 때리는 어머니의 마음이 아플까봐 속이 탄다.

"어머니……잘못했습니다."

"너는 하늘의 뜻을 받고 태어난 아이다. 명심하여라! 몸가짐을 절대적으로 조심하고 항상 왕가의 명예와 체통을 잊지 말거라. 이 매는 결코 너를 미워해서 때리는 것이 아니니라. 이 매는 네 마음에 새겨두는 나의 마음이다. 어려울 때, 공부가 하기 싫을 때 이 매를 기억 하거라. 네가 일으켜 세워야 할 가문과 나라의 엄함이 이 매에 들어 있나니라!"

"어머니! 이제 너무 아파요. 잘못했어요. 잘못했어요."

멈추지 않는 어머니의 회초리 때문에 울다가 눈을 떴다. 그런데 매를 맞는 대청마루가 아니라 차디찬 감옥에서 매를 맞는 꿈이다. 조금 몸이 아프거나 날이 흐리면 어김없이 감옥에서 고문 받고 고통으로 신음하는 꿈을 꾼다. 6년 간의 감옥 고통이 승만의 몸 어딘가에 각인되어 있는 듯 했다.

승만이 처음 태어난 곳은 황해도 평산군 마산면 대경리 능내동이다. 원래는 서울에 그 집안이 있었다. 황해도로 이주한 것은 살 길을 찾기 위해서 선택한 어쩔 수 없는 일이었다. 때문에 승만에겐 일생 동안 지울 수 없는 황해도 사투리가 배어 있었다. 승만의 집은 몰락한 양반 가문이었다. 대도 끊어질 지경이 되고 말았다. 위로 형들이 있었는데, 태어나자마자 괴질로 인해 다 목숨을 잃고 말았기 때문이다. 그러니 승만의 가정엔 소망 같은 것이 사라져 버렸다. 그런데 기적이 일어났다.

"여보! 용이 내 몸을 휘감는 꿈을 꾸었어요!"

"그렇소?"

"네!"

"그건 필시 태몽인 듯하오!"

"저도 그렇게 생각해요!"

그 꿈이 사실로 드러난 것은 기적 중의 기적이었다. 나중 태몽을 꾼 어머니의 이야기를 듣고 승만의 어릴 적 이름을 승룡(承龍)이라고 지어 부른 것도 바로 그 태몽 때문이었다. 승만의 아버지는 이경선. 완고하기는 흥선 대원군과 비슷하였다. 대원위(大院位) 대감은 대망이라도 있었지만 승만의 아버지, 이경선은 이름만 왕족이었다. 넉넉지 않은 가산을 선대로부터 물려받았으나 한량기질 때문에 얼마 남지 않은 재산을 다 탕진하고 말았다.

승만의 어머니는 시집와서 3남 2녀를 생산하였다. 하지만 두 형의 요절로 말미암아 장남이 되었다. 그리고 6대 독자의 짐을 지게 되었다. 어머님은 승만에게 늘 집안의 기둥을 다시 세울 책임이 있다고 하였다. 그래서 엄하게 키웠다. 그래서 매를 들면 무섭게 다잡았던 것이다.

"잘 듣거라! 너희 부친은 일찍이 벼슬길을 포기했다. 거기에다 위로 두 아들을 천연두로 잃었으니 그 마음이 얼마나 무너졌겠느냐. 그분이 세상을 비관한 것은 곧 자신의 무능함에 대한 자책이셨다. 그러니 너는 그 전철을 밟지 않도록 하거라! 반드시 공부에 성공하여 나랏일을 하는 사람이 되어야 한다."

"네! 어머니. 명심하겠습니다."

한 번은 이런 일이 있었다. 아버지는 둘째 형이 죽자 너무나 격분하여 마을 어귀에 있는 터줏대감 상으로 갔다.

"에이 이놈의 잡신들. 아무런 능력도 없는 것들이 제사 밥이나 얻어먹고, 너희들은 없어져야 마땅하니라!"

울분에 그만 몽둥이를 휘둘러 우상들을 부숴버렸다. 그리고 역귀가 머문다는 사당 앞에서 큰 칼을 휘둘렀다.

"터줏대감이 역귀를 몰아내기는 뭘 몰아내! 우상단지들이지! 에이 다 사라져 버려라!"

그일 후로 석 달 동안 몸져눕고 말았다. 그러자 이번엔 사람들이 수군거렸다.

"쯧쯧, 멀쩡한 사람이 그런 지각없는 행동을 하다니. 그 때문에 터줏대감신의 노여움을 샀지."

무지하고 몽매한 조선의 백성들은 모든 길흉화복을 귀신들의 소행으로 여겼다. 어쩌면 겉으로는 유교국가인 체 했지만, 실상을 들여다보면 미신 만이 가득한 미개하고 몽매(蒙昧)한 나라요, 족속이었다. 한 마을의 아전이 되면, 수탈하다 수탈하다 더 이상 수탈할 것이 없을 정도로 빼앗아 갔다. 오죽하면 빼앗기기 싫어서 일하지 않을까.

"하늘님. 집안에 남자 자손이 없으니, 대가 끊어지게 되었습니다. 여자로 시집와 집안에 후손이 끊어지게 생겼는데, 지는 자꾸 나이를 먹어갑니다. 신령님, 용왕님, 삼신할머니. 양녕대군 16대손 이경선의 집안에 아들을 점지해 주소서, 빌고 또 비나이다."

어머니는 아침 저녁으로 맑은 물 한 그릇을 장독대 위에 떠놓고 치성을 다해 기도하셨다. 그러던 어느 날 놀라운 일이 일어난 것이다. 어머니는 그런 태몽을 꾸었기 때문인지는 몰라도 승만이 조금만 공부를 게을리 하면 여러 번 되풀이하며 윽죄었다.

"너는 보통아이가 아니니라!"

신화같은 이야기는 승만을 닦달하기에 안성맞춤이었다. 그런 이야기를 자주하면 승만은 손사래를 가끔 치기도 했다.

"어머니 아무리 그러셔도 우리 집안은 왕족이긴 해도 서자 집안입니다. 그러니 용꿈이야기는 그만 하십시오. 용꿈은 용상에 앉는다는 것인데 그것이 가당키나 한 말씀입니까?"

"그래도 사람 일은 모르는 법이다. 하늘이 정하면 아무리 사람이 어찌하려고 해도 하늘의 뜻대로 되게 되어 있는 법이니라."

어머니의 신념은 참으로 대단한 것이었다. 조선 태종의 장남인 양녕대군의 후손이기는 해도 누구 하나 알아주지 않는 왕족이었다. 당연히 왕위 계승권에서 밀려나 있는 집안이었다. 덕분에 어린 시절 극하게 가난하게 자랐지만 그것 때문에 집안을 비관해 본 적은 없었다. 하지만 가문이나 집안에 의해 운명이 결정되는 조선왕조와 가부장적 체제는 너무 싫었다. 그래서 승만은 가문에 대해 이렇게까지 이야기할 정도였다. "우리나라는 고종 치하에서 독립을 빼앗긴 것이다. 나와 이씨 왕족과의 권계는 영예가 아니라 치욕이다. 그러한 관계로 나는 성을 바꿀 수 있다면 바꾸기라도 하겠다."

그의 가족이 평산에서 서울로 이사한 것은 승만의 나이 만 두 살이 되던 해였다. 서울에 당도한 가족은 처음에 남대문 밖 염동에서 살다가 낙동으로 옮겼다. 그 후 다시 양녕대군의 위패를 모신 지덕사 근처 도동으로 이사하여 그곳에서 행복한 유년기를 보낸다.

"승룡아! 우리 놀자."

"잠시만! 어머니가 오늘 시경을 다 읽지 않으면 바깥으로 나갈 수 없다고 했으니 내가 조금만 더 책 읽다가 나갈게!"

"피! 그런 게 어딨어. 우리도 다 책 덮어놓고 놀려고 나왔는데. 오늘은 저 개울가에 가재 잡으러 가기로 했단 말야. 지금 안 나오면 앞으로 우리 놀이패에 안 끼워 줄 거야!"

"아! 알았어, 잠깐만. 내가 베개와 옷으로 책 읽다가 조는 것처럼 허수아비를 만들어 놓고 나갈게."

그렇게 어머니의 엄한 교육에도 불구하고 친구들을 좋아한 나머지 늘 바깥에서 동무들과 어울리기를 좋아했다. 하지만 저녁에 돌아오면 회초리를 맞지 않기 위해 삯바느질 하시는 어머니가 돌아오시기 전까지 들어와 책을 읽고 외우기를 게을리 하지 않았다. 어린 승만이 늘 공부에 시달리면서도 심적 부담을 크게 느끼지 않았던 것은 아버지께서 항상 들려주신 이야기 때문이었다.

"승룡아! 비록 우리가 왕족이라 하나, 그것은 어디까지나 허울 일뿐 너는 오지도 않을 행운을 바라고 가만히 앉아있지 말기를 바란다. 옛 속담에도 '고목에 피는 꽃은 곰팡이 뿐이다.'란 말이 있다. 그러니 진정 변화를 바라고 출세를 원한다면 '운칠기삼'이란 말도 있듯이 최선으로 노력하는 사람이 되거라."

"네, 꼭 명심하겠습니다."

사고도 잘 쳤지만, 승룡은 배우고 이해하는 속도가 남보다 배는 차이가 났다. 그러던 비온 후 어느 날이었다.

"그래 승룡아! 너는 거기서 무엇을 하느냐?"

"네! 조금 전 비가 왔는데, 비 올 때는 물이 하늘에서 떨어졌는데, 지금 이곳을 보세요. 물이 땅에서 퐁퐁 솟아나오고 있어요, 아버지!"

승만은 무언가에 빠지면, 그것을 골똘히 생각하고 관찰하는 버릇이 또래의 아이들보다 몇 배나 뛰어났다. 무슨 일을 한 번 하면, 싫증이 날 때까지 하는 것도 남다른 성장의 모습이었다.

"그래! 그것 참 신기하구나. 내가 미처 보지 못한 것을 너는 볼 수 있는 지혜의 눈을 가졌구나!"

여러 사람에게 인정을 받으며 사랑 가운데 클 수 있었다. 그 연유로 승만은 늘 부모님의 은혜와 사랑에 대해 감사하고, 감사한 마음으로 효도를 다했다. 하지만 부모님에게 상처만 드린 것이다.

'우리 어머니는 무얼하고 계실까? 나는 이렇게 큰 복을 받고 태어나 우리 어머니를 내 어머니라 부르게 되었는데, 나는 무슨 효도를 했던가?' 생각하면 할수록 감사하고 그 깊으신 은혜가 하해(河海)와 같다 할 것이니, 승만의 생각에 '나는 이제 그분에게 어떻게 보답을 해야 할 것인가?'

승만은 늘 실질적인 보답을 해야만 한다는 생각을 했다.

김해 김씨이신 어머니는 그 옛날 가락국의 왕족이셨다. 또 몰락한 왕족의 며느리 중에서 드물게 한문을 깨친 분이셨다. 그 덕분에 승만은 어머니로부터 한시 짓는 법을 배우게 된 것이다.

승만이 무료하고 울적할 때 한시며 한글시를 지을 수 있는 여유를 가지게 된 것은 오직 어머니의 영향이라 할 수 있었다.

"바람엔 손이 없으되 모든 나무들을 뒤흔든다. 달에겐 발이 없으되 하늘을 건너 여행한다"

한 번은 승만이 이런 시를 지어 어머니에게 보여 드린 적이 있었다. 어머니는 말없이 머리를 어루만지시며 말씀하셨다.

"아름다운 것, 행복한 것, 그리고 슬프거나 고통스러운 것을 표현하는 것은 금수와 다름이니라. 하지만 그것을 글로서 표현해 내는 것은 같은 사람이라도 차이가 있나니라."

"네, 어머니!"

"사람이 식자(識者)가 된다함은 글을 읽고 쓰는 것을 말함이 아니라 적절한 때에 적절한 비유로 사람들의 마음을 움직일 수 있는 시문과 작문을 자유자재로 짓는 사람을 말함이란다. 부디 성현들의 글과 시를 자주 읽어 너의 마음의 씨앗이 되게 하고 어디서든지 그것들이 너의 마음을 표현하는 도구가 되도록 하거라!"

"네! 어머니. 어머니에게서 배운 시들은 어찌 그리 절절한지요. 저의 가슴 속에 늘 깊이 자리 잡고 있습니다."

승만의 나이 7살이 되던 무렵, 조선은 대원이 대감 흥선군의 손에 있었고, 그로 말미암아 강력한 쇄국정책이 주리를 틀 듯 온 땅을 손아귀에 쥐고 있었다. 조정은 변화나 개화를 망국으로 가는 지름길이라 여겼다.

"어머니 고래싸움에 새우등 터지게 생겼어요."

"본시 나라가 힘이 없으면 그렇게 되는 법이니라. 너도 곧 병법을 읽게 될 것이다마는 나라의 힘이 약하면 이웃 나라의 밥이 되고, 전쟁을 일으킬 때에 두 배, 세 배 이상이 되지 못하면 아무리 친한 나라라 하더라도 한 순간에 삼키움 당하고 말 것이니라. 그러니 당연 열강들의 싸움이 우리에게까지 영향을 미칠 것이다."

어머니의 이런 가르침은 그 어떠한 힘으로도 끌 수 없는 강한 불길을 일으켜 놓았다. 천우신조라고 하는 기적은 승만에게도 일어났다.

여섯 살 되던 해 천연두 수두가 전국적으로 유행한 일이 있었다. 그 역시 갑자기 양쪽 눈을 앓기 시작하였다. 수두 바이러스가 눈으로 들어간 것이다. 하지만 당시로서는 병의 원인을 알 수 없었다. 양친은 어찌할 바를 몰랐다.

"아! 아! 아! 쇠꼬챙이로 눈을 찌르는 것 같아요!"

"허허! 이게 무슨 변고인고. 백약이 무효이니......"

"죽을 거 같아요, 살려주세요......"

어린 승만은 아픔을 참지 못하고 방 구들장이 꺼지도록 펄펄 뛰었다.

"엉엉엉!"

울며불며 소리를 질러댔다. 그러자 어머니는 눈에 햇빛이 안 들어가도록 두꺼운 이불로 폭 싸서 업고 병원으로 달렸다. 6대 독자를 아주 잃는 것은 아닌가 하는 두려움에 유명한 한의와 지기들을 찾아다니면서 약을 구하려 힘썼다. 그러나 아무리 약을 써도 효과가 없었다. 이미 위의 두 형도 천연두와 돌림병으로 죽었다. 그렇게 고통 속에 신음하고 있는데, 혜민서에서 일하던 친척 이호선이 찾아왔다.

"이보게, 경선! 저기 진고개에 있는 양의사를 찾아 가 보이는 게 어떻겠나?"

"양의사라니, 그들을 양귀신이라 하지 않는가?"

"지금 그것을 따질 땐가? 우선 아들을 살려놓고 봐야지."

"살릴 수만 있다면 무슨 일인들 못하겠나?"

"워낙 사정이 급하니 우선 가보세."

결국 양의사를 찾아 나섰다. 눈을 하얀 헝겊으로 감은 채 집을 나서는데 어머니의 울음소리가 들린다.

"아이고, 내 아들 승룡아! 과연 네가 살아 돌아올 것이냐, 어찌하여야 좋단 말이냐. 천지신명이여, 당신이 주신 아들이니 살려주셔야 할 것 아닙니까?"

어머니는 아들을 저승길로 배웅하는 것처럼 슬프게 우셨다. 6대 독자를 살려야겠다는 어머니의 지극한 애정 때문에 불교도이지만 양귀신 선교사에게 보낸다. 하지만 마음은 이미 녹아져 없었다.

"자! 봅시다. 아! 포진이 있군요."

"포진이 무엇인지요?"

"자 여기 보십시오. 마치 진물이 작은 포도송이처럼 송이송이 맺혀 있지요?"

"네! 그렇군요. 이것은 전형적인 천연두입니다."

"어떻게 하면 나을 수 있습니까?"

"자, 이 물약을 받아 하루 세 번씩 눈에 넣어주면 됩니다. 그리고 이 알약도 하루 세 번씩 먹이도록 하시오."

"아이고 감사합니다. 정말 감사합니다."

그리고 집으로 돌아왔고, 매일 세 번씩 눈에 넣었다. 그날은 승만이 7살 되는 생일날이었다. 그렇기에 또렷이 기억을 하고 있었다. 처음에는 효과가 나타나지 않았다.

"귀신병에는 백약이 무효라더니, 우리 승룡이 양의사가 준 약을 먹어도 차도가 없네!"

"조금만 더 기다려봅시다. 영감!"

그러다 사흘째 되던 날 아침이었다. 어머니는 부엌에서 아침밥을 준비하고 승만은 창문을 등지고 방에 앉아 있었다. 그리고 아버지는 창문 앞에서 편지를 쓰고 있었다. 어머니는 아들의 조반상을 들고 와서 아들의 손에 숟가락을 쥐어 주고 그릇이 놓인 데를 일러주고는 다시 부엌으로 나갔다. 승만은 밥을 먹는 도중 문득 방의 모양이 어렴풋이 보이는 것을 느꼈다. 벽으로 손을 뻗쳐 보았다. 그랬더니 확실히 자신의 손에 닿는 물체는 서늘한 벽이었다.

"어머니, 벽이 보입니다. 창이 보입니다."

"그래, 그게 사실이냐?"

"네! 희미하게 보입니다."

"아이고 살았구나. 살았어. 하늘님 감사합니다. 조상님 감사합니다."

승만은 몇 번이나 반복해서 보이는 것을 확인했다.

"아버지, 아버지, 어디 계셔요?"

"오냐! 아버지 여기 있다."

아버지 역시 기쁨에 떨면서 소리쳤다.

"눈이 보이느냐?"

"네, 눈이 보여요……"

아버지는 벼루 속에 먹을 들고 승룡에게 물었다.

"이것은 뭐냐?"

"먹이에요."

승만이 대답하자 아버지는 바깥을 향해 소리쳤다.

"여보시오, 우리 애가 눈을 떴소. 이놈이 보인다오. 양의사는 양귀신이 아니라 신의요, 신의!"

어머니는 그날 당장 감사의 표시로 달걀 한 꾸러미를 싸들고 승만과 함께 그 양의사를 찾아갔다.

"선생님 살림이 구차하여 드릴 것이라곤 이것 밖에 없습니다. 받아주시면 은혜의 만분지 일이라도 갚겠습니다."

그러나 양의사는 한사코 어머님이 내미는 달걀 꾸러미를 사양하는 것이었다.

"나보다 당신 아들이 계란을 더 먹어야 하오."

그것이 승만이 외국 사람과 만난 최초의 경험이었다. 그의 눈을 양의사가 고쳤다는 사실은 승만의 가문에 종교적 결을 잔잔히 건드려 파문을 주었다. 그 시절 대부분의 사람들처럼 이 씨 집안은 불교와 유교에 열중해 있었던 것이다.

승만이 천연두로 고통을 겪고 또 새로운 치료법을 경험하던 그 해 굳게 문 닫아 두었던 조선의 문호를 완전 개방했다. 조선은 청나라 북양대신 이홍장의 중재로 제물포에서 한미수호조약을 체결한 것이다.

그것은 또 하나의 거대한 역사의 폭풍이었다. 굳게 닫혀 있었던 전근대적이고 인권이 무시되는 노예제 사회에 불과했던 조선이 역사의 수레바퀴 속에 편입되어 근대사회로 나아갈 수 있는 물꼬가 폭풍처럼 갑자기 온 것이다.

시대가 사람을 만들고, 사람이 시대를 만들어간다는 말은 결코 틀리지 않는 말이다. 승만의 경우도 시대가 부르는 경우였고, 시대가 승만의 길을 열어가는 형국이었다. 뿐만 아니라 그것을 파악한 승만이 새로운 시대를 두 번이나 열게 되는 놀라운 기적이 일어나게 된 것이다.

그토록 오래 빗장을 걸어 두었던 은둔의 나라, 조선은 서서히 세계사의 흐름 속에 미약하나마 작은 두각을 나타내며 새로운 시대, 새로운 세기로 나아가고 있었다. 의식이 있고, 자각이 열린 자라면 그 역사의 중차대한 부름 앞에 가만히 있을 수 없는 법. 승만 역시 역사가 부르는 거대한 음성을 알아차리고 조금씩 반응하며, 자신의 길을 내딛기 시작한다.

2부
출국(出國)

한 나라를 세우기 위해서는 일 천
년도 부족하지만, 그것을 무너뜨리기
위해서는 단 한 시간으로도 족하다.

- 바이런 -

수신제가

　호놀룰루에서의 바쁜 일정을 뒤로하고 미스터 최와 헤어진 후 워싱턴으로 가는 비행기에 몸을 싣는다. 호놀룰루 공항은 연일 북새통이다. 마치 우리나라의 제주도 공항을 보는 것 같다. 휴가를 즐기러 오는 사람, 휴가를 마치고 돌아가는 사람이 공항 라운지 안에 가득하다. 더 재밌는 것은 말 그대로 인종 전시장을 방불케 할 만큼 다양한 사람들이 보인다는 것이다. 몇 년 전부터는 대니얼 이노우에 공항으로 명칭이 바뀌었다고 한다. 사실 미국과 아시아를 잇는 태평양 항공로의 결절점에 위치하고 있어, 말 그대로 태평양 지역의 허브 공항이다.

　비행기 시간을 기다리는 동안 이메일을 열어보았다. 미스터 최가 공항까지 배웅해 주면서 이메일을 열어보라고 했기 때문이다. 거기에는 조광복 목사와 관련된 자료가 들어 있었다.

"이승만 독립운동을 후원하며 사업에 성공한 이원순과 조광복"

　이원순은 젊은 나이에 하와이로 정치적 망명을 한다. 처음 박용만의 비서로 독립활동을 했다. 박용만이 1928년 중국에서 피살된 후 이승만의 청으로 그의 독립운동을 후원한다. 1890년생, 개화바람이 한창일 때 서울에서 태어나 관립외국어학교와 보성전문학교를 졸업하여 신식교육을 받았다. 사업수완이 뛰어나 자동차 한 대를 구입, 교포들이 사는 곳을 찾아다니며 필수품 판매를 시작했는데 의외로 번창했다. 1922년 그의 나이 32세 때 신홍균 목사의 장녀인 19세인 매리와 결혼을 했다. 그리고 딸 둘, 아들 하나를 두었는데, 장녀가 조광복과 결혼을 하여 나중에 많은 도움을 조광복 목사에게 준다. 이원순은 이승만 박사가 총재로 있는 대한 인동지회 여러 간부직을 맡아 훌륭히 이 박사를 후원한다. 1932년 이승만이 제네바국제연맹 회의에 일본의 만행을 폭로하러 갈 때, 3천 달러의 거금을 모아주기도했다. 그때 제네바에서 프란체스카를 만나 결혼하게 된다. 임시정부는 1943년 이원순을 구미위원부 위원으로 임명했다. 30년을 살던 하와이를 떠나 워싱턴 DC로 삶의 무대를 옮겼다. 모든 사업도 정리를 했다. 그리고 이승만 박사의 보좌역이 되었다. 이승만의 지령에 따라 구미위원부는 임시정부의 승인을 받기 위해 루즈벨트 대통령에게 여러 번 요청했지만, 그 뜻을 이루지는 못했다. 하지만 미육군전략처(OSS)의 미군 유격대에 동포청년 100명을 편입시켜 나중 진격작전에 참여시킨다. 또 미 우정성이 태극기를 도안으로 기념우표 발행하도록 한 일에 적극적으로 관여, 성공하게 된다. 그 후 워싱턴에서 열린 범(凡)태평양회의 참석 대표 문제로 이승만과 불화가 생겼고 끝내 결별하게 된다. 그 틈바구니에서 해결되지 못한 자산문제가 조광복 목사에게 위임된 듯하다.

민주는 이승만 박사에 대한 깊이 있는 연구가 한두 가지를 알게 됨으로 끝날 일이 아니라는 것을 속으로 직감했다. 조국 대한민국의 광복과 독립 그리고 번영을 위해 청춘을 바친 수많은 위대한 청춘들의 이야기가 한두 줄 글로, 한두 권의 책으로 서사될 이야기가 아니라는 것을 깨닫게 된 것이다. 안내방송을 들으면서 노트북을 덮고 비행기에 탑승한다. 이윽고 이륙하는 비행기의 창 너머로 승만과 원순과 그리고 얼마 전에 작고한 조광복이 넘나들었을 저 태평양의 푸른 물결을 내려다본다. 잠시 눈을 붙이며 승만에 대한 생각을 다시 정리해본다.

"승룡 있는가?"

"어! 흥우, 오늘은 어찌 한가한가 보이."

"오늘은 학당이 쉬는 날이라 자네 얼굴 보려고 왔지."

"아 참, 자네 배재학당에 다닌다고 했지."

"승룡! 자네 아직도 과거시험 준비하나?"

"그러게, 나도 왜 이런 한심한 공부하는지 모르겠네. 공부라는 게 '실사구시(實事求是)'라고, 인간사에 뭔가 도움이 되어야 하는데. 내가 아무리 봐도 이놈의 시경은 젠체하는 데 외에는 별 쓸모가 없는 듯 하이."

"내 말이 그 말일세. 그 따위 낡은 고전 암기에만 골몰하지 말고 자네도 이제부터 서양문명이 뭔지 좀 공부하지 않겠나?"

"서양문명!?"

"그래! 우리보다 100년이나 앞서가는 그들을 좀 알아야 우리도 열강들의 장난에 놀아나지 않을 수 있지 않을까?"

승만이 스무 살이 될 무렵, 시대는 말 그대로 혼란 그 자체였다. 아편전쟁, 메이지유신, 갑오경장, 동학란, 세상이 천지개벽할 정도의 혼란과 위기의 시기였다. 그 틈바구니에서 조선은 모든 것이 과도기였다.

제대로 된 지도자를 만나지 못한 조선은 방향을 잃은 배처럼 표류하고 있었다. 어느 누구 하나 방향을 제시하지 못한 것은 세상의 물정을 너무나도 모르는 우물 안 개구리들이었기 때문이다. 세상이 바뀌고 있지만 구습에 얽매인 승만의 부모님들은 여전히 과거에 급제하길 바라고 있었다. 그 일념으로 여전히 어머니는 삯바느질을 하고 있었다.

또 아버지는 독선생 구하러 다니는 일로 한가할 날이 없었다. 그런 어느 날 서당 학우인 신흥우와 그의 형 신긍우가 배재학당에 다니고 있었는데, 같이 배재학당에 가자고 회유하곤 했었다. 승만은 공부하기도 지겹고, 끝도 없는 암기에 지쳐가고 있었다.

"흠, 뭔가 궁금하긴 허이."

"궁금하긴, 그냥 얼마나 뛰어난 것을 가르치는지 보려는 거지."

"그 말이 그 말 아닌가."

호기심이 발동한 승만은 배재학당 교실 뒷자리로 숨어 들어가서 강의를 듣기로 했다. 자신이 만만하기에 강의를 들으며 코웃음쳐 줄 생각까지 하고 있었다. 또 한 편으로는 자신이 가지고 있는 학문의 깊이를 자랑하고 픈 마음도 있었다.

'후후, 조선이 그래도 선비의 나라인데, 굳이 바다를 건너와 우리를 비웃어. 좋아, 양귀신의 허구를 내가 한 번 깨부숴 주지.'

교만하진 않았지만 자신은 만만했다. 어릴 적 신동이란 소리를 들을 만큼 웬만한 책은 다 섭렵했고, 아버지로부터나 어머니로부터 받은 전통적 신앙의 근원은 나름대로 탄탄하기 이를 데 없다고 자부하고 있었다. 그런 자부가 있었기에 비록 신교육을 접한다 하더라도 승만은 자신의 신조를 손상시키지 않고 비판적 경청을 할 수 있으리라 여겼다. 하지만 그것은 큰 오산이었다.

"좋아! 입학은 아니더라도 내 한 번 가서 들어나 보지. 그들이 천지의 질서를 바꾸는 신기를 가졌다 하더라도 나는 나대로 어머니가 주신 종교를 버리진 않을 걸세."

"그러시게. 내가 언제 종교를 받아들이라 했는가. 신식학문이 무엇인지 한 번 들어보란 게지. 모르긴 해도 자네 같은 수재가 들으면 충분히 판단하여 수용할 것은 수용하고 버릴 것은 또 버리지 않겠는가 하는 생각이 드네."

그렇게 첫발을 내디딘 배재학당의 청강은 어느새 하루 이틀을 넘어 정기적으로 참석하게 되었다.

"어때, 신식학문을 들어보니?"

짐짓 웃으며 물어본다.

"신기하긴 하지. 하지만 입학할 생각은 추호도 없네."

"아! 그러시게!"

승만은 부모님께도 전혀 알리지 않고 몰래 서책을 덮어놓고 눈치껏 배재학당을 들락거렸다. 드디어 수용이 불가능한 문제에 부딪혔다.

"기묘(奇妙)하구려. 아니 어찌 1,900년 전에 죽은 사람이 내 영혼을 구해 준다는 건가?"

승만은 자주 친구에게 물었다. 하지만 그는 웃기만 할 뿐, 가타부타 이야기를 하지 않았다. 이에 대하여 스스로 자문자답하며 궁금증을 풀어가고 있었다.

'우리에게 그리스도 이야기를 해주던 이상한 사람들이 이처럼 바보 같은 교리를 믿을 수 있는 것일까? 확실히 그들은 무지한 우리에게 믿을 수 없는 사실을 믿게 하려고 온 것이다. 따라서 가난하고 무지한 사람만이 교회에 가는 것만 보아도 알 수 있다. 위대한 불교의 지식이나 유교의 지혜를 가지고 있는 교양있는 학자들은 결코 이와 같은 교리에 미혹되지 않으리.'

하지만 이와 같은 승만의 자문자답(自問自答)은 자승자박(自繩自縛)이 되어 점점 괴롭게 했다. 하지만 선생들의 강의를 들으면서 해답은 신앙이 아닌 엉뚱한 데서 찾아지고 있었다.

"이상하네! 기독교 국가라고 말하는 그 나라의 국민들은 통치자의 폭정에서 보호되고 있다니, 이것이 어떻게 가능한가?"

"자네는 그런 사상이 이성의 힘으로 나왔다고 보는가."

"자고로 나라란 통치자가 백성들의 명줄을 쥐고 좌지우지하는 것은 동서고금의 진리 아닌가. 그런데 인권이 더 중요하다니, 인권이 천부적이라니, 이것이 가당키나 한 이론인가?"

"인간은 다 악독하여 권력을 쥐면 다 억압하고 착취하려고 하게끔 되어 있지. 하지만 기독교 국가들은 그 신민들을 다 노예에서 해방시키고, 각자 개개인의 권리를 인정하며, 한 사람 한 사람의 수고와 노력의 대가를 인정하니 이게 과연 사람의 지혜로서 만들어 질 수 있는 사상인가 말이야."

승만 마음속에서는 스멀스멀 혁명이 일어났다.

'내 아버지를 비롯해, 얼마나 많이 우리는 억압과 굴레에 종속되어 있는가. 그런데…….'

승만은 자신에게 말했다.

'만약....... 이 천부적 인권이 우선한다는 이 정치적 원칙을 우리 동족에게 적용할 수 있다면......'

"흥우! 생각해 보게. 이것은 대단한 것 아닌가?"

"당연하지! 나도 아직은 다 모르지만 영국이나 미국 등 서구의 열강들이 그렇게 정치하고 있다면 이것은 이미 실현 가능한 사상이 아닌가?"

"그야 그렇지!"

"아무튼 난 입을 다물겠네. 강요하지 않겠다는 뜻이지. 자네가 스스로 답을 찾아보게."

흥우는 승만의 속을 꿰뚫고 있는 듯, 마치 자신은 이미 그런 고뇌에 대해 이미 답을 알고 있는 양, 묘한 웃음을 지으며 즉답을 피했다. 승만은 그 해답을 구할 요량으로 기독교 새벽예배란 것에 이따금씩 참석했다. 새벽마다 드리는 새벽기도회라는 것이 묘했다.

'1900년 전의 사람. 그 그리스도는 구원의 상징, 그 이상의 무엇을 포함하고 있다는 건가?'

승만은 이제 생각을 멈출 수 없게 되었다. 아니 자꾸 그 질문 속에 답을 구하는 쪽으로 그를 몰고 갔다. 어떤 의문이 생기면 그것은 호기심으로 변했다. 대부분 의문은 부정적으로 생각이 종결되기 마련인데, 사람들이 야소(耶蘇)라고 부르는 그리스도에 대한 의문은 꼬리에 꼬리를 물고 일어나는 것이다.

'과연 그리스도는 공자와 같은 위치에 있을 만 한 분인가?'

승만은 그 정도까지 야소를 치하하기에 이르렀다. 하지만 그 이상의 것을 생각할 수 없었다.

청일전쟁, 남의 나라에서 벌어지는 버러지 같은 나라들의 무례함에 대해, 그리고 백성들의 안위는 안중에 없고 오직 통치와 지배에만 관심이 있는 무능한 정부를 보며 비분강개하지 않을 수 없었다. 물론 스스로 아직은 정신적으로나 지적으로 미숙하다 생각은 했지만 속으로부터 끓어오르는 비분강개는 청년 승만의 가슴을 요동치게 했다. 문제는 아무 것도 할 수 없는 무능력이었다. 그래서 말로서 반항하는 것 외에는 아무 것도 할 수 없는 자신이 미웠다.

"야소여! 나의 무능함에 대해 당신께옵서는 무슨 해답을 줄 수 있습니까?"

배재학당의 청강생에 불과했던 승만은 그 고민에 대한 해답을 찾기 위해 점점 배재학당 깊숙이 들어가고 있었다. 아직까지 학제가 엄격하지 않았기에 승만의 존재는 학당 안에서 서서히 입지를 굳히고 부각되고 있었다. 그리고 학생회를 조직하는데 일조를 하게 된다. 여기서 승만의 열정적인 기질이 유감없이 발휘하게 된다.

학생회를 만들어 회의를 하고 그것을 운영하는 법을 배우게 된 것이다. 회의를 통해 사람들의 생각을 정리하고 모으는 방법이 있다는 것이 신선했다. 승만은 그때 얻은 감명을 다음과 같이 연설했다.

"개략적으로 말하면 국가라고 하는 것은 많은 사람들이 모여서 일을 토의하는 의회와 같은 것이다. 그래서 국가 안에서 국민들이 살아가기 위해 한군데 모은 관리라고 하는 것은 그 조직에 관한 일을 하도록 책임을 지고 있다. 여기에서 국민들은 모두 의회에 의원인 것이다. 국민의 원조 없이 관리는 권리가 없는 것이다. 그러나 국민이 주의하지 않으면 악(惡)이 좀 먹는 것이다."

승만은 이런 일련의 활동들을 통해 서당이나 서원에서는 경험해 볼 수 없었던 묘한 지도자의 경험을 맛보게 되었다. 그리고 깨치게 된 지식은 이내 그것을 알리고 싶은 욕구로 발전하게 된다.

"선교사들의 이야기를 들으니, 모든 사람이 평등하기 위해서는 알권리가 충족되어야 한다더군. 그러니 우리도 신문을 만들어 보면 어떻겠나?"

"신문! 좋지. 하지만 그만한 재원이 어디 있겠나?"

청년 승만은 자신들이 깨닫게 된 이 놀라운 신사상을 알리고 싶은 열망으로 발전하게 된다. 그래서 회보를 발간하자는 안을 내게 된 것이다. 처음엔 보잘 것 없는 회보에 불과했지만, 점점 신문이라는 신문물로 발전하게 된다.

"선교사의 보호아래 신문을 낸다는 것은 비겁한 일이다."

우리가 자주권을 갖고 조선의 목소리를 내는 신문을 만들어야 한다고 열변을 토했다.

"어떻게 인쇄기는 마련되겠는가?"

"김규식 학우가 숙부에서 부탁해서 어제 막 제물포항에 도착했다는 전갈을 받았네,"

"일본에서 사들여 왔으면 꽤 비싸겠는데."

"어차피 우리 신문만 인쇄하는 것은 아니니, 비용은 곧 갚게 될 것일세."

결국 청년 이승만의 불타는 열정으로 말미암아 학우들은 이 나라 최초의 일간신문을 발행하게 된 것이다. 협성회보라는 회람성격의 알림지에서 일간지가 되는 이변이 일어난 것이다. 그것이 나중 매일신문이 되었고, 세상을 계몽하는 이 나라 최초의 이기(利器)가 되었던 것이다.

"어머니! 제가 월급이란 걸 받았어요."

"월급이 뭐냐!?"

"미국에선 일을 한 대가로 한 달에 한 번 급료를 준다고 하네요."

승만은 어머니 앞에 미국 돈 은화 20달러를 내어 놓았다. 그 돈은 제중원에 온 조지아나 화이팅 선교사의 조선어 교사로 봉사하고 받은 돈이었다.

"사실, 어머니, 저 말씀 드릴 것이 있습니다."

"또 무슨 일이 있었니?"

"네! 사실 저는 그동안 배재학당에 다니고 있었습니다. 그곳에서 미국말을 배웠고, 배운 미국말로 글을 써 신문이란 것도 편집하고 있습니다. 제 미국말 실력을 보고 학당 선생님이 소개하셔서 한국에 온 양의사 선생님의 조선어 선생이 되어 도와 드리고 받은 돈이랍니다."

승만은 그때서야 배재학당에 다니고 있다는 것을 이야기했다. 그러자 양친은 하는 수없이 학교에 다니는 것을 허락해 주었다.

"아니! 영어를 배운 지 6개월 만에 어떻게 이렇게 잘 할 수 있단 말이에요. 미스터 리 원더풀!"

"그럼 미스터리 새로 입학하는 우리 배재학당 신입생들의 기초영어 선생님이 되어주심 어때요?"

"제가 아직...... 어떻게 남을 가르친단 말입니까?"

"주님이 함께 하심 하실 수 있을 겁니다. 잘 부탁해요."

결국 영어를 배운지 6개월 만에 어떻게 신입생들의 영어 교사가 되었던 것이다. 사실 영어로 자신의 생각을 표현하는데 흥미를 느끼고 있는 터였다. 그래서 영어를 더 잘 익히기 위해 대부분의 시간을 선교사들과 함께 했다. 듣고 더듬더듬 말하면서 점점 더 많은 이야기를 이해 할 수 있었다. 그러자 헐버트 박사가 그에게 제안을 하나 해 온다.

"미스터 리! 내가 조선 역사책을 지금 만들고 있는데, 좀 도와주지 않겠나?"

"선생님이 우리나라 역사책을 집필하신다고요?"

"왜! 흥미로운가?"

헐버트 박사는 2권으로 된 한국역사책을 집필할 요량으로 오래 전부터 자료를 구하고 또 그것을 정리하고 있었다. 누구보다 조선어에 관심이 많은 그분은 조선의 역사책들을 영어로 번역하고 정리하는데 승만을 초청한 것이다.

"어떤가, 일은 할 만한가?"

"저에게 큰 도움이 됩니다. 박사님!"

"그래, 그거 잘되었군. 아무튼 시간이 많지 않으니 조금 더 수고해주게."

"네 알겠습니다."

승만은 헐버트와 함께 많은 의견을 교환하였다. 헐버트박사가 후일 편찬한 〈조선의 현재(The Passing of Korea)〉은 조선의 군주정치 최후를 기록한 유일한 책이 되었다. 헐버트 박사는 승만의 생애에 영원히 잊을 수 없는 어른 중의 어른이 되었다.

아! 미리견이여

"어머님, 오늘 된장찌개가 맛있습니다."

"아가! 그래 학당은 재미있느냐, 서당에서 배울 때완 뭐가 다르더냐?"

"어머니! 저는 야소를 믿는 미리견(美利堅)합중국을 한 번 가보고 싶습니다."

"아니 그 먼 나라를 네가 어떻게 간다는 말이냐?"

"아직은 생각뿐입니다. 하지만 우리 동포들을 위해 가서 많은 것을 보고 배워 우리나라도 바꾸고 싶습니다."

승만은 불가사의한 나라, 미국을 가서 직접 눈으로 보고 싶다고 말을 꺼내었다. 어머니의 반응을 보기 위해서였다.

"그 먼 데를! …… 6대 독자가 ……"

어머니는 놀랐지만 크게 내색은 하지 않으시고 기본적인 걱정만 했다. "아뇨! 그냥 한 번 생각해 본 겁니다."

어머니와 대화할 기회가 올 때면 슬쩍 외유의 뜻을 끄집어 내었다. 그때마다 어머니는 뒤돌아서 눈물만 훔치셨다. 하지만 자주 이야기를 꺼내다보니, 이젠 그만 두라는 소리는 하지 않으셨다. 아마도 어머니 생각에는 그 것이 실현될 수 없는 꿈이라고 생각했었기 때문이리라.

"저는 미리견 사람들의 이야기를 듣고 매우 흥미로웠어요. 만인이 동등한 권리와 기회를 가져야 한다는 민주주의 사상을 정말 알고 싶고 확인하고 싶어요."

승만의 가계는 참으로 독특하고 확고한 위치이다. 집안이 몰락하긴 했지만 왕정에 뿌리박은 고래한 가문이요. 덕분에 전통적인 서당공부를 통해 공맹을 배웠고, 어머니로부터는 유교와 샤머니즘에 기반한 불교적 세계관을 갖게 되었다. 어릴 적부터 흔히 말하는 양반가문의 외아들인데, 관심을 갖고 있는 것은 급진적이다 보니 더 반항아로 보였다.

승만의 생각에 조선사회는 새롭게 개조되지 않으면 결국은 서양이든 동양이든 앞서나간 열강에 결국 먹이감으로 먹힐 수 밖에 없다는 것을 예감하고 있었다.

"과거제도를 폐지하고 새로운 고시제도를 공포하노라."

1894년 갑오년에 갑자기 4대문 안에 왕이 고시한 선포문이 붙었던 때를 기억한다.

"아니, 이게 무슨 날벼락이야. 고시(考試)라니 그럼 지금까지 공부한 공맹의 사상과 시경은 이제 무용지물이란 말인가?"

"어쩌겠나. 세상은 나날이 바뀌는 데, 당연히 인재를 발굴하는 방법도 바꾸어야지."

"아! 그야 그렇지만, 학당이나 유학을 갔다 오지 않은 사람은 어떻게 고시를 치라는 말이야?"

당시 서울은 마치 벌집을 쑤셔놓은 것처럼 소란 속에 빠졌다. 왕은 수세기동안 행하여 온 고학문에 의존하던 과거를 폐지하고 대신에 외국어와 서양식 행정법을 포함하는 새로운 고시제도를 책정한다고 일방적으로 공포하였다. 이에 따라 승만의 집안에서도 새로운 사건이 나타났다. 그것은 상투를 자르는 문제였다.

"선생님! 저는 개인적으로는 상투를 자르는 것에 찬동합니다. 그런데 부모님들을 설득하고 문중을 이해시키는 것이 아득합니다."

"하하하! 자네! 성경을 읽지 않았는가. 간단한 문제일세."

"간단하다니요. 성경에 무슨 말씀이 있는지요?"

"예수께서 새 술은 새 부대에 담는 법이라 하셨네."

"새 술은 새 부대에 담는다고 하셨는지요?"

"그렇지. 새 술은 계속해서 거품이 일어나는데, 그 기포가 힘이 세어 낡은 가죽부대는 터지고 만다네. 그러니 새 술을 담을 때는 당연히 튼튼한 새 부대를 준비해야 한다는 말씀이지. 지금 조선은 동도서기(東道西器)니 뭐니 하면서 새로운 기술은 받아들이려고 애를 쓰지만 제도나 방법은 여전히 옛것을 고집하려고 하고 있네. 비록 변화가 주는 진통은 있겠지만, 산고가 없으면 옥동자를 얻을 수 없듯이 새로운 나라를 원한다면 낡은 제도는 과감히 버려야 하지 않을까 싶네."

상투를 자른다는 것은 조상의 사당을 무시하고 없애버리는 것과 마찬가지의 모독행위였다. 상투는 케케묵은 과거의 상징인 것은 맞다. 하지만 승만에게 이 문제는 쉽게 결정할 수 없는 가문의 정체성 문제였다. 그래서 의사이고 선교사이며 후일 일생의 친구가 된 에비슨 박사와 수

시간에 걸쳐 상의하였다. 하지만 마냥 미룰 수는 없는 일이었다.

어느 날 오후 아버지가 외출하시는 것을 보자, 조상의 사당으로 가서 위패를 공손하게 받든 다음 어머니에게 세상 변동에 따라 상투를 자르겠다는 의사를 표시했다. 그리고 2~3일 동안 집에 돌아오지 않겠다고 이야기 드렸다. 어머니는 눈물을 흘리면서도 말리지는 않으셨다.

"박사님! 제 상투를 좀 잘라 주십시오."

"하하하, 이제 마음의 준비가 갖추어졌는가?"

"네! 어머님께는 말씀 드렸고, 사당에 가서도 마지막 고해를 했습니다."

승만은 그 날 에비슨 박사 댁에서 상투를 잘랐다. 알 수 없는 눈물이 흘렀다.

'환골탈태란 이것을 이름인가' 조선왕조 500년의 전통이 새로운 사상과 문물 앞에 여지없이 변신을 하는 순간이었다.

문제는 아버지였다. 집으로 돌아갈 때까지는 수 일이 걸렸다.

"아버님! 학교에 일이 있어 먼 길을 돌아 왔습니다."

"그랬느냐, 니 애미에게 들었다."

"저! 며칠 전 결심한 바가 있어 상투를 잘랐습니다."

"알고 있다, 네 머리가 이미 말하고 있지 않느냐?"

"죄송합니다. 나라를 변화시키려면 제 몸부터 변화시켜야 했습니다. 그것이 수신제가 아니겠습니까?"

"으흠! 흠!"

승만의 나이 그때 스무 살이었다. 스무 살의 성인. 동서 양반구(兩半球)의 문화를 한 몸에 동시에 지닌 성인이었다. 입고 있는 옷은 조선바지와 도포인데 머리는 상투를 잘라 신식이었으니 어떻게 보면 모순을 한 몸에서 드러내고 있는 형국이었다.

"아버님. 사내로 태어나 이제 치국과 평천하를 논해야 되지 않겠습니까. 어차피 학문이란 것이 가문과 나라에 이바지하기 위한 것이니."

"입신양명이 곧 출세를 뜻하는 게 아니라 자신을 바르게 세워 후세에 자기의 이름을 확고하게 알리는 것이니, 너의 말이 틀리진 않다."

"죄송하오나 소자 과거에 매달리기보다, 한 시라도 빨리 신문물을 익히고 배워 쓰러져가는 나라를 바로 세우는 일에 신명을 바치고자 합니다."

"쉽지 않은 일이다. 때론 목숨까지 바쳐야할 지난(至難)한 일이 될 것이다."

"알고 있습니다. 하지만 이것은 한 시도 늦출 수 없는 시급한 과제입니다. 영길리(영국-英吉利)와 미리견을 보십시오. 그들 나라는 이미 민주주의가 매우 빠르게 발달하여 대통령과 수상을 뽑아 왕을 대신하고, 낡은 관습을 벗기 위해 혁명을 통해 일거에 과거를 청산했습니다. 내부 문제를 해결한 나라들은 일찍 그 힘을 외부로 뻗어 통상과 자본의 축적을 위해 끝없이 미지의 세계로 나아갔습니다. 그리하여 이미 그 먼 태평양이며 인도양을 정복했습니다. 이제 그 힘이 뻗쳐 이 먼 조선까지 와서 서로 우리나라를 차지하겠다고 아우성을 치고 있습니다. 이때 제가 할 수 있는 일은 과연 무엇이겠습니까?"

"성인이라 하나 아직은 어리다. 고래의 학문이든, 신학문이든 지금은 네 자신을 더 닦아 수신과 제가에 힘쓸 때이다. 그러니 경거망동하지 말고, 처신을 조용히 하며 내실을 기르는 것이 옳다고 나는 생각한다."

"하지만, 세상은 지금 선각(先覺)으로 끝나는 것이 아니라 용맹한 행동가를 요구하고 있습니다."

"맞는 말이다. 하지만 네가 아니어도 행동가는 차고 넘친다. 만사에 다 때가 있는 법이니, 식견이 쌓이고 견문이 넓어질 때까지 좀 더 기다리거라."

누구보다 6대 독자를 아끼시는 아버지의 말씀은 경거망동하지 말라는 말로 압축될 수 있었다. 하지만 마음이 급했다. 이미 열정으로 불타올랐기에 한편으로는 이야기를 들었지만 한편으론 일부러 흘려보내 버렸다.

"박사님! 조선은 너무 힘이 약합니다. 외세는 너무 강합니다. 저는 도대체 무엇을 해야 합니까"

"미스터 리, 중요한 것은 자네일세, 자네가 좀 더 갖추어져야 큰 일도 할 수 있는 법이네. 이스라엘의 하나님 여호와, 또 그분의 독생하신 아들 예수님도 사람을 만드신 다음에 쓰셨네. 자네는 일생을 살며 이 말을 꼭 기억하게. 그것은 인격이 승리보다 중요하다는 것일세. 또한 아무리 위기가 와도 편법은 결코 원칙을 이기지 못한다(Expediency must always yield to principle)는 사실일세. 그러니 스스로 겸비하여 자신을 갖추면 주께서 자네를 이 민족의 빛으로 세우실 걸세, 내 장담하네."

다트머스 대학을 졸업하고 이 땅에 선교사로 온 헐버트 박사는 사석에서나 공석에서 늘 승만을 다독이며 자중자애(自重自愛)할 것을 가르쳤다.

"미스터 리, 지금은 꺼져가는 작은 등불 같은 조선이지만 언젠가 다시 동방의 빛을 발할 수 있는 귀한 나라가 될 걸세. 그러니 희망을 잃지 말고 학문에 매진하게. 그리고 더욱 깊은 신앙 속으로 들어가게."

"네 선생님! 아직은 배움이 많이 부족합니다. 하지만 마냥 배우기만 하며 세월을 허송하다간 이 나라가 어떻게 될 지 마음이 조급합니다."

"성경에 이르길 천하에 범사에 때가 있다고 하셨네. 우리가 기도하면 하나님이 분명 그 때를 알게 하시고 가르쳐 주시며 좋은 길로 인도하여 주실 것이네!"

"그것은 너무 인간의 책임을 무시하는 처사가 아닐런지요. 고래의 말씀 중에도 진인사대천명(盡人事待天命)이라 하여, 사람이 도리를 다 한 뒤에 하늘의 뜻을 기다린다고 하였는데, 이렇게 풍전등화와 같은 위기의 때에 자꾸만 기다리라고 하시니 우매한 제자는 스승님의 깊은 지혜를 헤아리기 어려워 답답하기만 합니다."

"그 말이 틀린 말은 아니네! 하지만 곧 그 시기를 알게 될 걸세!"

승만은 더 이상 말을 이을 수가 없었다. 불타오르는 가슴은 지금이라도 뛰쳐나가 뭔가를 하게 만들었지만 주변의 선생님들은 아직은 스스로 준비하여 더 많은 것을 갖추라고 하니 혈기왕성한 승만은 끙끙 앓느라 병이 날 지경이 되어가고 있었다.

10
만민이여 일어나라

"승룡아! 너는 6대 독자인 것을 잊지 말거라! 오늘은 여기까지 하고 어서 집으로 돌아가자꾸나."

"아버님! 위험합니다. 먼저 집에 가 계십시오. 저는 동지들의 안전을 확인하고 이내 들어가겠습니다."

"나는 그 말을 믿을 수 없다. 얼른 몸부터 피하는 것이 옳지 않느냐. 황제께서 발포를 해도 좋다는 윤허(允許)를 내렸다는 이야기를 내가 듣고 왔다."

"발포한다는 것은 돌이킬 수 없는 파국의 길로 가는 길입니다. 그러니 엄포는 놓아도 발포는 없을 것입니다. 그러니 안심하고 돌아가십시오, 여기가 수습되는 대로 저도 가겠습니다."

겨우 아버지를 설득하여 돌려보낸 승만은 만민공동회 관계자들을 체포하라는 명령을 피해 자리를 떴다. 3대 회장이 된 윤치호(尹致昊) 공은 야반(夜半)에 그를 체포하러 온 경리들이 오자 옷을 입을 동안만 잠깐 혼자 있게 해 달라고 하고는 그 사이에 배재학당으로 몸을 피하였다. 다행히 배재학당에 꽂혀 있는 성조기 덕분에 무사할 수 있었다는 이야기를 들었다. 그날 독립협회 지도자 17명이 체포되었다. 거리는 총검을 든 군사들로 꽉 차있었다. 동지들에겐 '민주주의의 혁신파' 지도자들은 국적(國賊)이라는 포고가 거리에 나붙었다.

　　승만은 다행히 아펜셀러 박사 집에 가서 피난하였다. 그런데 그곳에서 윤치호 공과 독립협회 동지들을 만났다.

　　"우남, 자네가 가장 위험하네. 그러니 아예 좀 더 멀리 피신을 하는 것이 어떻겠나?"

　　"동지들의 위험을 뒤로 하고, 또 저 몰려든 만민들을 뒤로 하고 숨을 수는 없습니다. 끝까지 군중대회를 계속 해야 정부도 두 손을 들 것입니다."

　　승만은 일언지하에 피난하지 않겠다고 거절했다. 오히려 그길로 경무청(警務廳)으로 갔다. 물론 그의 뒤에는 수 천 명의 군중들이 따르고 있었다. 승만은 체포된 17명을 석방할 것과 정부의 개혁을 요구하며 경무청 앞에서 군중대회를 열고 연좌(連坐)하며 시위를 벌였다.

　　"불법으로 체포한 회원들을 석방하라."

　　"석방하라, 석방하라, 석방하라."

　　승만과 일행은 거기서 그날 밤을 꼬박 샜다. 그리고 계속하여 며칠 밤을 다 같이 꼬박 세우며 연좌시위를 했다. 그날 만민공동회를 부수기 위하여 덕수궁의 대안문 앞에 러시아가 사주한 황국협회와 보부상패거리들이 군중의 세력을 꺾으려고 모여들었다. 많은 위험들이 도사리고 있었다. 하지만 이것은 그의 의무라 생각했다. 이 모든 것을 지켜보던 아펜셀러 박사도 묵묵히 지원하는 모양이었다. 그의 눈빛을 보았다. 그렇게도 만류하더니 이제는 민중운동(民衆運動)의 지도자 역할을 하고 있는 것이 기특하다고 여기는 듯 했다. 승만을 자랑스럽게 여기고 있다는 것이 보였다. 잠시 소강상태에 있을 때 한 친구가 와서 귓속말을 한다.

"이야기 들었는가?"

"무슨 이야기?"

"황제가 자네에게 적당한 벼슬자리를 주어 내각 안에 들어와 일을 하게 할 요량이라는 구먼."

"어림 반 푼 어치도 없는 이야기지."

"곧 고영근(高永根)과 김종환(金宗漢) 영감이 올 걸세. 난 그렇게 들었네."

하지만 승만은 온 밤을 새며 모닥불을 피워 놓고 그칠 사이 없이 군중들에게 연설하면서 그들을 단결시켰다. 만일 군중들이 분산되면 군사들이 손쉽게 자신들을 체포할 수 있다는 것을 알고 있었기 때문이다.

"여러 부형들이여, 잘 들으시오. 앞서도 이야기한 바와 같이 주권은 재민이요, 민심은 곧 천심이요. 고로 여러분은 남녀노소 지위고하를 막론하고 대한국에 속해 있으며 또한 온 대한국의 민의 일부 인 것이요. 여러분의 양 어깨에 국가 건설의 책임이 있는 것임을 깨달아 오늘 이 자리를 벗어나지 않기를 바라오. 만약 여러분의 마음에 애국심이 없다면 그 마음은 여러분의 적(敵)인 것이요. 만약 여러분의 마음이 공동의 적과 싸우는 것을 주저 한다면 그 마음과 싸우지 않으면 안되외다. 우리들의 마음을 지금 곧 두들겨 보시기 바라외다. 그래서 만약 그 마음이 국가의 복리를 생각지 않는 마음이 있다면 그것을 곧 없애 버리시오. 다른 사람이 인도해 주는 것을 또는 해야 할 일을 다른 사람이 할 때까지 기다리는 것은 금수와 다르지 않소. 그러므로 오늘 우리에게 주어진 이 중차대한 과업에 스스로 솔선해주길 바라외다. 만약 여러분이 하지 않는다면 영원히 되지 않을 것이기 때문이외다….”

이미 며칠의 소요로 지치고 배도 고프고 또 불안한 마음이 없지 않을 터인데, 이탈하는 이 없이 군중들은 모닥불에 의지하여 더욱 결집하였다.

“우리 모두는 힘을 합쳐서 우리나라를 강하고 풍부하고 문명한 나라로 만들어야 하외다. 항상 여러분의 마음 속에 ‘독립’의 뜻을 품고 있기를 바라는 것입니다. 가장 중요한 것은 무엇보다도 절망을 내쫓는 것이외다. 그러기 위해서 우리들은 열심히 일하지 않으면 안됩니다. 우리들 한 사람 한 사람의 헌신은 건전한 국가의 열매 맺을 씨앗인 것이외다.”

사흘째 밤샘에는 가장 큰 곤란이 닥쳐왔다.

“시위군중의 대열이 줄어들고 있어.”

“점점 흩어져 줄어들고 남아 있는 사람들에게도 추위와 굶주림 거기에다 졸음이 덮쳐오니 설상가상이군.”

“삐이익 쿵쾅 따라라락……”

이 무렵 한 패의 군사들이 군악대를 선두로 군중을 향해서 행진해 오는 것이 보였다. 그러자 그 앞에 있던 군중 일부가 일시에 도망쳐버렸다. 이 광경을 목격한 승만은 곧 군악대 옆으로 달려가 북치는 군사를 밀었다.

“방향을 바꾸라!”

다행히도 군대는 무력을 행사하지 말라는 명령을 받고 있었음인지 시위군중들에게 무력을 쓰지 않고 순순히 방향을 바꾸어 행진해 가 버렸다.

“여러분이여, 대오를 허물지 마시오. 나는 압박 받는 동지를 위해 잔인

한 적과 맞서 싸우려고 여기까지 왔소이다. 내 생명까지도 그 악세력 때문에 이 세상에서 사라져 버릴지도 모르겠으나 이같은 죽음은 단순한 사망이 아니고 영생인 것이외다. 동포여! 각자 그 책임을 인식하고 오늘 그것을 이 자리에서 실행해 주었으면 하외다. 결코 수치스러운 행위를 해서는 아니되오이다."

이튿날 조간신문은 이 사건을 게재하고 승만을 과격하고 성급한 사람이라고 평했다. 신문을 보았는지 아님 아들이 마냥 걱정되어 뜬 눈으로 밤을 새우셨는지, 새벽같이 아버지가 오셨다.

"승룡아! 너는 이제 할만큼 했다. 이 아비와 네 어미를 봐서라도 그만하고 집에 가자. 다시 또 때가 있을 터이니, 우선은 네 몸을 돌보거라."

아버지는 승만의 손목을 잡고 눈물을 흘리신다.

"너무 무모한 짓이다. 이제 여기서 더 나아가면 결국 집안망신 패가망신이 되나니 얼른 집으로 가자."

끝없이 승만을 타일렀다. 그때 기쁜 소식이 들려왔다.

"우남! 황제께서 17명 전원을 전부 석방하라고 하셨네. 그러니 연좌를 풀고 귀가하시게."

"그것이 참말이요?"

경리가 전해준 석방소식은 솔직히 말해 그의 일생을 통해서 가장 자랑스럽고 행복한 사건이었다. 어렵고 힘들고 앞이 아득할 때면 승만은 이날의 승리를 회상해보곤 했다. 독립협회의 동지며 지도자들도 모두 민주주의의 대승리라고 느꼈다. 그래도 소동은 며칠 동안 계속 되었다.

며칠 후 독립협회 회원들은 계속해서 낡은 보신각 앞 광장에서 개혁에 대한 군중대회를 개최하였다. 군중대회는 덕수궁 문 앞에서도 밤낮을 가리지 않고 계속되었다.

그러자 조정 안에 친 러시아파들은 허둥지둥 황제를 지지하는 황국협회(皇國協會)를 조직하고 불한당과 유교적 통제경제하에 관청에 등록한 채 떠돌아다니는 행상인 보부상배(補負商輩)들을 더욱 매수하여 독립협회의 시위를 공격하고 방해하는 공작이 심화되게 하였다. 물론 그들의 제일 공격목표는 당연히 승만이었다.

"저 놈이 주모자다. 이승만!"

"죽여라! 조선을 망하게 할 놈이다."

"아! 악."

결국 승만을 향한 그들의 계략은 타격으로 나타났다. 승만은 심각한 공격을 받았다. 하는 수 없어 그들의 공격을 피하여 독일공사관의 얕은 담벼락을 뛰어 넘어 배재학당으로 피했다.

"이 선생! 여기로 들어오시오."

마침 안면이 있는 직원이 그를 안전한 곳으로 인도하였다.

승만은 오랫동안 그들 부상배(負商輩)들의 험상궂은 얼굴과 그들이 가지고 다니던 빗자루보다도 더 긴 묵직한 몽둥이의 흉칙한 모습을 잊지 못했다. 부상배들은 군중 속으로 뛰어들어 이런 몽둥이를 닥치는 대로 휘둘렀다.

"왜 소란을 피우느냐! 너희들 때문에 우리가 영업을 방해받지 않느냐."

"네 이놈들! 도대체 너희들은 누구의 사주를 받고 감히 타격하느냐?"

당시는 시위 군중의 수가 더 많았다. 그리고 그들의 감정은 어디까지나 순수하고 의로웠다. 때문에 황제는 언제까지 이러한 소란을 외면할 수가 없었던 것이다. 결국 민영환과 한규설을 보내어 시위 군중들을 진정시켰다.

"보시요! 여러분들이 서구의 저 자유로운 생각을 흠모하여 날마다 심신을 돌보지 않고 군중대회를 이어가는 마음을 이해하오. 모두 다 나라를 사랑하는 마음에서 나오는 충정인 것을 황제께서도 다 헤아리는 바요. 폐하께서도 진정한 개혁을 약속하여 우리를 보내었으니 이제 제발 해산해 황제의 선정을 기다려 주시오.”

“우리는 그 약속을 믿을 수 없소.”

“이렇게 줄다리기를 하면 결국 돌아오는 것은 무력충돌 뿐이요. 황제께서는 그 어떤 경우도 백성이 작은 털끝이라도 상하는 것을 원하지 않으시오. 그러니 해산하여 주시오.”

“우리가 믿을 수 있는 것은 혀의 달콤한 놀림이 아니요. 우리들은 지금까지 속아왔으니 말로만 약속이 아니라 행동으로 나타내 주시오.”

승만과 일행들이 해산명령을 거부하자 보부상배들이 또 다시 습격을 해왔다. 당시 군중대회는 처음 장소를 벗어나 외국공관 지역 내의 임시궁(臨時宮) 앞에서 벌어지고 있었다. 황제는 신변이 위험할 때 탈출하기 편하도록 러시아공사관 인접지에서 기거(起居)하고 있었다.

배재학당의 학생과 대중들이 도와주지 않았더라면 경무청과 평리원(고등법원) 앞에서의 철야농성은 무용지물이었을 것이다. 독립협회 간부들을 석방시키는 데는 성공하였다. 그리고 황제는 독립협회를 달래기 위해 헌의 6조의 실시를 약속하였다. 그리고 대대적으로 개각을 단행하는 등 의지를 보이기도 하였다. 그리하여 남궁억 등 50여명을 중추원 의관(議官, 종9품)으로 임명하였다. 그리고 승만도 중추원 의관에 임명되었다. 이윽고 어명이 도착했다. 하지만 그것도 잠시 황제는 만민공동회 해체로 방향을 바꾸어 돌연 체포령을 내리고 만다.

“아니 세상에 이런 법이 있나! 황제가 마음대로 해산이라니. 어떻게 회의절차도 거치지 않고 이런 불법을 저지를 수 있단 말인가?”

그것은 승만과 군중들의 생각일 뿐이었다. 황제국가에서는 황제가 모든 권한을 갖고 있었다. 그러니 그가 결정하면 토의 절차가 필요없었다. 결국 승만은 미국인 의사 해리 셔먼의 집으로 피신하였다. 피신 중에도 시위와 계몽은 멈추지 않았다. 드러내어 하다간 체포될 것이 뻔했기에 협회의 이름으로 전단지를 발행 배포하였다. 그런데 전단지 내용이 문제가 되었다.

'광무황제는 연령이 높으시니 황태자에게 자리를 내주셔야 한다.'

이 작은 문구가 결국 황제에게 빌미를 주어 승만은 요시찰 대상이 되어 계속적인 추적을 받게 된다. 그러던 중, 1899년 1월 9일 발생한 박영효 일파의 대한제국 고종 폐위 음모가 발각된다. 그리고 박영효를 초대 대통령으로 추대하려고 했다는 것이다. 승만은 그 음모에 가담했다는 혐의로 체포되고 말았다. 아무리 벗어나려 해도 더 옭아매어 오는 거미줄 같은 올가미에 걸리고 만 것이다.

조선은 여전히 왕의 나라였고, 전제국가였다. 왕을 중심으로 권력을 틀어진 고루한 대소신료들은 나라의 개혁이나 정치제도의 변화는 관심이 없었다. 오직 자신들의 정치권력과 안위에만 관심이 있었다. 나라야 망하든 말든, 국가야 있든 말든 오직 그들의 가문만 살아남으면 된다는 망국적 생각 때문에, 조선은 돌이킬 수 없는 파국의 길로 내닫게 되었다.

11

갇혔으나 자유하여

승만은 말했다.

"나는 잡범이 아니다. 나는 결코 범죄자가 아니다. 나는 국가 전복을 꿈꾼 것이 아니라, 나라의 주인인 백성들이 자유로운 뜻에 따라 평화롭고 강한 나라를 키워 부강케 하길 꿈꾼 자였다. 고로 나는 굽힐 수 없다. 멈출 수 없다. 가두어 두어도 결코 꺾을 수 없고 꺾이지도 않을 것이다."

승만은 인편을 통하여 계속하여 백성들의 무지를 깨치길 원했다. 승만은 신문에 끝없이 사상을 설파하였다. 때론 논문으로 때론 시로, 때론 조용한 수필로 자신의 내면에서 솟아나는 개혁에 대한 열망을 솟아내었다.

승만의 주장은 감옥에서도 간단명료하였다.

"기독교 국가를 세우자!"

후일 유학을 마치고 박사를 받아 한국에 왔을 때도, 그리고 3.1절을 기해 시위를 하도록 촉구한 것도 모두 청교도들이 세운 미국처럼 기독교 국가를 만들고자 하는 승만의 염원이 담긴 것이었다. 윌슨에 의해 주창된 "민족자결주의" 원칙은 승만으로 하여금 한국의 동지들에게 '시위촉구' 밀서를 보내도록 했고, 기다렸다는 듯 개신교계는 총궐기하였다. 월남 이상재가 개신교대표 16인 선정 등을 진두지휘했는데 이는 이상재 역시 승만의 전도와 감화로 기독교로 개종했기 때문이었다.

승만이 한성감옥에서 전도하고 같이 연구하며 뜻을 모았던 43인은 일생을 함께 하는 감옥 출신 동지가 되었다. 이들 43인과 YMCA 청년들이 3.1 운동의 주력부대가 되었던 것도 이미 한성감옥에서 있었던 그 뜨거운 성경연구와 기도의 결과였다.

말 그대로 한국의 기독교 십자군 같은 독립전사들을 미리 양성해 놓은 것이다. 이러한 승만의 선견지명은 조직적 전략적 리더로서의 카리스마를 더해주었다. 그러나 5000년 역사에서 처음으로 탄생되는 민주주의 국가 건설이 쉽겠는가?

승만은 지금도 옥중에서의 기도를 기억한다. 외마디 기도!

"Oh! my Lord, save my country(오! 주여, 내 나라를 구원 하소서.)."

이것이 사형수의 기도라니. 하나님이 그의 단말마적인 기도를 들으셨다. 그 당시 조선에 기독교 신자는 도합 40명 정도였을 때였다. 그 기도의 다음 말은 더 간명하지만 간절했다.

"주여, 이 땅 조선에 100만 명의 기독교인을 허락하여 주옵소서."

승만이 감형되어 5년 7개월 후 석방될 때까지 옥중 전도로 예수를 믿은 사람의 수는 간수, 죄수 모두 합해 약 43명이었다. 승만이 전도한 간수들의 협조로 그는 재소 중 약 600권의 책을 읽었다. 300편의 논문을 쓰고, 그 중 75편이 밖으로 나가 신문에 보도되었다. 그의 글을 읽은 유력인사 중에는 을사조약에 분개하여 자결한 민영환, 고종황제의 엄비, 총리대신 한규설이 있었다. 그들은 이승만의 전도를 받고 구명운동을 시작했다. 선교사들도 끝없이 투서를 넣었다. 그 결과 사형이 무기징역으로, 다시 10년형으로, 그리고 5년7개월로 감형되어 옥고를 마치고 석방이 된 것이다.

1899년, 24살의 젊은 청년이 쓴 논문은 배재학당 학생의 수준을 넘었다. 부국을 이루기 위해서는 조선의 경제정책을 개방과 통상을 위주로 수출주도로 해야 한다는 것과, 경제부흥을 위해서는 제조업을 육성해야 한다는 것이다. 이를 위해 급선무로 해야 할 일이 공장을 건설하는 것이었다. 그리고 해양세력과 손잡기 위해서는 대양으로 나가야 한다고 강조했다. 그리고 신약 갈라디아서를 바탕으로 반상제도의 완전한 폐지, 남녀평등, 여자교육의 중요성 등을 강조하였다. 이 모든 것을 가능케 하려면 기독교 입국이 절대적으로 필요하다고 발표한 것이다. 그해가 1903년이었다. 그 당시 세계에서 제일 잘사는 나라가 영국이었다. 승만은 다음과 같이 예언했다.

"우리나라가 예수를 믿는 나라가 되면 영국보다 더 잘사는 나라가 될 수 있다."

어쩌면 꿈같은 이야기였고, 세상 물정을 모르는 젊은이의 치기어린 망상이랄 수 있었다. 왜냐면 당시 영국의 경제 규모는 조선의 334배였기 때문이다. 당시 승만의 전도로 기독교인이 된 주요인물 중 두 사람이 있었다. 한 사람은 이준이고 한 사람은 이상재 선생이다. 이준은 1907년 7월14일 구한말 고종이 네덜란드 헤이그에서 열린 제2차 만국평화회의에 특사로 파견된 인물이었다. 하지만 회의 참석이 거부되자 할복자살로 아까운 생을 마감하였다.

다음은 월남 이상재 선생이다. 사람들은 그를 '조선의 스승'으로 존경했다. 서재필과 함께 '독립협회'를 설립했던 분이다. 그리고 1888년 우리나라 최초로 미국에 파송한 두 명의 외교관 중에 한 분이 되었다. 철두철미한 유교 선비이던 그가 어떻게 하여 나이가 25살이나 어린 청년 승만의 전도를 받아들이게 되었을까? 승만의 회심은 문자적이거나 이성적인 회심이 아니라 그의 영혼이 거듭나고 전인격이 변화된 결과였기에, 이상재 선생이 감복하여 그렇게 기독교인이 된 것이다. 월남은 후일 조선 최초로 YMCA(황성 기독청년회)를 설립하게 된다.

1927년 그가 서거했을 때 서울 인구가 30만이었다. 그런데 그의 장례식에 20만이 모였을 정도니 그의 영향력이 어떠했는지 승만은 짐작이 되었다. 3.1 운동 당시 승만이 한국에는 없었지만, 직접적인 연락이 닿는 이상재 선생이 배후에서 조종하며 독립선언문을 작성했을 뿐 아니라 민족대표 33인의 명단에 자신의 이름은 넣지 않고 직접 지명 작성하여 모든 것을 다 지휘하였다. 월남은 일본경찰에 체포되어 취조를 받을 때,

"3.1 독립만세운동의 배후 주동자가 누구냐?"

그렇게 물었을 때, 간단명료하게,

"그 배후는 성경에 기록되어 있는 우리 '하나님'이요!"라고 대답했다.

"우남! 참으로 고생이 많네."

"이젠 이골이 나 견딜 만 하네."

"옛부터 영어의 몸이나 유배의 몸엔 독서와 글쓰기가 최고라 했네. 그 안에 있을 때 독립운동의 원칙을 밝히는 책을 쓰는 게 어떻겠는가?"

"지금은 고문의 후유증과 분위기 상 적절치 않네."

말은 그렇게 했지만 가슴은 뛰었다.

"자네도 알지 않는가. 지금까지의 운동이 실패로 돌아간 이유를. 무엇

보다 군중계몽(啓蒙)이 급선무네. 두 번째는 운동의 목적성이 명확하지 않네. 그래서 내 생각엔 민초들을 계몽하는 일부터 우리가 해야 할 일이 아닌가 하이. 곧 이것은 자네 몫이지. 난 진심으로 그렇게 생각하네."

"마음이야 굴뚝이네. 하지만 여긴 감옥 아닌가. 종이는 커녕 붓과 먹벼루도 구하기 힘드네."

"그것은 걱정하지 말게. 내가 구해오겠네."

이렇게 해서 시작된 《독립정신(獨立精神)》의 집필은 한편으론 무료하고 무기력해지는 감옥 생활을 이길 중요한 동기가 되었다. 승만은 울분을 달래며 말 대신 글로 만민공동에게 바치는 심정을 토로하기 시작했다.

"여러 부형들이여! 나의 선조에 관한 이야기는 하지 말아 주십시오. 나의 정적들은 내가 민주제도를 세우려고 하지 않고 왕권을 회복시키려 한다는 자기들의 주장을 '입증'하기 위해서 나의 족보를 캐내려고 애를 많이 썼기 때문입니다. 여기에 적은 것은 윤곽에 불과합니다. 저의 아버지는 제가 6대 독자인 것을 상기하라고 되풀이하여 말씀합니다. 하지만 나라가 없고 만약 국가를 타국에 빼앗긴다면, 이 나라말과 글과 성과 이름을 보존하겠습니까? 독립을 빼앗기게 되면 우리 모두는 노예요, 마소와 같이 지배를 받을 것입니다. 부디 만물을 지배하는 것은 정신이니, 정신을 바르게 하여 나라를 지키려고 한다면, 그 숫자에 상관없이 대적을 물리칠 수 있으니, 모든 조선인들이여, 대한의 사람들이여, 독립의 정신을 함양하고 계승하기를 바라 마지않습니다."

승만의 필력은 참으로 모든 사람이 경탄해 마지않았다. 그의 필력은 몸을 다칠 정도로 읽어내는 독서에 있었다. 그 옛날 김득신이 서치(書癡)라 놀림을 받은 것처럼, 승만은 그 어두운 감옥에서도 항아리 속에 숨겨둔 촛불에 의지하여 끊임없이 읽고 또 읽어 내려갔다. 흔히 말하길

이 세상의 천재는 몇 가지가 있다고 하였었다. 첫째는 생이지지(生而知之)요, 둘째는 학이지지(學而知之)요, 셋째는 곤이지지(困而知之)인데, 승만은 어려서는 생이지지자(者)라 할 정도로 천재였다면, 청년이 되어서는 내리 글만 파는 학이지지자(者)가 되었고, 감옥생활과 혁명가적 삶을 살아내면서 결국은 경험 속에서 알아내는 곤이지지자(者)로 우뚝서게 된 것이다.

그의 왕성한 독서력과 집필력은 염암 박지원에 비길 만 하였고, 미래를 내다보는 혜안은 율곡 이이에 비길 만 하였다. 또 그 용맹에 있어서는 충무공에 비길 만 하였다. 문제는 승만에게는 그 열정을 뒷받침할 아무런 직책이 없었다는 것이다.

"나는 어떤 직책도 원하지 않는다. 다만 이 나라가 굳건한 반석 위에만 놓일 수 있다면 내 하나 뿐인 목숨도 아끼지 않을 것이다. 하지만 이 땅의 개혁을 위해선 반드시 직책이 중요하다는 것도 알고 있다. 하늘이 주시는 소명을 땅에서 실현할 수 있는 직책이 있을 때, 그 자리는 하나님의 대리대사(代理大使)의 자리가 될 것이다. 나는 지금 그 직책이 없다. 하지만 머잖은 장래에 대의명분에 적절한 위치와 직분을 그분께서 주실 것을 나는 믿는다."

승만은 미국으로 떠나는 자리에서 자신의 미국행이 하고자 하는 일에 걸맞는 위치가 되기 위한 것임을 분명히 했다.

친미대신 용미하리라

    많은 환송객들의 염려를 안고 승만이 탄 오하이오호는 1904년 11월5일 오후 3시 제물포항을 출발했다. 배는 목포와 부산을 거쳤다. 때는 11월 8일 오후 7시였다. 부산항을 떠나기 전까지 승만은 마음을 내려놓을 수가 없었다. 그는 밀사 아닌 밀사였기 때문이다.

    만약 자신이 밀사라는 사실이 들통 나 버린다면 배에서 끌어내려질 수도 있을 것이라는 두려움이 있었다. 이윽고 긴 뱃고동을 울리며 부산 앞바다 절영도를 지나자 산으로 둘러싸인 부산항을 바라보며 안도의 한숨을 쉬었다. 갑판으로 나왔다.

    '안쓰럽다. 내 조국이여!'

    어디 한 군데 의지할 나라도 없는 나약한 나라. 힘이 없어 외세의 간섭과 개입에 시달리기를 어언 몇 해던가. 국권상실은 명약관화, 이제 그 끝을 알 수 없는 가련한 나라 조선이여.

겨울 저녁 찬 바닷바람을 맞으며 난간을 잡고 선 29세의 청년 승만의 머릿속은 너무나도 복잡했다. 처음 나선 해외여행인데다가 밀사의 임무까지 띠고 있으니 두려움과 말 못할 갈등이 있었다. 승만이 가진 것이라곤 일본까지의 여비와 선교사들이 써준 몇 장의 소개장 뿐이었다.

그러니 감옥 생활 이상의 고통이 항행 속에 있었다. 승만은 1883년 처음 미국에 갔던 견미단 일행의 이야기를 떠올렸다. 그들은 더 큰 절망 속에서 한 줄이라도 희망을 잡으려 애썼다고 한다. 그들의 말에 위로를 받으며 첫날 밤을 배에서 보냈다.

오하이오 호는 순항을 계속 해 시모노세키를 거쳐 11월 11일에 고베항에 도착했다. 고베에서는 한국인 친구들과 로건 선교사가 환영을 나왔다. 승만은 선교사들이 로건에게 보내는 소개장을 갖고 있었다. 그렇게 고베항에서 며칠을 더 지체해야 했던 이유가 있었다. 계속 항행을 해 미국으로 가야 하는데 배 삯이 모자랐던 것이다. 하는 수 없이 로건 선교사가 배 삯을 마련할 때까지 고베항에 머물기로 했다.

11월 13일 일요일 로건 선교사는 자신의 교회에서 이승만이 신앙 간증을 할 수 있도록 주선해 주었다. 그 덕분에 교인들의 헌금으로 미국행 여비를 조금이나마 마련할 수 있었다. 승만의 이러한 연설 후 모금 방법은 그의 독립운동 내내 행해졌던 귀한 방법이 되었다. 그리고 다시 증기선 시베리아호에 탑승했을 때는 삼등칸에 겨우 머리를 뉘일 수 있었다. 그곳에는 바퀴벌레며 쥐들과 함께 생활해야 하는 그런 열악한 객실이었다.

일 주일 여의 지체 끝에 항해가 이어지던 날, 수평선 너머 해가 떠오르는 것을 보았다. 거대한 증기선은 어느새 일본의 열도를 통과해 섬을 크게 둘러 항구를 빠져나가고 있었다. 갑판에 선 자그마한 체구의 한 동양인 행객!

승만을 쳐다보는 대다수의 사람들은 독특하게 생긴 그를 주목했다. 승만은 그들의 눈을 의식하기보다 앞으로 될 일들을 여러 차례 정리해본다.

긴 숨을 내쉰다.

"휴우 ……"

배에는 거의가 일인들이었고, 그 다음이 청인들이었다. 영국이나 미국의 백인들은 그다지 많지 않았다. 승만은 생각을 잠시도 쉬지 못한다.

'그래. 지금은 저 수평선처럼 모든 것이 아득해 보여도 떠오르는 태양을 따라 항행해 가면, 불원간 미리견에 도착하겠지. 인생이나, 나라의 운명도 그러하지 않을까. 반드시 좋은 날이 있을 것이니. 희망을 포기하지 않는 한 새로운 태양은 떠오르리라! 하지만 이 순간, 내 맘속에 자리 잡아 사라지지 않는 절망과 고통은 부인할 수 없도다.'

승만의 마음을 달래는 것은 오직 독서와 글쓰기 뿐이었다. 그는 그 배에서 장문의 글을 여러 장 쓴다.

태평양을 지나는 행객 이승만은 배에서 다시 제국신문 독자들을 위하여 두어 마디 적나이다. 일본 고베서 적어 보낸 것은 혹 보았는지, 지나간 이십 일에 고베를 떠나서 밤낮 쉬지 않고 오는데 명일 아침은 미국 영지 하와이에 도착한다 하온즉, 주야로 오늘까지 십팔 일 동안에 한 조각 땅을 보지 못하다가 오늘 아침에야 비로소 해상에 큰 군함만한 섬 한 덩이를 지적에 지나며 보니 대단 반갑사외다. 그러나 그동안에 우리가 동경서 일백팔십 도를 지나온 고로 행로가 더 늘었다 하오니 전후 이십 주야를 물로만 와서 하와이에 하루 들렸다가 다시 엿새에 열두 주야를 가서야 미국 샌프란시스코에 도착한다 하오니 세상이 모두 별천지 같시외다.

우리가 탄 배가 미국 우선(郵船)회사 시베리아라는 배인데 재작일은 천여 리를 왔나이다. 만일 풍범선 같은 배가 올 수 있을 것 같으면 몇 달이나 될른지 아득 하외다. 이 배 길이가 목적으로 오백칠십이 척 사 촌인데 내 걸음으로 온 발씩 내디뎌 이백오십사 보이니 땅에 이만치 재놓고 보면 얼마나 긴지 아실 것이요. 배 톤수는 일만이천 톤이며 배에 일하는 사람 수효는 함장 이하로 서양 사람이 백여 명이고 청인이 이백여 명이니 능히 삼백여 명 사공이라, 먹고 쓰는 것과 월급은 다 얼마나 되겠나이까, 이 배가 고려라 하는 배와 서로 같고 만주리아와 몽골리아라 하는 배 둘은 거의 이보다도 갑절이나 크다 하오니 어떻게 굉장하오니까, 그쪽 범절에 곧 조그마한 나라 하나라 하겠소.

상등은 수삼백 명이 모여 함께 음식 먹고 놀 방을 황홀 찬란히 차려놓고 풍류방이 또 있는데 과연 편하고 좋게 만든지라. 매인의 선가가 일본 요코하마서 미국 샌프란시스코까지 종이돈으로 사백 원 가량이라는데 이번에는 사십여 명이 탔다 하며, 중등은 일백육십 원이라며, 하등은 넓은 방 셋에 층층이 비계처럼 매호 한 명씩 눕게 하였는데 청인이 거의 육십 명이오. 대한 사람이 이십구 인이오. 일인이 이백여 명인데, 일인은 학도병 삼십 명쯤 미국으로 가고 청인 십여 명과 대한인 몇 명 외에는 다 하와이로 가는 자들이라, 종이돈으로 한 사람에 칠십여 원 안팎인데 우리는 제물포에서 고베까지 십이 원이오, 고베에서 샌프란시스코까지 육십팔 원이라, 매우 싸게 탄 모양이라 하옵네. 하등 칸에서 이 여러 사람이 함께 지내노라니 청인의 냄새는 견딜 수 없고, 겸하여 이곳 기후는 대한의 육칠월 같아서 사람의 기분은 증울하고 음식은 청인이 주는 것이 비위에 맞지 않아 혹 지폐 십 원씩 주고 양요리 명색을 얻어먹는데, 우리는 간신히 둘 앞에 금전 삼원을 주고 면보와 차를 얻어 밥 대신 지내며, 하등 칸이라고는 당초에 사람대접으로 아니 하는 중 대한 역무 등이라고는 의복도 더욱 추하고 모양도 흉하니 더 창피하나 내게는 다가와서 말도 일러주고 특별히 대접하되 도처에 분한 마음 어떻게 억제하리오. 웃 사람들 잘못 만나 이 모양인 줄 매일 연명하고 그 보배로운 상투를 좀 벗어버리라 하여 따뜻한 뜻을 표합디다.

청인들은 그중에서 깨인 사람들이 더러 있어서 내게 와서 나라를 걱정하여 한탄하며 자기도 돈줄이나 있는 고로 자기 정부에 도적놈들이 먹으려 하는 고로 살 수 없어 집을 두고도 돌아다니노라 하며 그놈들에게 나라를 맡겨 망하는 것을 통분히 여기며, 또한 희한한 말은 청국 개진당 영사로 유명한 강유위 양계초 등이 이리저리 다니며 밖으로 유지자들을 연락하여 상해, 홍콩, 싱가포르, 일본, 하와이, 미국 등지 각처에 성기(聲氣)를 상통하며 학교도 세우며 신문 월보도 내며 처소도 굉장히 벌여 개명의 주의를 전파한다는데 양계초는 지금 요코하마에 있다 하는지라. 이 배가 요코하마서에서 하루를 묵었으니 그때에 알았다면, 가서 한번 심방하고 일장설화를 들어 보았을 것을 진작 알지 못하여 이리 한탄하는 중이외다.

우리나라에서도 유지(有志)한 이들이 밖으로 많이 나와 사방에 흩어져 공부도 하며 세상 형편도 좀 보며 남의 공론도 들으면 식견도 늘겠고 나라가 무엇인지도 알아 애국하는 마음도 자연히 생기며 서로 응하는 힘이 형편을 얼마쯤 받쳐갈 도리가 있겠거늘 어찌 이다지 적막하오리까. 근자 신문을 본즉 청국 북경에 있는 일본 영사가 청국 지방관에게 공함하고 북경에 있는 한국 사람들의 수효를 상고하여 알게 하라하며 그 연고를 말하였는데, 한국 사람들이 혹 머리를 깎고 양복을 입고 다니며 불법한 일을 행한 즉 칭원(원통함을 들어서 말함)이 일인이게 돌아가는지라 구별하여 분간 하겠노라 하였는지라. 우리사람들이 처신을 잘못하여 도처에 결박을 자초하는 폐단이 허다하니 가석(안타깝다)하거니와 한편으로 생각하면 일본 관원이 한국인의 수효를 조사하고자 하며 혹 남의 의심을 만들까 하여 이런 말로 빙자함인지 염려가 또한 없지 않은지라.

대한 사람은 잘 하나 세상에 못된 구석으로만 몰리니 더욱 원통한지라. 그러하나 우리가 다 나라를 이 모양으로 만들어 놓은 고로 도처에 이렇듯 받는 수모를 어찌 억지로 면할 수 있으오리까. 지금이라도 잘들 하여 남의 칭찬과 대접을 받을 만치 된 후에야 스스로 나은 처지가 돌아올 지라 들으니, 샌프란시스코에 가 있는 대한 사람이 몇 십 명 된다는데 혹 양복 입은 사람도 있거니와 거지반이나 상투를 그저 달고 다니며 혹 조선복식도 하고 혹은 양복 대신에 청인의 옷을 사서 입고 청인의 촌으로 돌아다닌다 하니 이 사람들에게는 옛것이 어찌하여 그다지 버리기 어려우며 일인에게는 새것 본뜨기가 그다지 속하오니까. 과연 딱한 일이올시다. 륜선은 흔들리고 자리는 분요한데 생각나는 대로 대강 적으니 혹 유조할 것이 있기를 바라나이다.

배를 타기 전까지만 해도 '아니 거짓말을 해도 유분수지. 집채 만한 배도 아니고 왕궁 만한 배가 어디 있다는 거야?'

하지만 직접 타보니 사실이었다. 당시 우리의 기술로는 철선 하나 건조할 수 없었다. 의심과 궁금증은 변하여 알 수 없는 분노가 치밀었다.

'과연! 수만 리나 앞서가는 저들을 뒤쫓을 수 있을까?'

생각이 거기까지 미치니 그간 허비한 시간과 세월들이 원수같이만 느껴졌다. 구대륙과 신대륙은 수천 명이 수개월을 묵을 수 있는 배를 건조할 수 있는 문명이 있었다는 것을 깨달으면서 승만은 분노와 함께 무서움을 느꼈다. 그들의 가공할 문명이, 그리고 넘볼 수 없는 기술이, 조선이 빗장을 걸어 잠궈두고 있는 동안 가까운 일본만 해도 벌써 저만치 따라갈 수도 없는 거리에서 앞서가고 있었다. 은둔과 고요가 자랑이 될 수 없고 은자가 무기는 될 수 없었다.

견미단 일행이 세상물정에 대해 까막눈이던 조선에 새로운 눈을 열어주었다면, 승만이 보여주어야 할 세상은 우리도 기독교 국가가 되어 힘써 노력하면 단숨에 따라 잡을 수 있다는 것을 보여주는 것이었다.

"승객 여러분! 이제 곧 이 배는 호놀룰루 항에 도착하겠습니다. 배는 밤 10시경 도착하겠지만 하선은 익일 오전 8시 무렵에 하게 되겠습니다. 이 밤을 잘 지내시고 혹시나 잊으신 물건이나 짐이 없는지 다시 한 번 점검해주시기 바랍니다. 저희 시베리아호는 무사히 다시 뵙기를 원합니다. 긴 항해 동안 수고 많으셨습니다. 감사합니다."

하와이 도착을 알리는 안내방송이 스피커를 타고 흘러나왔다. 이제 몇 시간 후면 기나긴 여정을 끝내고 잠시 하선을 하게 된다. 과연 오늘밤엔 무슨 꿈을 꾸게 될까, 아님 무슨 생각을 하며 지낼까. 지나온 시간이 무색하리만큼 또 다른 갑갑증이 밀려온다.

승만은 참으로 성격이 급했다. 그래서 만민공동회에도 누구보다 더 열심히 나가 열변을 토했고, 울컥하는 마음을 진정시키지 못해 결국엔 체포되어 한성감옥에 들어갔고, 그걸 또 견디지 못해 탈옥을 시도하다 체포되어 이중삼중의 옥고를 치루어야 했다. 모르긴 해도 자라면서 생긴 울분이 아닐까 한다. 어머니의 자상함 아버지의 호탕함이 있었으나, 장남에 6대 독자라는 중압감, 성공과 출세를 원하시는 어머니가 보여주는 무언의 압력, 시대가 주는 우울함, 거기에다 시험 준비 끝에 찾아온 과거시험의 폐지. 그리고 승만의 기를 꺾어 버리려는 의도적인 운명의 위기 등이 그에게 조급증을 준 것이, 급기야 신문 독자들의 호응과 청중들의 열렬한 지지가 상승작용을 일으켜 급한 성격으로 굳어진 듯 했다. 하지만 6년여의 감옥 생활은 승만을 견디는 사람, 인내하는 사람으로 만들어 주었다. 그리고 앞을 내다보며 장기적인 준비도 해야 함을 깨우쳐주었다. 무엇보다 결정적인 것은 간절하고도 애타는 마음으로 간절히 절대자의 손길을 구했을 때, 1900년 전의 그 사내가 그를 만나주었다는 것이다.

언젠가 시경 읽기가 지겨웠을 때였다. 문중서고를 뒤지다가 난중일기를 만났다. 손에 잡고 놓지를 못했다. 다른 부분은 이해가 되어도 이해되지 않는 부분이 있었다.

"是夜神人夢告日 如此則大捷 如此則取敗云"
'시야신인몽고왈 여차즉대첩 여차즉취패운'

그 뜻은 "이날 밤 꿈에 어떤 신인(神人)이 나타나서 이렇게 하면 크게 이기고 저렇게 하면 진다고 가르쳐 주었다"이다.

난중일기에서는 자주 충무공이 꿈 이야기를 한다. 국운을 좌우하는 명랑대첩 전날에도 어김없이 꿈을 꾸었다고 한다. 그런데 그날 밤 꿈에 신인(神人)이 나타나 병법을 알려주었다는 것이다. 승만은 그날 감옥에서 신비한 가운데 체험한 그분이 이순신이 만났던 그분인지는 알 수 없었다. 성경에서도 보니 일반 사람들에게도 하나님은 꿈을 통하여 계시하시는 장면이 곳곳에 나오는 것을 발견했다. 승만이 한성감옥에서 누구보다 힘썼던 것이 성경읽기였기에, 성경에 있는 이야기들을 누구보다 잘 기억해 낸다. 창세기 20장 6절에 보면 그랄 왕 아비멜렉이 꿈을 꾸고 난 뒤 아브라함의 아내 사라를 돌려 보내주었다. 또 창세기 40장 5절에도 수감 중인 바로의 두 신하가 꿈을 통해 그들의 미래를 알 수 있었다. 창세기

41장 1절과 5절에 보면 애굽의 왕 바로가 두 번이나 이집트의 미래에 대한 꿈을 꾼 것이다. 사사기서 7장 13절에서는 미디안의 병사들이 동시에 같은 꿈을 꾸고서는 혼비백산하여 도망가기도 하였다. 다니엘서 2장 1절에도 보면 바빌론의 느부갓네살 왕이 두 차례 꿈을 꾸고 번민에 빠져 해석자 다니엘을 찾게 된다. 신약성경에도 보면 동방박사들은 꿈에 피할 길을 알아 헤롯을 만나지 않고 고향으로 돌아갔다. 이처럼 잠과 꿈은 모든 인간에게 주어진 하나님의 은총 중 하나이다.

하지만 승만은 그냥 일반적인 꿈이 아니라 성경이 계시하고 있는 그 하나님을 만난 것이다. 그 덕에 변했다. 그 분 앞에서 순한 양같이 되었고, 전 생애를 능히 의탁하고 맡기리라 서원한 것이다. 그리고 이제 돌이켜 본다. 오늘 이 자리로 오게 된 것도 그분의 섭리가 아니겠는가, 감개가 무량하다. 하지만 여전히 감싸고 도는 불안감은 승만의 몫이기도 했다.

하와이 제도는 여덟 개의 유인도(有人島)와 부속 도서로 이뤄졌다. 승만이 처음 하와이를 방문하던 시기보다 몇 년 전인 1898년 미국에 병합되었다. 1903년 갤릭호(The Gaelic)를 타고 호놀룰루 항에 이미 도착한 102명의 조선인들이 있었다. 그래서 승만은 그들을 만날 수 있었다. 그들은 사탕수수 농장 개발을 위해 미국이 이민을 허락했기에 왔다. 당시는 승만이 감옥에 갇혀 감시받는 와중이었으며 《독립정신》을 힘겹게 쓰던 때였다.

승만이 하와이에 첫 발길을 내디딘 날은 1904년 11월 29일이었다. 하루 동안 하와이에 머물면서 진주만 서쪽에 있는 에바 사탕수수 농장을 방문했고, 그 에바 농장 한인교회에 들러 200여 명의 한인 노동자들을 위로하고 애국심을 고취시키는 연설을 밤 늦도록 했다.

후일 승만이 하와이에 두 번째 도착한 1913년 당시 한인은 총 4,533명으로 늘어났다. 하와이 전체 인구 19만1909명의 2.4%에 이르는 대규모의 숫자였다. 후일 승만이 다시 하와이를 방문했을 때, 하와이 동포사회를 '기독교 국가'로 만드는 소명(召命)을 갖고 있었다. 하와이 제도의 여덟 개 섬을 조선팔도(朝鮮八道)에 비유하며 하와이를 '남조선'이라고 불렀다. 이승만의 구상은 '코리아 디아스포라' 였던 것이다.

"이 여덟 섬에 한인이 아니 가 있는 곳이 없으니, 가히 조선 팔도라. 섬 도(島)자와 길 도(道)자가 뜻은 좀 다르나 음은 일반이니, 이것을 과연 우리의 남조선이라 이를 만한지라. 장차 이 속에서 대조선을 만들어 낼 기초가 잡히기를 바랄지니, 하나님이 십년 전에 이리로 한인을 인도하신 것이 무심한 일이 아니 되기를 기약하겠도다. … 하와이 사는 사람들이 이것을 태평양 낙원이라 하나니, 고초 중에 든 우리 민족에게 이곳이 한 낙원 되기를 바라노라."

이 땅에 문명이 있도다

    후일 승만은 이곳이 자신의 독립운동의 근거지, 어쩌면 마지막 죽음도
이 섬에서 거두지 않을까 그런 생각도 하였다.

    승만이 하와이의 호놀룰루 항에 도착한 것은 11월29일이다. 당시의 규
정에 따르면 3등 선실의 선객에게는 일시 상륙이 허가되지 않았다고 한
다. 그러나 선교사들의 도움으로 상륙을 할 수 있었다. 승만은 환영해주
는 그들에게 감회를 밝혔다.

    "배가 정박하자마자 다른 최하선실 손님들은 이민국 사무실로 끌려갔
는데 저는 곧 상륙하게 되었습니다. 이미 많은 배려를 받아 온 터이지만
감격했습니다. 제가 상륙하러 준비하고 있을 때 미국 이민국의 한국 통
역관인 홍정섭 선생이 배에 올라와서 저를 마중해주었습니다. 첫 마디가

하와이에 있는 친구들이 이틀 전에 내가 온다는 소식을 듣고 각 지방에 통문을 보내어 많은 사람들을 불러 그날 저녁에 회합을 갖기로 하였다는 것입니다. 얼마나 감격했는지 모릅니다."

부두에는 윤병구 전도사와 감리교 선교사인 존 와드맨 박사가 나와 있었다. 승만은 하선하자마자 교포들이 모여 있는 누아누 계곡 근처의 한국인 교회로 안내되었다. 그날 저녁에 일행은 호놀룰루로부터 약 12마일 떨어진 '예와'라는 곳에 있는 한국인 농장을 방문했다. 거기에는 2백 명 이상의 한국인이 모여 있었다. 거기서 와드맨 박사가 예배를 인도하고 있었다. 이어 승만이 연설 겸 간증을 할 시간을 얻었다.

"오늘날 조선의 처지는 바람 앞의 등불이라 할 것입니다. 하지만 주님은 말씀하십니다. 꺼져가는 등불도 끄지 않으시고 상한 갈대도 꺾지 않는다고 약속하셨습니다. 지금은 비록 우리나라가 어렵고 힘들지만 우리가 힘써 기도하고 자력으로 자강하면 반드시 돕는 자를 통해 우리를 일으키실 것입니다. 문제는 우리입니다. 저는 한성감옥에서 주님의 음성을 들었습니다. 결코 우리를 떠나지 않으시며 버리지 않으실 것이라는 것을 말씀하셨습니다. 비록 여러분들이 먼 바다를 건너와 이곳에서 힘들게 일하고 있지만, 여러분들이 있기에 우리나라는 반드시 광명된 세상에서 부강한 나라로 우뚝 서게 될 것입니다."

연단에 선 승만은 2백여 쌍의 눈을 마주보며 긴 한숨을 쉬었다. 사방은 조용했다. 다만 모깃불을 피운 탓에 불에 탁탁 거리는 소리만 간헐적으로 들렸다. 적도의 한 섬에서 맞는 첫날 저녁은 나뭇잎 타는 냄새가 승만의 머릿속에 각인되었다.

이윽고 승만이 입을 열었다.

"여러분이여, 작금의 상황을 한 마디로 설명하자면 헐벗고 굶주린 백성들은 자식을 팔고 부모를 버리는 처지입니다. 그리고 일본군은 부역으로 다리에 힘이 남은 남자는 다 잡아가는 세상이 되었습니다."

5년 7개월간 감옥에 있으면서 연설다운 연설 한 번 제대로 못하고 삼키고 삼켰던 울분을 그날 밤에 다 털어놓은듯 했다. 긴 시간동안 수많은 글들을 읽고, 또 책을 썼으니 승만의 머릿속은 하고 싶은 말들로 가득찰 정도가 아니라 끓어오르는 물과 증기 같았다. 승만이 누구인가. 수천의 만민공동회와 독립협회원들 앞에서 날새는 줄 모르고 개혁을 외치던 연설가요, 달변가가 아니던가.

승만은 다시 말을 이었다.

"여러분, 백성에게 무슨 죄가 있겠습니까? 그것은 바로 지도자를 잘못 만나 그 죄로 인해 만난 환난인 것입니다. 아직도 외세의 침탈 앞에 국운이 다해 가는데도 자신의 이익에 눈 먼 자들이 오늘의 현실을 만들었습니다."

말하는 사람이나 듣는 사람 누구 할 것 없이 눈물이 솟았다. 차마 황제를 대놓고 비판할 수가 없는 이유는 그래도 나라의 상징이 아직은 황제였기 때문이다.

승만의 연설과 간증은 무려 4시간 동안이나 이어졌다. 승만이 너무 열변을 토하는 바람에 예배 인도자는 시간이 너무 갔다고 부탁을 하는 바람에 11시 경이 되어 끝났다. 승만의 간증을 들은 동포들은 흥분 그 자체였다.

"짝! 짝! 짝! 짝!"

"우남 선생, 정말 감사합니다. 좋은 말씀에 깊은 감명을 받았습니다."

"저희가 이곳에 먼저 오게 된 이유를 알게 되었습니다."

승만의 연설은 하와이에 정착한 동포들의 심금을 울렸고, 그 소식은 나중에까지 퍼져나가 후일 승만이 하와이에서 독립운동을 할 때에 큰 버팀목이 되는 기초가 되었다. 예배는 올드 랭 사인 곡조에 맞춰 이승만의 선창으로 애국가를 합창하고 끝났다.

"형님, 참으로 명연설이었습니다."

연단에서 내려오자 윤병구가 얼굴이 빨갛게 상기된 얼굴로 불쑥 내뱉었다.

"원한이 깊었는지, 너무 길었네."

"쌓인 한이 많아서 그렇겠죠. 그런데 소개할 분이 한 분 있습니다."

"누구!?"

"보시면 알 겁니다."

의자에 앉아 있는 사람을 보니 서울 YMCA 초창기 멤버였던 신판석이었다. 정장 차림이다. 완벽한 변신이었다.

"여기 이 분입니다."

윤병구 전도사는 그 사람을 소개하곤 황급히 자리를 피해주었다.

"반갑소, 여긴 언제?"

"몇 년 전 호놀룰루에 정착하여 교회를 돌보며 작지만 사업도 하고 있습니다."

승만은 순간 할 말을 잊었다. 만민공동회에 당돌하게 젊은 나이로 연설자로 나선 것을 기억했기 때문이다. 수십 번도 더 연사를 세웠지만 그 날 청년은 승만 다음으로 처음이었다. 그래서 군중들의 주목을 더 끌었다. 그는 특유의 황해도 사투리가 인상적이었다.

"조선시대는 사라져가고 있습니다. 하지만 나라의 이름만 바꾸면 무엇합니까? 부패한 관리들이 있는 이상 이 나라는 소망이 없습니다. 뿐만 아니라 황국협회의 배후를 여러분들은 알아야 할 것입니다."

"와! 옳소!"

"잘한다!"

군중들은 당돌한 연설에 더 열광을 했다. 이 청년은 이상재의 외조카라고 알려주었다.

추운 날씨여서 군중들은 무리지어 있었는데, 그 청년은 홀연히 사라지고 말았다.

저녁이 되자 진을 다 빼버린 관계로 모두 지치고 허기가 졌다. 그 사이 군중 사이로 각종 먹을 것을 짊어진 장수들이 지나간다. 그때 갑자기 비명 소리가 들린다.

"습격이다!"

황국협회였다.

"우남! 몸을 피하시오."

사방으로 흩어지는 군중을 따라 인화문 밖 광장 쪽으로 내달렸다. 사방에서 몽둥이가 날아왔다. 다행히 아수라장은 피했지만 여기저기 몽둥이로 맞은 곳이 아파왔다. 아직도 저 멀리에서는 함성과 비명소리가 났다.

다음날 아침, 다시 광장에 나가니 전 날보다 더 많은 군중들이 모였다. 승만은 무리들을 주의 깊게 바라본다. 혹 어제의 그 젊은 청년이 보일까 해서였다. 어떻게 연설을 했는지 모를 시간이 지나갔다. 승만이 연설을 마치고 내려오자 윤치호 선생이 다가와 귀에 대고 속삭였다.

"우남, 전갈이 왔네!"

"궁에서 말입니까?"

"그렇네, 황제께서 헌의 6조를 즉시 시행하실 것을 약조했네, 그리고 우리 독립협회도 다시 부활시키라고 하셨어."

"우리는 그 말을 믿을 수 없습니다."

"그렇소. 저 보부상 놈들을 보시오. 그들은 조금 전 궁에서 내준 음식으로 배를 채웠소. 잠시 소나기를 피하고자 하는 잔꾀에 불과하오!"

이런 저런 이야기들이 왈가왈부있었지만 승만의 귀엔 제대로 들어오지도 않았다. 언제 또 돌변할지 모르는데다가 어제 보았던 그 청년의 안위가 궁금했기 때문이다. 그때였다.

"우남! 제중원에 아는 의사 있지요? 어제 내 사촌이 넘어져서 팔이 부러졌소. 앙의한테 가야 제대로 고칠 듯한데."

"그래요! 얼른 데려 오시오."

말이 끝나기가 무섭게 거리를 질주해 달려갔다.

그리고 두 번째 그 청년을 만난 것은 체포령을 피해 숨어 있을 때였다.

"선생님."

"뉘시오?"

"접니다."

문을 살짝 열어보니 지난 번 팔을 다쳐 병원으로 데려갔던 그 청년이었다.

"여긴 어떻게 알고."

승만은 잽싸게 좌우를 둘러보곤 얼른 문안으로 들인다. 모자를 벗자, 추위에 언 얼굴이 보인다.

"전주로 내려갔다는 이야기를 들은 듯한데,"

"네! 하지만 외숙부님의 명을 받들어 왔습니다."

은신처를 어떻게 알고 왔는지 방안으로 들어선 그 청년은 가까이서 보니 이목구비가 뚜렷한게 장부다웠다.

"외숙부님께서 함께 일할 수 있는 몇 분의 명단을 주셨습니다."

"명단이라면?"

"믿을 만한 대신들이라 하셨습니다."

"아직은 속들을 다 알 수가 없으니....."

"그래도 외숙부님은 이 분들과는 새 조선을 세울 만하다. 의주로 가서 의병을 모으시겠다고까지 말씀하셨습니다."

"의병?"

"네!"

의병이라는 말에 가슴이 화들짝 뛰었다. 그것은 힘든 동시에 위험한 일이었다. 하지만 의병까지 생각할 정도라면 목숨을 담보로 하는 일임엔 틀림이 없었다. 이 나라의 역적들에 대해 엄청난 분노를 가지고 대항할 생각을 가지고 있음을 오늘 확인한 것이다.

"그래 고맙구나. 하지만 나는 아직 그런 위인이 못된다. 거기에다 지금 친위대까지 나를 쫓고 있으니!..."

그때 갑자기 친위군이 집집을 수색한다는 이야기가 바깥에서 들려온다.

"어서 피신하거라. 너까지 위험해질테니."

"어디로 가실 건지요."

"제중원에서 만나자."

그렇게 헤어진 후 6년 여만에 다시 그 청년과 단 둘이 앉게 된 것이다. 많이 컸다. 다행히 웃음 띤 모습이 반가웠고 고마웠다.

"집안은 어떻게?"

"재작년에 아버님이 돌아가셨어요, 이젠 제가 집안의 가장이랍니다. 워싱턴으로 가신다는 말을 들었습니다."

"흠! 그렇네."

승만은 벽에 걸려 추를 움직이는 시계를 흘깃 쳐다보았다. 새벽 3시가 넘었다. 마음이 무겁다. 잠시 회포를 풀고는 싶으나 가야할 시간이 얼마 남지 않았다.

"제가 길동무가 되어 드릴까요?"

"쉽지 않네!"

"네."

"내 생각엔 여기서 미래를 위한 준비를 하는 게 좋은 듯 하이."

"네!"

토를 달지 않고 있는 그대로 답을 하는 그에게서 연민을 느낀다. 성숙한 청년이 된 그는 고개를 들어 승만을 정면으로 본다.

"어떻게 하면 선생님을 도울 수 있을까요?"

"반드시 도울 날이 있을 거야."

잠시 말을 끊고서는 다시 구국 토론이 이어졌다. 승만은 이날 밤 윤병구 전도사의 집에서 묵었다.

"윤 전도사님께서는 당분간 하와이에 머물며 자금 갹출과 교포들의 완전 단결을 위해 노력해 주십시오."

"네! 당연히 그렇게 해야지요!"

"감사합니다. 그러면 저는 워싱턴으로 가서 최선을 다해 미국이 한국을 도와줄 것을 요청하겠습니다."

밤을 꼬박 샌 두 사람은 새벽녘에 호놀룰루 항으로 돌아왔다. 승만은 다시 한 번 그곳 교회에서 간증 집회를 했다. 샌프란시스코까지 가는데 필요한 시베리아 호의 운임 30달러를 마련하기 위해 하와이 동포들 중 한 사람이 주선한 결과였다. 나라를 구하겠다는 생각 하나만 가지고 가진 돈 한 푼 없이 한국을 출발한 승만의 행색은 가난한 나라의 현실을 대변하는 듯 했다. 하지만 승만은 가는 곳마다 간증과 연설을 함으로 인해 많은 지지자들을 세우게 되고 또 그들이 힘이 되어 자금을 만드는 방법을 처음으로 터득하게 되는 귀한 경험을 하게 된다.

드디어 시베리아호는 마지막 기항지인 샌프란시스코를 향해 닻을 올렸다. 그날은 11월 30일 오전 11시 30분이었다.

"감사합니다. 동포 여러분들의 도움이 아니었다면 저는 결코 미국에 다다르지 못할 것이었습니다. 따뜻한 사랑과 그리스도의 은혜를 인해 감사합니다."

"조심해서 다녀오십시오. 가시는 길에도 꼭 들러 주십시오."

승만은 배의 난간에 서서 손을 흔들었다. 멀리서 모자와 손수건을 흔드는 동포들이 보이지 않을 때까지 그들을 쳐다보며 눈시울을 적셨다. 그 환송객들 속에 그 청년의 또렷한 이목구비가 한 눈에 들어왔다.

'다시 볼 날이 있으려나……'

다시 배에 오른 승만은 깊은 생각에 잠겼다. 그리고 지난 밤 윤전도사의 집에서 나누었던 토론들을 복기해보았다.

"일본이 한국독립의 친우라고 표방하기는 하나 벌써 그들은 한국을 파괴하고 있습니다."

승만이 비밀스럽게 입을 열었다.

"저도 동감입니다."

"이미 예견되어 있던 바가 아니겠습니까?"

"그런데 황실은 청나라로 기울었다가 다시 러시아로 기울고, 지금은 일본이 야금야금 조야(朝野)를 먹어 들어오고 있는데, 머잖은 장래에 대한의 보호자로 자처하고 나설 것입니다."

승만은 강한 어조로 일본의 야욕에 대해 이야기했다. 그러자 비밀회합에 참석한 모든 사람들은 견해를 같이 하였다.

"한국이 포츠머스에서 열릴 평화회의에 참석해 목소리를 내어야 할 이유입니다."

"문제는 일본이 우리의 참석을 조직적으로 방해할 것이 분명하다는 것입니다."

"그래서 해외에 있는 한국인들이 강력한 의사를 표명해야 한다고 생각합니다."

"맞습니다. 반드시 그 회의에 참석하여 뜻을 밝히고 열강들의 도움을 구해야 합니다."

"그럼 저는 여기 하와이에서 만반의 준비를 갖추겠습니다."

윤 전도사는 결의에 찬 표정으로 승만에게 힘을 실어주었다.

"네, 그럼 저는 워싱턴에 가서 그곳에서 할 수 있는 모든 준비를 다 하도록 하겠습니다."

비밀회의는 새벽 6시30분에 끝났다. 승만은 뒤척거리며 잠을 청해 본다. 때론 악몽이, 때론 선명한 예지몽이 교차하며 또 며칠 보낸 뒤 일어난 아침, 시베리아 호는 엿새의 항해를 더했다. 그리하여 12월 6일 오전 10시 샌프란시스코 항에 도착한다. 저 멀리 물안개 속에 희미한 항구를 본다. 떠오르는 태양을 뒤로하고 이제 서서히 배는 접안하기 위해 인도선에 의해 부두로 다가간다.

"끼이잉, 끼잉...... 털컥,,,...."

엄청난 용량의 기선이 육지에 닿자 거대한 굉음이 낮은 소리로 퍼진다. 이윽고 그 진동이 배로 전달되어 온다. 배를 탄 지 거의 한 달 보름여 만에 도착한 것이었다.

'여기가 샌프란시스코 항이다.'

'어떻게 건너온 길인가.'

만감이 교차한다. 조선의 작은 반도에 갇혀 있었어도 더 넓은 세상이 존재한다는 생각은 했다, 하지만, 그 땅을 밟을 수 있으리라곤 상상도 못했다. 그러나 결국 이제 도착했다. 유럽 사람들조차 신대륙이라 불렀던 그 미리견이다.

연락을 받은 안정수가 마중을 나와 있었다. 안정수는 윤병구 전도사와 함께 1903년 8월 하와이의 반일단체인 신민회를 조직했던 사람이다. 그는 당시 샌프란시스코에 와 있었다. 윤병구 전도사의 배려가 없었더라면 승만은 머나먼 타국에서 길을 잃어버렸을 지도 모른다는 생각을 하며 미리미리 예비해 놓은 하나님의 섭리에 그저 감사할 따름이었다. 승만으로서는 미국 본토를 처음 본 것이다.

승만이 얼마 후 미국의 워싱턴 YMCA 강연에서 이런 취지의 발표를 했다. 그날은 1906년 4월 21일이었다.

"처음 미국에 왔을 때의 저의 기분은 한국 표현을 빌린다면 촌계관청(村鷄官廳)격이었습니다."

한마디로 촌닭 그자체였다는 것이다.

"어서 오시게. 오신다는 전문을 받고 기다렸네. 여기 재미 한인감리회 교민회에서 자네를 위해 묵을 곳을 마련했네."

"감사합니다."

"수고했지?"

"네, 하지만 많은 경험을 배 안에서 했습니다. 배 안이 국제사회의 축소판이었습니다."

"그런가, 역시 이승만 답군. 말로만 들었는데 만나보니 믿음직하네!"

"과찬이십니다. 여러모로 도와주셔서 감사합니다."

"자 이제 가세. 자네가 묵을 곳으로 안내하겠네."

"제가 어디서 어떻게 머무는 것은 중요하지 않습니다. 다만 중요한 것은 미국을 배우고자 합니다. 잘 배워 우리도 빨리 민주국가를 만들어 민국의 완전한 주권회복과 자주국가로서의 당당한 위치로 나아가야 합니다."

"우리도 그러길 바라 마지않네, 우리가 자네를 이곳으로 오도록 한 것도 다 그 때문이 아니겠는가?"

"이미 일본은 정치적으로 대한제국을 손아귀에 넣을 계략을 모두 마쳤습니다. 우리가 방심하면 곧 나라를 잃게 됩니다. 사태가 매우 심각함에도 조정은 무능하여 주권국가로서의 면모를 점점 상실해가고 있습니다."

"이미 형성된 세계질서 속에서 일본은 오래 전부터 아시아에서 패권을 쥐기 위하여 미국의 조야(朝野)에 모략을 펼쳐놓았네. 단단히 채비하고 힘을 길러 그 해결책을 빠른 시간 안에 만들어야 할 걸세."

"국제정치의 이 냉혹함 속에서 우리가 할 수 있는 일은 무엇일까요?"

"글쎄, 그것은 오직 주님만이 아시겠지, 하지만 한 가지는 분명하네. 이스라엘의 하나님, 여호와는 이집트 종살이 때에도 이스라엘을 위하여 한 사람 모세를 준비했네. 누군가 모세처럼, 혹은 다윗처럼 준비시키실 것을 믿고 기도하고 있었네."

승만이 미국에서 처음 묵은 곳은 스톡턴 가 401에 있는 일본인 여관인 메이지(Oisoyo and Meiji) 호텔이었다.

"여기 숙박비는 어떻게 됩니까?"

"허허, 자네는 걱정 말게! 더블베드에 일박 50센트, 식사는 최저가 10센트일 걸세!"

"저는 시베리아 호 삼등 칸처럼 머리만 뉘일 곳이 있으면 됩니다."

"자네가 이곳 미국에서 애국활동을 하려면 미국식 예법과 생활범절도 익혀야 하네! 지금은 조금 낯설겠지만 여기서 말하는 에티켓을 익히기 위해서라도 우리가 인도하는 대로 따라오게!"

"네! 알겠습니다."

다음날 승만은 샌프란시스코에서의 안내자를 따라 라파엘(San Rafael)에 사는 피시(Fish) 부부를 방문했다.

"오우! 반갑습니다. 우리 부부의 아들이 한국에 선교사로 나가 있어요."

"그렇군요. 감사합니다. 귀한 아드님을 그리스도의 전권 대사로 먼 땅 한국까지 보내주셨네요."

"주님이 부르시고 보내셨지요. 오히려 저희가 영광입니다."

가까운 곳에 산 안셀모 신학교라고 하는 장로교 신학교가 있었다. 푸른 동산 꼭대기에 서있는 아름다운 석조건물이었다. 피시 부부의 배려로 그 댁에서 하루 저녁을 머물렀다. 다음날 일찍 학교를 찾아가 신학교 교장인 매킨토시(McIntosh) 박사를 만나게 된다.

"할렐루야! 반갑습니다."

"환대해 주셔서 감사합니다."

"우리 모두 주 안에서 한 형제죠. 형제가 방문했는데 당연히 반갑게 맞이해야죠."

"감사합니다. 학교가 너무 아름답습니다."

"네! 믿음의 식구들이 귀한 헌금들을 해주셔서 아름다운 캠퍼스를 가지게 되었습니다. 한국에도 이런 신학교가 세워지길 기도합니다."

승만 일행을 소개받자 그는 깊은 관심을 보여주었다. 매킨토시 박사는 귀한 제안을 했다.

"미스터 리, 만약 우리 학교에 입학하시겠다고 하면 수업료와 기숙사비를 합한 3백 달러를 장학금으로 지급하겠습니다. 그리고 이 아름다운 곳에서 3년 간의 공부를 끝마치면 한국에 선교사로 보내드리도록 하겠습니다."

"아! 너무 감사합니다. 이런 후한 제안이 어디에 있겠습니까?"

"계시는 동안 심사숙고 해보시고 결정되면 알려 주십시오!"

"네, 알겠습니다. 하지만 지금은 우선 워싱턴으로 가서 급하게 할 일이 있습니다. 다녀 온 후에 결정을 알려드려도 될런지요?"

"네! 물론입니다. 급하게 서둘 일은 아니니까요."

식사자리에서도 매킨토시 박사의 설득은 이어졌다.

"이곳에 남을 경우에 좋은 일들을 많이 경험하게 될 것입니다."

"비밀사명을 수행해야 할 일이 있습니다. 결정을 유보함에 이해를 부탁드립니다."

며칠 후 승만 일행은 로스앤젤레스로 갔다. 남가주 대학(University Southern California)에 다니는 신흥우 씨가 마중을 나와 주었다. 그는 휴 셔만(Hugh Sherman) 부인과 함께 시내 마그놀리아가(Magnolia Avenue)에서 한인 감리교 선교부(Korean Methodist Mission)를 운영하고 있었다. 승만은 일행과 함께 선교부에서 수 일을 머물렀다.

'아! 참으로 그리스도의 세계는 신비하구나! 내가 감옥에 있는 그 6년의 시간 동안 하나님을 만나게 하고, 또 앞서 이런 일꾼들을 먼 나라까지 보내어 일하고 계셨다니!'

정말 승만은 전율하지 않을 수 없었다. 천지도 모르고 열정만 믿고 설쳐대던 사울 같은 자신을 말씀과 성령의 감화로 변화시켜 주시고, 미국으로 발길을 옮기게 하셨다니. 그뿐만 아니라 곳곳에서 수많은 길잡이들을 예비하신 다음, 마치 예정된 길로 가는 것처럼 인도하시니 알 수 없는 섭리에 떨리기까지 한 것이다.

내 첫 발을 떼노니

승만과 중혁은 며칠 동안 샌프란시스코의 이 곳 저 곳을 관광했다. 할수만 있다면 자신의 눈 안에 모든 것을 다 담아가고 싶었다. 후일, 한국이 발전하려면 이 모든 것들이 다 청사진이 될 것이라 여겼기 때문이다.

다음날인 12월 17일 로스앤젤레스로 갔다. 그곳에는 서당 친구이자 배재학당 동문인 신흥우가 있었다.

"어서 오세요, 반갑네요!"

"정말 반가우이. 어떻게 여기까지 왔는가?"

"온다는 소식은 벌써 들었습니다. 기다렸지요."

신흥우는 이승만보다 8살 아래였다. 하지만 그는 일찍 신학문을 받아들이고 또 신앙까지 돈독해 승만의 부러움을 사던 친구였다. 그런데 벌써 도미하여 유학을 하고 있으니 늘 승만보다 한 걸음 앞서가고 있는 것이 고마웠다.

"저는 남 캘리포니아 대학에서 의학을 공부하고 있습니다. 의사가 되면 선교사들이 그랬던 것처럼 우리나라로 가서 아픈 사람들을 도와주어야겠다고 생각해요."

"그래! 잘 생각했네!"

"저도 형님을 물심양면으로 도울테니 반드시 목적한 바를 이루고 가셔야 합니다."

"알았네!"

12월 26일

미국에서의 첫 성탄절을 보내고 승만은 워싱턴을 향해 다시 길을 떠났다. 이번에도 여비 문제 때문에 둘이 모두 갈 수는 없었다.

"아무래도 우남! 자네가 먼저 떠나고 나는 여비가 만들어지는 대로 뒤따름세!"

그렇게 중혁 홀로 로스앤젤레스에 머물기로 하고 승만은 혼자 떠났다. 오후 8시에 산타페 열차로 로스앤젤레스를 출발한다.

'햐! 우리나라의 열차에 비하면 이것은 최신식이구먼!'

감탄해 마지않으며 승만은 시카고로 먼저 가게 된다. 30일 오전 9시 시카고에 도착해 서울의 언더우드 박사가 보낸 편지를 미징거 박사에게 전달하고, 오후 3시 시카고를 출발해 피츠버그를 거쳐 워싱턴에 도착한 것은 12월 31일 오후 7시였다. 서울을 떠난 지 꼬박 56일 만이었다.

승만이 워싱턴에 도착한 날은 눈이 펑펑 내리고 있었다. 그는 워싱턴의 첫밤을 역 근처 펜실베이니아 가에 있는 싸구려 호텔 마운트 버논에서 묵었다. 주머니에는 몇 달러 밖에 남아있지 않았기 때문이었다. 이국만리 먼 타향 하늘 아래에서 첫 밤을 보내는데 잠이 올 리가 없었다.

'이렇게 다를 수 있다는 말인가. 지구가 아무리 넓어도 같은 하늘 아래인데, 물질적인 진보, 현대적 발명, 고층건물 등등 비교할 것이 너무나도 많아 머리가 아플 지경이구나.'

사실 승만은 한국을 떠나올 때만 해도, 거의 체념하여 소망을 둘 곳을 잃어버렸었다. 다다라야 할 종점은 아득한데, 승만의 이 작은 걸음은 혼자 가기도 힘들었다. 그런데 무슨 힘으로 조국의 산하를 어깨에 지고 가겠는가.

수평선 속에 아스라이 사라지는 조국을 볼 때, '아! 이 여정이 쉬운 길은 아니리라.' 했지만 막상 도착해 보니 이 나라의 거대함 앞에 모래 속의 바늘만 같았다.

이윽고 날이 밝았다. 그날은 1905년의 새해였다. 가장 먼저 찾아간 곳은 아이오와서클에 있는 한국공사관이었다. 신태무 공사대리를 만나기 위해 겨울의 찬바람을 뚫고 나아갔다. 공사관 안엔 홍철순과 김윤정이 서기관으로 근무하고 있었다.

공사관 건물은 3층으로 큰 방이 9개나 있어 1층은 공관으로 쓰고 2,3층은 공관원들의 생활공간으로 가족들과 함께 거주하고 있었다.

"저 사람은 일본 공사관이 아니요?"

"네 맞습니다. 마침 오셨네요."

"늘 여기 있는 것 같은데."

"그건 아닙니다."

승만은 묘함을 느꼈다. 공사관 직원들이 일본과 내통하고 있는 게 아닌가 하는 의심을 하게 되었다.

"만국평화 회담에 참석할 수 있도록 간곡하게 부탁드립니다."

"본국의 훈령이 없으면 곤란합니다."

공사대리 신태무는 이승만의 협조요청에 대해 상당히 부정적이었다.

"원칙은 그렇지만 방법을 찾아보겠습니다."

신태무와 다르게 서기관 김윤정은 비교적 협조적인 태도를 보였다.

"잠시 말씀드릴게 있습니다."

"네?"

잠시 승만을 데리고 나간 김 서기관은 신태무는 엄비와 관계가 많이 꼬여 있다는 사실 등을 일러주었다.

"공께서 제가 공사가 되도록 도와주신다면 적극적으로 협조하겠습니다."

김 서기관은 이승만이 민영환과 한규설의 밀명을 받고 왔다는 사실을 전해 듣고 자신이 공사가 되는데 도움을 준다면 적극적으로 협조하겠다고 약속하는 것이었다.

"위치가 아직 그 부탁을 들어 줄 위치가 아니기에 약조할 순 없지만 기회가 내게 주어진다면 최선으로 도우리라."

그렇게 미국 도착 보고를 공사에 마친 승만은 다시 숙소로 돌아왔다. 하지만 마음은 착잡했다.

주머니는 넉넉하지 못한데 시간은 흘러 정월 들어 벌써 며칠이 흘렀다. 승만은 아칸소 주 출신 상원의원 딘스모어를 수소문해 찾아갔다. 왜냐면 그가 한국통이었기 때문이다. 그는 1887년부터 2년 동안 주한미국 공사로 한국에 온 적이 있었다. 그리고 민영환, 한규설과도 친분이 있는 친한파 인사 중 한 사람이었다.

"시간을 내주셔서 감사합니다."

"먼 길 오시느라 수고 많으셨습니다."

"제가 와보니 한국에 오신 걸음이 얼마나 힘드셨는지 이해가 되었습니다."

"감사합니다. 하하하."

"여기 민영환 공과 한규설 선생의 친서를 가져왔습니다."

"오! 이 귀한 것을, 감사합니다."

면담을 시작하자 마자 승만은 트렁크에 숨겨온 민영환, 한규설의 밀서를 내어 주었다.

"존 헤이 국무장관과 만날 수 있도록 힘써 보겠습니다."

"그렇게 해 주신다면 저와 저희 나라와 민족을 위해 큰 은혜를 베푸시는 것입니다."

선선하게 협조를 받아내었다. 그 길로 승만은 미국의 유력지 워싱턴포스트지 회사를 방문했다.

"저도 한국에서 매일신문을 발행했던 사람입니다."

"오! 그래요. 반갑습니다. 그래, 무엇을 도와 드리면 될까요?"

"지금 일본은 한국을 한 입에 삼키기 위해 갖은 음모를 다 동원하고 있습니다. 이 사실을 미국 조야에 좀 널리 알려주시오. 부탁하외다."

"네! 반드시 기사를 실어드리도록 하겠습니다."

하지만 승만의 노력에 불구하고 단신으로 나간 고발 기사는 미국 조야에 큰 반향을 불러일으키지는 못했다. 실망에 몸서리치며 새로운 계획을 세우기 시작했다.

"아무래도 나는 미국에서 공부를 해야 되겠네!"

"공부! 좋지. 그런데 무일푼에 기거할 곳도 없는데 어떻게 공부를 한단 말인가?"

"여기까지 인도하신 그분의 뜻이 분명히 있을 걸세."

승만은 자신의 표면적 임무인 밀사로서의 역할을 다했다고 여겼다. 그래서 장기적으로 나라를 굳건히 세우기 위해서는 자신의 역량을 키우고, 우호적인 인사들을 많이 만나 사귀는 길 뿐이라고 결심을 굳히게 된다.

'아직 대조선, 대한국의 처지는 미국에서 존재감마저 없어. 이제는 장기적인 공부를 통하여 더 깊이 미국을 배우고 그리고 학맥을 통해 도울 자들을 만드는 길 뿐이야.'

워싱턴 도착을 도와주었던 선교사 게일 박사에게 자신의 꿈을 이야기했다.

"박사님! 저는 무엇보다 먼저 공부를 해야겠습니다."

"당연히 그래야죠. 그래, 내가 무엇을 도와드릴까요?"

"입학을 위한 소개장을 몇 장 써주십시오."

햄린 목사는 한국에서 온, 키 작은 이 학생에게 호감을 느낀 듯 했다. 그리곤 기꺼이 소개장을 써주었다. 승만은 소개장을 손에 쥐자 자신감이 생겼다. 그래서 제일 먼저 캐비넌트 교회의 루이스 T 햄린 목사를 만나러 갔다. 그는 장로교단의 목사였다. 햄린 목사는 서재필 박사와도 인연이 있었다. 왜냐면 서 박사가 미국서 재혼할 때 주례를 섰기 때문이다. 그 외에도 여러 가지 이유로 친한파로 분류되던 인사였다.

"친애하는 햄린 박사님... 그는 모국에서 여러 가지의 경험을 쌓았고 가지각색의 물불의 시련을 극복한 사람입니다. 그는 그 모든 시련을 통해서 정직하고 충실한 기독교인이라는 것을 증명한 사람입니다. ... 그는 아직 세례를 받지 않았습니다. ...... 저는 그가 당신이 계시는 워싱턴에서 세례를 받을 수 있기를 바랍니다. ...... 그는 2,3년 동안 일을 하면서 공부하고 돌아오기를 원하고 있습니다."

게일은 승만을 햄린에게 따뜻한 마음으로 소개했다. 승만은 그들의 사심 없는 사랑과 헌신에 마음 깊숙한 곳에서 감사가 우러나오는 것을 느낄 수 있었다.

"당신은 주님의 신실한 일군이 될 것입니다. 학교에 입학한 뒤 우선 교회에서 전도사로 봉사하면 좋겠습니다. 그러면 금전적으로 약간의 도움이 될 것입니다."

"감사합니다."

승만이 거절하지 않았던 것은 한성감옥에서 밤낮으로 기도하는 가운데 전도한 사람이 43명이나 되었기 때문이다. 그리고 감옥이 학당에서 서서히 예배당으로 변화되어가는 것을 경험해 보았기 때문에, 마음 속으로 '공부를 하게 되면 신학과목도 배워 나중에 목사 안수를 받아야지.'하는 마음도 있었다.

"그럼 이제 조지 워싱턴 대학 총장이며 한국공사관 법률고문을 맡고 있던, 찰스 니드햄 박사에게 당신을 소개해 드리겠습니다."

그렇게 해서 추천과 면접까지 받게 되었다.

"당신은 왜 조지 워싱턴 대에 입학하려고 합니까?"

"저는 조지 워싱턴 대통령을 존경합니다. 그래서 조지 워싱턴의 아들이 되고자 합니다."

촌철살인과 같은 승만의 이런 대답은 그 자리에서 폭소를 자아내었다. 결국 승만은 앨런 위버 학장과의 면담 결과 학문에 조예가 있다는 판정을 받아 장학생으로 2학년에 편입할 수 있었다. 미국에 도착한지 2달 만에 정식 대학생이 되고 미국 체류의 합법성이 생겼다. 그뿐 아니라 기숙사에 들어감으로 중요한 숙식문제까지 해결된 것이다.

그렇다고 하더라도 워싱턴에서의 삶은 궁핍하기 이를 데 없었다. 당시 주머니에는 불과 몇 달러밖에 없었기 때문이다.

"주여! 저의 길을 인도하여 주옵소서. 4천년 전 요셉이 홀로 이집트에 잡혀 갔을 때 그의 앞날을 예비하셨듯이 저도 인도하여 주옵소서. 요셉을 통하여 이스라엘을 구원하셨듯이 저도 대한 조선을 구원할 방편으로 삼으소서. 그리고 우선은 살아갈 방도를 주옵소서."

그렇게 기도한 후 언뜻 하와이에서의 일이 기억났다. 그가 여기까지 오면서 경험한 사실, 간증집회를 통해 교회의 후원과 독지가들의 도움을 받았던 일들을 간증하고자 했다. 그래서 좀더 구체적으로 기도했다.

"주님! 제가 가서 간증할 수 있는 교회들을 열어주십시오."

그렇게 기도하자 응답이 나타나기 시작했다. 그때부터 그는 일요일마다 각 교회에서 이야기하기 시작했다.

"감사한 것은 곤했던 제게 신앙 간증과 한국사정 호소를 주요내용으로 하는 강연의 길이 자꾸 열리는 것입니다. 또 처음 여기 올 때 도움을 주신 햄린 목사님은 아들처럼 저에게 물질적으로 궁핍하지 않도록 해주시고 굶지않도록 도와주고 계십니다."

안정적으로 정착하자 승만은 제일 먼저 자신의 소식을 편지로 썼다. 사실 편지는 그리 썼지만 한 번도 풍족했던 적이 없었다.

"내일 아침 9시 정각에 와서 나와 함께 국무성으로 동행합시다."

내키지는 않았지만 승만의 임무는 밀사였다. 조지워싱턴 대학에 편입학했다는 사실은 돈문제와 숙식문제 등 미국에서의 안정적 생활의 토대가 만들어졌지만, 그의 임무는 여전히 남아 있었다. 그런데 딘스모어 상원의원을 면담한지 약 한 달만인 2월 16일 그에게서 편지가 온 것이다.

헤이 장관에게 면담시간을 잡도록 편지를 했다는 내용이었다. 그리고 19일에 소식이 온 것이다.

다음날 일찍 승만은 헤이 국무장관을 만나기 위해 집을 나섰다. 당시 승만은 캐비넛 교회에 출석하고 있었는데, 다행이 헤이 장관이 그 교회의 신자였다.

"각하, 한국의 조야를 대표해 인사를 드립니다."

"오! 반갑소. 오셨다는 소식을 들었습니다. 조지 워싱턴 대학에도 장학생으로 입학하셨다는 소식을 들었습니다. 축하드립니다."

"감사합니다. 모두가 다 주님의 큰 은혜 덕분입니다. 각하! 아시겠지만 우리 선교사님들은 개항 이후 한국에서 해를 입은 분이 한 분도 없습니다."

승만이 그렇게 말한 것은 그가 특히 한국에 있는 미국인 선교사들에 대해 깊은 관심을 가지고 있는 것을 알았기 때문이었다.

"오! 놀라운 일이군요. 감사합니다."

"우리 한국인들은 각하께서 중국을 위해 애쓰신 것처럼 한국을 위해서도 힘써주시기를 바랍니다."

승만이 정중하게 부탁하자 헤이는

"조약 상의 의무를 다하기 위해 최선을 다하겠소이다."

그렇게 약속해 주었다. 승만은 뛸 듯이 기뻤다. 조미조약의 우의에 호소하는 것이야말로 도미 목적의 최우선 과제였기 때문이다. 미국무장관이 이 문제에 대해 긍정적 협조를 다짐했으니 그로서는 대성공이라 여길 만 했다. 그는 즉각 면담결과를 국내의 민영환과 한규설에게 전보로 알렸다. 당시 한국의 외교는 사실 상 일본의 손아귀에 있는 것이나 마찬가지였기 때문이다. 그래서 딘스모어의 도움을 빌어 미국의 외교루트를 이용했다. 덧붙여 김윤정의 승진부탁도 함께 보냈다. 꼭 그 때문인지는 몰라도 김윤정은 6월23일 3등 서기관으로 승진, 신태무의 후임 대리공사를 맡게 된다. 이때까지만 해도 이승만과의 사이는 원만했다.

우연인지 필연인지 몰라도 일본으로 가기 위해 하와이를 들른 윌리엄 태프트 국방장관 일행을 하와이의 교민들이 열렬히 환영하였다. 여기에 감동한 태프트는 한인들의 요청을 받고 루스벨트를 만날 수 있는 소개장을 써주었다. 사실 태프트가 일본에 가는 목적은 일본의 가쓰라(桂)로부터 필리핀 침공을 않겠다는 다짐을 받기 위해서였다. 즉 일본은 필리핀을 침범하지 않고 미국은 아시아의 평화를 위해 한국 정부가 일본의 승인 하에 외교적 협약을 맺도록 하는데 동의한다는 저 유명한 태프트 가쓰라 밀약이 그 결과였다. 그런 태프트가 한국인 대표에게 소개장을 써준 것이다.

세계정세는 대한제국에 불리하게 돌아가고 있었다. 하지만 그 내막을 알 길 없는 승만은 서재필 박사를 워싱턴에서 만난다. 그리고 청원서 문안을 마지막으로 정리했다. 핵심내용은 조미조약의 규정준수를 지켜달라는 간절한 청원이었다. 두 사람은 8월 초만 되면 대통령들이 휴가를 즐기는 뉴욕주 오이스터 베이로 갔다. 그리고 근처 옥타곤 호텔에 투숙했다. 그들은 대통령을 취재하던 기자들의 눈길을 끌어 8월 4일자 뉴욕 트리뷴 지를 상대로 기자회견을 한다. 그리고 회견하는 기사가 보도되었다. 그러자 이번엔 막무가내로 대통령 비서관들을 만난다. 그리곤 태프트의 소개장과 청원서 사본을 들이밀었다. 그것은 하와이에서 교민들이 받아 보낸 것이었다. 즉답이 없자 실망이 이만저만이 아니었다. 지친 몸을 이끌고 호텔로 돌아와 쉬고 있는데,

"내일 오전 9시까지 오면 대통령을 만날 수 있을 것입니다."

이런 전갈이 왔다. 결국 서 박사와 승만은 별장으로 가서 대통령을 만났다.

"각하, 여기 청원서를 받아 주시면 감사하겠습니다."

인사도 제대로 하지 못한 채 청원서만 불쑥 내밀었다. 루스벨트는 청원서를 받아들며 말했다.

"나를 찾아주니 기쁘오. 나도 당신 나라를 위해 무슨 일이든 기꺼이 하겠소. 그러나 이 문서는 공식채널을 통하기 전에는 처리하기가 어렵소. 당신네 공사를 시켜 국무부에 제출하시오."

루스벨트의 말은 다정했지만 단호한 거절이었다. 처음에는 그것을 이해할 수 없었다. 하지만 공식적인 채널을 밟으면 정식적인 접수가 될 듯도 하였다.

"다행이요! 이제 공사의 협조만 얻으면 될 것 같소."

"네 선생님, 저도 그런 생각이 듭니다."

그 길로 두 사람은 곧바로 뉴욕으로 나와 워싱턴 행 기차를 탔다. 이튿날 아침 두 사람은 공사관으로 갔다. 이승만으로서는 그동안 친분을 쌓아두고 그의 승진에 영향을 미쳤다고 스스로 믿고 있는 김윤정을 찾아간 것이다. 그러나 김윤정의 대답은 의외였다. 그도 과거 신태무와 마찬가지로 "정부훈령이 없는 한 곤란하다"는 것이었다. 김윤정의 태도는 단호했다. 결국 공사관을 통한 밀서 전달은 실패한 것이다. 승만은 배신감을 느꼈다. 김윤정은 자신의 공사직 유지를 위해 일본에 협조하고 있었는데 그 간계를 알지 못했던 것이다.

승만은 인간세계의 모든 룰이 자신의 이기심이라는 레일을 따라 굴러간다는 것을 절감하게 되었다. 나라의 안위나 대의는 허울좋은 구호일 뿐이요, 철저하리만큼 사리(私利)와 사욕(私慾)에 구애받으며 마치 기차처럼 전철(前轍)을 따라 가는 것을 뼈저리게 느꼈다.

'조선이 망한 이유가 무엇이겠는가. 임금은 정의를 잃어버리고, 국가는 공의를 행할 능력이 없고, 관리는 제 한 몸 보신하기 위해 선정을 포기하고 수탈을 한다. 그러니 개개의 국민들은 믿을 사람이 없어, 나라가 망해도 좋다는 생각을 가지게끔 만든 것이 오늘의 현실이로다.'

3부
건국(建國)

국민들로 하여금 그들이 통치한다고
생각하게 하라. 그러면 그들이 통
치 받을 것이다.

- W.펜 -

15

갈대상자 속

얼마나 잤을까. 눈을 떠보니 곧 워싱턴 덜레스 국제공항에 착륙한다는 기내 방송이 들려온다.

'아 선명하다. 꿈이 마치 영화처럼 보였어.'

민주는 잠시 깜빡, 마치 영화 속에 들어가 4D 체험을 하듯 꿈을 꾸곤 생각을 해보는 것이다.

'아! 그때 우리나라가 마치 나일강에 버려진 갈대상자 속의 모세와 같았겠구나.'

생각이 거기까지 미치자 왠지 눈물이 핑 돌았다. 모세가 태어날 때, 이집트의 파라오는 태어나는 모든 사내아이들을 죽이라고 했다. 하지만 아이가 너무 이뻤던 부모는 백일을 넘게 집에서 젖을 먹였다. 하지만 너무 울음소리가 커서 사내아이인 것을 들키면 왕명을 어긴 죄로 죽임을 당할 수 있었다. 하는 수 없어 모세를 파피루스로 만든 갈대상자에 띄워 강물에 흘려보냈다. 110년 전 한국의 처지가 갈대상자 속의 모세와 같다는 생각이 들었고, 이승만 박사의 처지 역시 다를 바가 없었다.

정신을 차리고 내릴 채비를 한다. 미국 동부로 들어오는 방법 중 동남부를 여행하려면 워싱턴으로 들어오는 것이 가장 효과적일 것이다. 왜냐면 덜레스 국제공항은 워싱턴 DC지역 그 어느 공항보다도 더 많은 도시들로 연결되기 때문이다. 세계여행을 할 때마다 느끼는 것이지만 단시간에 부쩍 자란 대한민국의 위상을 새삼 느낄 수 있다. 간혹 공항 직원 중에도 한국사람을 알아보고 "안녕하세요!" 인사하는 것을 듣게 된다.

그뿐인가, 입국심사를 하는데 예전처럼 기내에서 뭘 기록하는게 없었다. 공항에 내려 키오스크에서 세관신고만 모니터를 보며 누르면 끝이다. 입국심사도 이번 여행을 통해 간단해졌다는 것을 확인하며 적이 놀랐다.

사실 여권에도 '파워'란게 있다. 여권 파워란 쉽게 말해 그 나라의 국민이 무비자 혹은 도착비자로 여행 가능한 국가의 수를 의미한다. 측정기관에 따라 조금씩 차이를 보이지만 무비자 여행, 국제 세금법, 국가 이미지, 이중국적 가능 여부, 국내 인권보장 및 개인 자유 등의 기준에 따라 평가하여 점수가 매겨진다. 점수가 높을수록 이른바 '전 세계 프리패스 여권'을 갖게 되는 셈이다. 그런데 우리나라 여권이 세계 2위의 파워 랭킹을 갖고 있다고 하는 것을 들은 적이 있었다. 162개국을 비자 없이 여행 가능하니 이승만 전 대통령이 유학하던 시절에 비하면 얼마나 위상이 올라갔는가.

워싱턴DC의 정식적인 명칭은 브리튼에 맞서 싸우며 독립국인 미연방을 세운 사람들은 자신들의 정통성을 컬럼부스로부터라고 주장하고자 수도 명칭에 컬럼비아 특별구라는 수식어를 붙인 컬럼비아 특별구이다. 우리나라의 세종시를 세종특별자치시라고 부르는 데, 아마 워싱턴 DC에서 힌트를 얻은 듯하다. 게이트로 나가자 마중 나오기로 한 워싱톤지구 한인연합회 직원에게서 전화가 왔다. 그의 친절한 전화 안내로 무사히 게이트를 빠져나왔다.

"안녕하세요. 김민주 기자님이시죠?"

"아, 네. 반갑습니다."

"오시느라 수고 많으셨습니다. 저는 워싱턴 한인회에서 일하고 있는 김종민이라고 합니다. 하와이에서 오셨다고 하던데?"

"네, 이승만 박사님과 관련된 자료들을 찾아 투어를 하고 있는데, 먼저 하와이를 들러 왔습니다."

"네, 그러시군요. 주차장에 차가 준비되어 있으니 조금 걸으시죠. 그리고 짐은 제가 들어 드리죠."

"네 감사합니다."

"아버님이 민주화운동을 하셨나 봅니다. 민주씨라고 이름을 지으신 것을 보니?"

"호호호, 그 이야기 많이 들었어요. 그게 아니라 제 아버님이 교수님이신데, 주님의 백성이 되라고 민주라고 지어주셨다고 하시더라고요."

"아! 백성 민에 주인 주자를 쓰셨군요?"

"어머! 영어도 잘 하시는 데, 한문도 잘 아시나 봐요."

"하하하, 저희 아버님도 매우 보수적이시라 어릴 땐 한글과 한문을 꼭 배워 두어야 한다고 하셔서, 그래서 조금 압니다."

"미국은 여러 번 왔었지만 주로 서부로 다녀가서 워싱턴은 처음입니다."

"그러시군요. 미국이란 나라가 대단히 부유하지만 대부분의 미국인들은 자신이 태어난 주(州), 심지어 도시 밖으로 나갈 일이 많지 않습니다. 그러다보니 미국인들조차도 워싱턴 DC를 방문하는 것을 성지순례처럼 생각들을 하죠."

"그렇군요, 올 때마다 느끼는 거지만 이 광대한 땅을 차지한 것을 보면 놀랍기 그지없어요."

"저는 미국이 이 시대를 위해 준비된 나라라고 여겨요. 많은 사람이 미국의 쇠퇴를 이야기하지만, 그것은 하나만 알고 전부를 모르는 이야기죠. 특히 이 동부, 그 중에서도 워싱턴을 오시면 그들에게는 하나의 이상향이 있습니다. 그것이 바로 청교도 정신이죠. 그들은 청교도적 정신으로 완전한 기독교 국가를 세운다는 이념으로 독립 전쟁을 치뤘습니다. 그래서 조지 워싱턴, 초대 대통령을 기념하기 위해 도시 이름을 워싱턴이라고 한 것이죠."

"실제로 미국인들이 워싱턴을 국부(the Founding Fathers)라고 생각하나요?"

"의외로 미국인들의 역사교육은 철저합니다. 그래서 워싱턴 지역은 일생에 한 번 이상 역사 순례 코스로 꼭 자녀들과 함께 옵니다."

"제가 여기서 3일 정도 머무를 텐데, 자료를 찾고 나면 혹시 관광할 때 안내 좀 부탁해도 될까요?"

"오! 영광입니다. 미모의 여기자와의 데이트를 마다할 이유가 전혀 없죠."

"호호호, 고마워요."

타국의 낯선 하늘아래에서 수많은 저녁을 보내어 보았지만 오늘같이 편안하고 평온한 저녁은 처음인 것 같았다. 민주는 달리는 차안에서 백악관과 의회, 그리고 내셔널 몰 주위 등을 둘러볼 생각에 벌써 마음이 두근거렸다.

'스미소니언 박물관도 꼭 가보아야지.'

"저, 혹시 종민씨는 '이승만 문서'에 대해 들어보셨나요?"

"네, 우리가 여기서 자료를 만들어 연세대학교에 보낸 이승만 전 박사 관련 스크랩입니다."

"그 문서 중에 혹시 밀서라고 할 만한 자료들도 있었나요?"

"밀서라고 할 만한 것은 어떤 것을 말할까요?"

"아! 네, 제가 이렇게 갑자기 이승만 박사 관련한 취재를 나선 이유가 있어요. 지난 3.1절 날 한국기독교의 대표단체라 할 수 있는 한기총 대표 회장이신 목사님이 한국의 3.1절은 이승만 전 대통령이 미주에서 기획하고 준비함으로 시작되었다는 말씀을 하셨거든요. 그것 때문에 지금 한국에선 그 진위여부를 놓고 좌우가 대결을 벌이고 있습니다. 그런데 그 진위의 핵심에 인촌 김성수 박사 평전에서 언급된 이승만 밀서가 등장하거든요."

"하하하! 그건 좀 그러네요. 밀서란 말 그대로 비밀스러운 문서란 뜻인데, 쉽게 발견되거나 알려져 있다면 밀서가 아닐 수 있죠. 보통 스파이들이 밀서를 가지고 다니는 데, 암호 아니면 특정인만 보도록 만들어져 있지 않겠습니까?"

"호호호, 그러고 보니 그러네요. 그럼 제가 찾으러 다니는 것이 헛수고 일수도 있겠네요?"

"꼭 그렇지만은 않을 겁니다. 우리가 확인한 바로는 이승만 전 대통령의 모든 글은 타자를 이용해 작성했는데, 꼭 중앙에 먹지를 끼워 넣어 사본을 남겨 놓으셨다고 하더군요. 운이 좋다면 사본을 찾을 수도 있진 않을까요?

"아! 사본……"

나는 일말의 희망을 발견했다.

'이승만이 남겼을지 모르는 사본, 그것만 찾으면 이 논란에 종지부를 찍는다.'

"그런데 왜 그렇게 이승만 전 대통령의 독립운동을 폄하할까요?"

"후후! 그것은 국제정치의 흐름과 매커니즘을 이해 못하는 분들의 아집이죠. 이승만 박사가 추구한 독립운동이 외교적 협상과 청원입니다. 청원외교란 미국 의회에 전보, 서한 등을 발송해 자국에 유리한 조건을 조성하기 위한 외교활동이죠. 이 청원외교를 가장 잘하는 나라가 이스라엘입니다. 이스라엘의 외교 로비력은 타의추종을 불허해요. 혹시 에이펙(AIPAC)[9]이라고 들어보셨나요. 미국 이스라엘 공공문제위원회라고 하는데 미국의 유대인 로비단체입니다. 공식적으로 이스라엘이 미국 정치가들에게 정치자금을 주면서 와서 정견을 발표하라고 만드는 자리입니다. 여담입니다만, 우리는 이스라엘처럼 매년 수십억을 로비자금으로 쓰지 않아도 미국의 보호를 받고 있는 이유를 아시나요?"

"그렇게 물으시면 저보고……"

---

9) 미국 이스라엘 공공문제위원회(美國 이스라엘 公共問題委員會 , 영어: American Israel Public Affairs Committee, AIPAC)는 미국의 유대인 로비단체이다. 재미(在美) 유대인 7명에 의해 1947년 워싱턴DC에서 시작되어, 1953년 정식 로비단체로 확대되었다. 유대인의 단결을 통해 미국의 친(親)이스라엘 정책을 유지·확대하는 것을 목표로 한다. AIPAC은 435개 연방 하원 선거구 모두에 관련 조직이 있다. 연례총회 마지막날에는 그동안 미국 의회내 활동을 분석해 AIPAC에 우호적인 활동을 벌인 의원들을 성적순으로 발표한다. 4년 임기의 회장은 미국 대선보다 1년 먼저 선출해서 미국 대선과 긴밀하게 연결되도록 한다. 650만 재미 유대인 가운데 2만여명이 핵심적으로 재정기여를 하고 100달러 이상의 기부금을 내는 회원도 30만명에 달하는 것으로 알려져 있다.[1][2]

"하하하, 죄송합니다. 저는 이승만 대통령이 만들어 놓은 한미상호방위조약에 대해 말씀드리고 싶은 것입니다."

"그게 그렇게 대단한 건가요?"

"당시 한미상호방위조약을 체결해 주었던 아이젠하워 대통령은 이승만 대통령한테 강도당한 것 같다고 했습니다."

"그 정도인가요?"

"생각해 보십시오. 지난 70년 동안 미국의 국방비로 다른 나라의 안보를 100% 책임진 사례가 있나요?"

"정말 그러네요."

"그때나 지금이나 외교란 결국 최소의 투입으로 최대의 실리를 얻어내는 것입니다. 당시 일본제국이 팽창하고 있던 시절, 힘으로 일본을 제압할 방법이나 무력은 아시아 어느 나라도 갖고 있지 않았어요, 하지만 얼마나 이 박사가 청원외교활동을 했는지는 그 당시 미국 언론을 스크랩해보면 압니다. 당시 방송, 신문이 이승만의 사진과 학력을 집중적으로 소개하고 있음을 아주 쉽게 찾을 수 있습니다. 당시 한국의 자치능력을 의심하던 국제사회의 우려를 불식시키고 한국 자치의 당위성을 설명할 수 있게 하는 근거가 되죠."

"그 정도로 많은가요."

"나중에 연세대학교 이승만 기념관에 한 번 가보셔서 자료를 열람해 보십시오. 또 주목할 것은 같은 시기 일본의 주요 언론들은 이승만 대통령을 '한국 독립운동의 수괴'라고 표현하며 극한 반감을 드러내고 있죠."

"아! 그런 자료들이 많다는 거죠."

"그렇습니다. 이 같은 상황들을 종합할 때, 이승만 전 대통령의 외교적 독립운동은 일본에게 커다란 압박이었음을 잘 알 수 있는 훌륭한 증거자료들이 됩니다.”

“어쩌면, 상해임시정부보다 더 큰 외교적 독립 활동을 했다고 할 수 있을 것 같은데요.”

“그렇습니다. 또 한 가지는 국제회의가 열릴 때마다 공식적으로 초청받지 못했던 탓에 미국의 정치인들의 관심이 미미했습니다. 그래서 발견한 것이 미국 언론과 기독교 네트워크였습니다. 이것을 적극 활용해서 각종 청원서와 언론 인터뷰를 하고 한국과 국내의 기독교회에 대한 일제의 만행을 폭로했습니다. 기독교적 양심에 호소하는 강력한 독립운동을 한 것이 인상적입니다.”

“그렇지만 결과적으로는 많은 노력에도 불구하고 워싱턴 회의에 상정되지 못했잖아요.”

“그것이 바로 무력적 힘이 부족한 탓이 아니라 외교적 역량의 부족함 때문에 그렇다는 것을 아셔야 합니다. 이 모든 것은 첫째는 치열한 세계대결 구도가 날로 악화되고 있는 시기였다는 것이고, 또 세계정세에 대한 미국의 입장이 양극단으로 갈라서던 시기였기 때문입니다.”

“현재 한국의 많은 진보주의자들은 이 박사님이 워싱턴 정가에서 호의호식하며 귀족적 독립운동을 했다고 비난하는데, 이에 대한 반박의 자료들이 많이 부족한 것이 사실입니다.”

“이 박사님은 워싱턴 회의가 종료된 후에도 ‘다시 모일지 아닐지는 모르나 이것이 끝이라고 생각한다면 실수다. 마땅히 조금씩이라도 준비해야 한다.’고 하며 지속적인 외교노력을 국민들에게 호소하는 방송을 여러 차례 합니다. 그리고 말씀하신 대로 간혹 무장투쟁 대신 외교투쟁이라는 이유로 그분의 외교투쟁을 폄하하는 세력이 있는 것이 사실입니다. 하지만 이 시기 ‘이승만 문서’는 대한민국 임시정부를 대표한 독립활동이라는 점과 가장 효율적인 외교적 노력임을 무시할 수 없습니다."

나중에 찾아보니 이승만 대통령의 신문 스크랩, 이른바 '이승만 문서'는 현재 대한민국 국가지정기록물 제3호로 지정돼 있다. 연세대는 1921~1943년까지 이승만 대통령이 직접 제작한 스크랩 60권과 1948~1957년까지의 대통령 재임기 해외 공관 및 타인 제작 신문 스크랩 340권, 총 400권 분량의 방대한 자료 원본을 보유하고 있었다.

승만은 1905년 입학하여 조지 워싱턴 대학교의 학생이 되었다. 2학년 2학기로 편입됨과 동시에 특별장학생으로 선발됐다. 그러나 그해 8월까지 첫 학기는 밀사임무를 수행하느라 제대로 공부를 하지 못했다. 밀사임무가 좌절되자, 승만의 마음은 많이 무너졌다. 한국과 한국인에 대한 알 수 없는 절망감으로 한동안 괴로웠다. 그날 일기에 승만은 이렇게 기록을 남겼다.

"나는 정말 한국 사람들의 윤리상태가 얼마나 땅에 떨어진 것인가를 느낄 수 있었다. 물론 김윤정은 한국사람 중의 좋은 예가 아니었다. 그러나 내가 생각하기에는 어떻게 한국 사람이 저렇게 자기나라를 배반하고 자기 친구들을 배반할 수 있단 말인가 하는 것이었다. 나는 한국 사람들이 그처럼 짐승같은 저열한 상태에 빠져있는 한 한국에는 구원이 있을 수 없다고 결론을 내렸다. 그래서 나는 한국 사람들에게 기독교교육을 베풀기 위해 일생을 바치기로 작정한다."

승만의 혐오감은 이번이 처음은 아니었다. 예전 감옥에서 집필한 《독립정신》에서도 애국심이 없는 일부 한국인들에 대해 통렬한 비판을 가한 적이 있었다.

특히 개화파 중에서 친일파로 전락한 지식인들이 더욱 혐오스러웠다. 그는 워싱턴 근처에 있는 교회에서 강연을 하면서 자신의 이러한 감정을 토로했다.

"저는 이제 공부 외에는 희망이 없다고 여기고 공부에 매진하고 있습니다. 원래 공부를 좋아하는 성격이지만, 남은 소망은 제가 우선 배우고 익혀 그것을 전수하는 길 뿐이라고 생각하니 더욱 공부에 전념할 수 밖에 없습니다. 그리하여 제가 먼저 깨치고 나면 이제 남은 하나의 희망을 가지고 한국 사람을 갱생시키는 것입니다. 그리고 갱생의 가장 빠른 길은 기독교 교육입니다. 저의 인생 목적인 그 일을 위해 지금 여기 워싱턴에서 준비하는 것입니다. 저는 비록 미국에서 교육을 받고 있지만 결코 미국에서 써먹으려고 서양교육을 받는 것이 아닙니다. 그 교육을 원활하게 하는 첫 번째 일은 서양 책들을 한국말로 번역하는 것입니다. 저의 번역작업을 위해 기도해 주십시오."

"짝짝짝짝……"

우뢰와 같은 박수소리가 교회 안에 가득했다. 사실 번역은 한 문화가 다른 문화를 배우고 익히는 가장 기본적인 행위다. 이미 승만은 한성 감옥에서도 많은 책을 번역한 적이 있다. 번역하고 집필하는 일은 승만으로 하여금 생각을 체계적으로 정리하게 하고, 자신의 철학을 완성시켜주며, 나중에 조국의 건국을 위해서도 바른 방향을 제시할 수 있는 지름길이라 생각한 것이다. 옥중에서 번역한 책 중 가장 인상에 남는 것은 중국인 채이강(蔡爾康)이 쓴 《중동전기본말(中東戰紀本末)》이었다. 이 번역본은 '청일전기'라는 이름의 책으로 출간되었다.

공부와 함께 번역을 하는 고단한 시간 속에서도 논리학, 영어, 미국사, 프랑스어, 철학, 천문학, 경제학, 사회학, 서양사, 고대어학 등을 열심히 수강하였다.

"아! 학문의 길이 왜 이리 힘든가? 어느 하나 제대로 따라가기가 어렵구나."

"주여! 공부에만 몰두할 수 있도록 생계문제만이라도 해결하여 주옵소서."

실제 승만은 불안과 굶주림으로 몸이 쇠약할 대로 쇠약해졌다. 성적은 엉망이었다. 서양사 빼면 거의 B나 C였다. 호구지책이라곤 강연이 전부였다. 아무리 공부가 밀려도 강연은 요청이 있는 한 계속해야 했다. 보통 강연료는 2달러에서 30달러까지 천차만별이었다.

"저는 오늘 여러분들에게 한국에 있어서의 선교사업과 한국인의 점진적 향상에 관해 간증을 하고자 합니다. 여러분들이 시작한 한국에 대한 선교는 매우 탁월한 선택이었으며, 아주 잘한 일이라고 말씀드리고 싶습니다. 그 증거가 바로 제 자신입니다."

"짝짝짝짝......"

"저는 여러분들이 보내신 아펜젤러, 언더우드, 에비슨 등 참으로 훌륭한 선교사님들의 전도와 가르침을 받아 은둔과 무지의 나라에서 깨어나 오늘 이렇게 미국으로 유학을 왔습니다. 제가 오기 전 10여년 전에도 저를 가르친 서재필 박사님은 여기에 오셔서 박사학위를 따고 의사가 되었고, 제가 공부하던 배재학당에 오셔서 저를 가르쳐주셨습니다. 저는 그분들을 통해 미국이 하나님이 세우신 나라라는 것과 기독교적인 토대위에 민주주의를 구축했다는 것을 깨닫고, 그것을 배워 한국에 접목하여 한국에도 기독교 국가를 세워야 한다고 믿고 먼저 배우고 익히려고 왔습니다. 그래서 오늘 여기 이 교회에 모이신 성도 여러분들에게 간곡히 부탁드립니다. 한국과 한국교회를 위해 기도해 주십시오. 선교사님들을 위해 기도해 주십시오, 또 미국에 와서 배우고 있는 유학생들을 기억하고 기도해 주십시오."

승만의 간증집회는 주로 YMCA의 주선으로 열리는 것이 대부분이었다. 미국 동부에 있는 수많은 교회와 단체들로부터 초대를 받게 되었다. 어떤 때는 70장에서 1백장에 달하는 사진을 환등기로 보여주기도 했다. 미국인들의 입장에서는 미지의 나라 한국의 풍속과 기독교 전파에 관한 이야기들이 신기하기도 하고 재미도 있었다.

"여보게 승만, 자네 기사가 워싱턴 포스터 지에 실렸네!"

"그래! 어디 보세."

"자! 여기……"

1907년 6월 13일자 워싱턴 포스트 지방판에 기사가 큼지막하게 실린 것이다. 그만큼 승만의 간증과 강연이 인기가 있었다.

승만은 자신의 마음가짐과 다짐이 흐트러질 때면 마운트 버논을 찾았다. 그곳엔 조지 워싱턴의 사적지가 있었다. 그곳은 워싱턴 DC에서 남쪽으로 24km 거리에 위치한 곳이었다. 초대 대통령인 조지 워싱턴의 무덤과 그가 생전에 살았던 집과 농장이 있었다. 포토맥 강이 훤히 내려다보이는 곳이다. 당시에도 외국 원수들이 워싱턴을 방문하면 당연히 방문하는 곳으로 유명했고, 일반인들도 자녀들의 손을 잡고 찾는 명소가 되어 있는 곳이었다. 조지 워싱턴을 누구보다 흠모했던 승만은 나중엔 너무 자주 가서 그곳의 내력을 꿰뚫게 되었다.

"저녁에 저곳을 지나는 배 위에 달빛이 근사하게 비추던 것을 보면 고향 생각이 절실합니다."

승만은 가끔 한국에서 온 사람들을 만나면, 꼭 이곳을 보여주고 저녁이면 향수를 달래며 이런 말을 하곤 했다.

"여러분 저는 많은 사진을 보여드렸지만 결코 보여드릴 수 없는 모습이 있습니다. 그들이 누구냐면 한국의 양반집 부인들입니다. 첫째는 그들은 외출을 하지 않기 때문이고, 혹 나가더라도 장옷을 덮어 쓰고 나가기 때문에 결코 보여드릴 수 없음을 유감스럽게 생각합니다."

이 이야기는 그대로 신문에 소개되기도 했다. 그 이야기를 들은 청중들이 폭소를 터뜨렸다는 이야기가 소상하게 알려져 있었다. 청중들을 웃길 만큼 그의 영어 실력은 대단했다. 미국에 온지 3년도 안되서 미국인들을 상대로 폭소를 자아내고 박수를 받는 강연을 할 수 있었던 것은 그의 노력이 얼마나 위대했는지 알 수 있다고 윤병규 목사는 칭찬을 마지않았다.

"자네도 멋을 부릴 줄 아는구면."

"네 목사님, 여기서 많은 친구들을 사귀려면 그들과 어깨를 나란히 해야 합니다. 정구(테니스)도 배웠고 워싱턴 거리를 자전거를 타고 경쾌히 달리는 대회도 했습니다."

"하하하! 잘했네, 잘했어."

승만의 친구 올리버 박사는 늘 승만을 칭찬해 마지않았다.

"승만의 목소리는 보통 이상으로 울리고 달콤하며 음정의 폭과 변화가 풍부했습니다. 그의 얼굴과 몸동작은 동양인답지 않게 표현력이 강했습니다. 연사로서 그는 생동하는 표현기술보다는 박력 있는 정열이 특징적이었습니다."

그렇게 대학생활이 3년이 지나갈 무렵이었다.

"여보게 승만, 민영환 공이 자결을 했다는구면."

"민영환 공이!?"

"그래!"

승만은 하늘이 무너지는 것 같았다. 그를 지원하고 밀사임무까지 맡겼던 민영환 공이 1905년 11월 속칭 을사보호조약이라고 하는 〈한일 협상조약(韓日協商條約)〉이 체결되자 자결해버린 것이다. 국내에 가장 믿을 수 있는 연결고리였고, 옥에서 직접 전도하여 교인으로 만든 그였는데 의분을 못이겨 그만 스스로 자결을 한 것이다.

"아! 주님. 그를 먼저 데려가시다니요."

슬픔은 거기서 끝나지 않았다. 얼마 전 미국에 데리고 온 아들 태산이 시름시름 앓더니 그만 숨이 멎고 마는 사건이 일어난 것이다. 아들 태산은 간수의 배려로 감옥에서도 데리고 갔다. 태산은 1905년 6월 경 박용만과 함께 미국으로 왔다. 그는 그 기쁨을 일기에 적기도 했다.

"나의 아들이 왔다. 박용만 씨가 내가 왔던 길을 따라 한국에서 데려왔는데, 지금은 필라델피아의 귀한 가정에서 맡아 주어 참으로 고맙다."

그랬던 아들이 갑자기 병이 들어 죽었다는 소식을 들은 것이다. 아들 태산을 돌보아 주었던 가정은 승만이 방학 때면 가서 쉬곤 하던 보이드 부인의 집이었다. 보이드 부인은 이승만이 한국에 있을 때부터 지극한 관심을 보였던 선교사 조지 H 존스의 소개장을 들고 찾아가 친하게 된 사람이었다.

그날은 태산이 미국에 온 지 1년이 채 되지 않는 1906년 2월 24일이었다. 시간은 밤 11시 반, 승만은 보이드 부인으로부터 태산이가 위급하다는 전보를 받았다. 바로 역으로 갔으나 열차는 이미 없었고 다급해진 승만은 전보로 상황을 물었다.

"아들의 상황이 궁금함!"

"경과를 지켜보는 중."

25일 오후 2시. 다시 보이드 부인으로부터 태산이가 위독하다는 전보가 왔다.

"내일 3시 20분까지 급 당도 바람."

승만은 그날 밤 9시 30분 열차로 떠나 26일 새벽 2시 30분 경 보이드 부인 집에 도착했다. 보이드 부인은 말했다.

"병명은 디프테리아라고 합니다. 사흘 동안 누워 있다가 시립병원 격리병실에 입원시켰습니다."

날이 밝자마자 이승만은 병원으로 달려갔다. 하지만 태산은 이미 하루 전에 죽어 화장까지 끝난 상태였다.

6대 독자였던 그로서는 청천벽력과 같은 일이었다.

"슬프다, 내 아들아! 너는 어쩌다 나에게 와서 아비의 도리를 다 해주지도 못했는데, 먼저 가버렸구나. 나의 믿음으로는 너에게 갈대상자를 만들어주지 못했구나. 아니 주님은 내게 너를 이삭처럼 생각하게 하시는구나. 아비가 나라의 건국을 위해 일한답시고 너를 돌아보지못해, 한국의 제단에 바쳐진 희생이 되었구나. 주여, 제 아들의 영혼을 받아주옵소서."

그날 승만은 식음을 전폐하고 꺼이꺼이 울며, 겨우 8년을 살고 간 아들을 가슴에 묻었다. 승만은 그날 일기장에 짧게 적었다.

"2월 26일 노드필드 화장터에서 태산이의 장례를 치렀다."

슬픔 속에서도, 승만은 기회 있는 대로 한국의 독립을 역설하는 설교와 강연을 했다. 뿐만 아니라 그는 가끔 미국 동부에서 열린 국제기독교대회에 한국 대표로 초청받아 수천 명 청중 앞에서 한국과 관련된 연설을 했다. 이러한 활동을 펴던 중 1907년 여름이었다.

"이 공 어서 오시오. 먼 행로에 참으로 수고가 많았소이다."

"우남께서도 머나먼 타국에서 공부하랴 애국하랴 참으로 수고가 많습니다."

이 공은 이상설이었다. 그는 헤이그의 만국평화회의에 참석했다가 8월1일 뉴욕을 방문한 것이다.

"만국평화회의에서의 노력도 물거품으로 돌아갔다는 이야기를 들었습니다."

"그래서 말인데. 루스벨트 대통령을 좀 만나게 해주시오."

"그렇잖아도 여러 경로를 통해 주선을 해 놓았습니다."

"감사하오. 할 수 있는 모든 노력은 다 해 보아야지요."

"네, 그렇습니다."

하지만 이상설의 루스벨트 대통령 회견 주선은 아쉽게도 수포로 돌아갔다. 루스벨트 측에서 거절한 것이다.

"우선 귀국 날짜가 잡혔으니 돌아가야겠소. 하지만 앞으로의 독립운동 전략은 어찌 되었든지 외교적인 방법 밖에는 없는듯 하오. 그러니 우남께서 여기 있으면서 여러 경로를 통해 우리나라의 독립을 위해 애써주시오."

"당연한 일이지요. 조심해서 가십시오."

긴 시간 같이 하지 못하는 아쉬움을 뒤로하고 두 사람은 헤어졌다.

그즈음 승만은 공부에 매진하는 한 편, 한국의 상황을 전하고 도움을 줄 수 있는 모든 방안을 찾아 나서는 가운데 교회에서의 강연에서는 복음전도의 방편으로 설교를 하기도 하였다.

승만이 한 번은 펜실베이니아 주 피츠버그에서 열린 한 컨퍼런스에서 멋진 설교를 하게 된다.

"조선(Morning Calm)이란 저희들의 조상들이 약 5천 년 전에 (Korea)에 지어준 아름다운 이름입니다. 미국(Uncle Sam)은 오늘 위대하기도 하지만 물론 그때는 아직 태어나지도 않았을 때이지요. 그 나라는 참으로 여인처럼 아름답습니다. 그래서 그녀의 인접 국가들은 항상 '그 아름다운 여인'같은 조선 때문에 싸워왔습니다. 그러나 '그 아름다운 여인'은 최근에는 너무 관대하여 '베풀기만 하는 사람'이 되고 말았습니다. 그녀의 마음이 얼마나 관대했던지, 자기가 가지고 있던 모든 것을 남에게 주어버렸고 '그녀'의 친구들과 그녀를 사모하는 자들로 하여금 와서 마음대로 하도록 내버려두기까지 하였습니다. 결국 한국 사람들은 오늘 자기의 생명을 바치거나 삶을 영위할 나라가 없게 되어버렸고, 평화로운 생활을 즐길 수 있는 집이 없게 되었습니다. 이제 그들은 완전히 상심하게 되었습니다. 친구들이여, 나는 불쾌한 감정으로 이런 말을 하는 것이 아닙니다. 그와 정반대로 나는 기쁩니다. 나는 하나님께 감사하는데, 왜냐하면 지금 한국은 기회를 가졌기 때문입니다. 이것은 하나님의 기회입니다. 형제자매들이여, 이것은 여러분의 기회입니다.

자기들의 나라가 낮아질 대로 낮아진 흑암 속에서 한국 사람들은 자기들을 들어 올려줄 어떠한 위대한 능력이 필요하다는 것을 갑자기 느끼게 된 것입니다. 그들은 이 세상에서는 어떤 힘도 그들을 들어 올려줄 수가 없다는 것을 잘 알게 되었습니다. 그들의 썩어빠진 정부는 정화되어야 하고, 그들의 마음과 힘은 갱생되어야 합니다. 그러나 공자나 부처님은 그렇게 하지를 못했습니다. 만일 한국이 구원을 얻을 수 있다면 이 세상의 구세주이신 예수 그리스도만이 그렇게 할 수 있을 것입니다. 그리고 그분만이 참다운 구원을 주실 수 있고, 또 주실 것입니다.

친구들이여 나는 당신들에게 감사합니다. 우리들 한국 크리스천들은 당신들 형제자매들이 복된 소식을 우리에게 보내준 것에 대하여 감사합니다. 당신들은 그들이 꼭 필요한 것을 주었습니다. 당신들의 선교사들은 그들에게 참으로 훌륭한 봉사를 하여 주었습니다. 그리고 한국 사람들은 그렇게도 고결하고 용감하게 감응하였기 때문에 1885년에 기독교가 그들에게 소개된 후로 놀라운 발전을 하였습니다. 그러나 우리는 하나님께 감사를 드립니다. 그분은 우리에게 참으로 많은 것을 주셨습니다. 저 역시 많은 것을 받았습니다. 선교사님들이 우리에게 이 큰 기회를 주셔서 한국 사람들이 민족적 오만과 조상숭배와 전래의 미신을 버리고 빈 마음과 겸손한 정신으로 예수그리스도를 맞이할 수 있도록 하였습니다. 지금 한국이 잘하고 있는 것입니다. 그 옛날의 자랑할 만한 모든 것을 한국은 포기했습니다. '그녀'는 환상(Vision)을 보았기 때문입니다. '그녀'는 하늘을 우러러 보고 소리를 질렀습니다. '주여 나의 상한 마음을 고치시고 나를 끌어올려 당신의 품에 품으시옵소서!' 최근의 한국에서는 대부흥이 있었습니다. 평양으로부터 시작된 이 운동은 전국 방방곡곡으로 퍼졌습니다. 회개한 온갖 사람들이 그들이 찾아갈 수 있는 가까운 하나님의 전당에 모여들고 있습니다. 그들 중 일부는 교회를 짓고 예배당을 세우고 있습니다. 그들은 자기들끼리 '하나님의 말씀'을 가르치고 전도하고 있습니다. 지금 10만이 넘는 한국 크리스천들이 진지하게 기도하고 있습니다. 그들의 아름답고 자그마한 나라가 20년 내에 완전한 기독교의 나라가 될 수 있도록 끊임없이 기도하고 있습니다. 이러한 상황에 놓인 나라가 무엇을 필요로 할 것인가 생각해 보시고 무엇을 하실 수 있는지 보살펴 주십시오."

미(美) 광야에서

승만은 우여곡절 끝에 1907년 6월 5일 조지 워싱턴 대학을 졸업했다.

"축하하네!"

"감사합니다. 모두 다 도와주시고 기도해 주신 덕입니다."

"그래! 계속 공부할 거지?"

"네, 그런데 고민 중입니다."

"고민이라니?"

"원래 목표대로라면 저는 이제 귀국해 기독교교육에 힘쓰러 가야 합니다. 그래야 다윗의 돌팔매질이지만 국민들이 계몽될 거 아닙니까. 그런데 아직 학문이 미진하기 짝이 없습니다."

서재필 박사는 승만에게 자신처럼 좀 더 공부해서 박사까지 받으라고 권면해 주었다. 그러던 찰나에 부친으로부터 편지가 왔다.

아들 승만 보거라, 이 편지를 받을 즈음이면 네가 졸업을 할 때가 되었으리라 여겨진다. 그런데 현재 국내의 정치 상황이 네가 상상하는 이상으로 어렵다. 너는 분명 귀국하면 정치활동을 재개할 것인데, 너를 알고 있는 일본정부와 관헌들이 너의 귀국을 노렸다가 체포 내지는 핍박을 할 것이 분명하다. 그러니 귀국을 늦추는 것이 옳다고 여겨진다.

"귀국을 늦추라는 부친의 전갈입니다."

"나도 아버님의 생각에 동의하네. 자네 어차피 지금 귀국한다고 해도 국내에 근거도 없고, 이미 자네를 돕던 민 공으로부터 많은 동지들도 뿔뿔이 흩어지고 없지 않은가. 그러니 조금 더 공부할 길을 알아보세."

"선생님, 제가 미국에 계속 남고 싶어도 이젠 장학생도 아니고 생계문제가 걱정입니다. 특히 저를 지원해주던 감리교 선교본부도 약속대로 한국에 선교사로 가주길 바라는 듯합니다."

승만은 졸업을 한 학기 앞둔 1906년 12월부터 하버드대학교 대학원 진학을 위한 서신을 주고받으며 조심스럽게 진로를 하나님께 물어보고 또 물어보았다. 1907년 1월에 그가 하버드 대 관계자들에게

"입학사정관님, 우리나라의 사정이 급박하니 바로 박사과정에 입학을 허락해준다면 저는 저희 조국의 미래를 위해 2년 만에 학위를 받도록 하겠습니다."

하지만 그의 이런 노력은 실패하고 결국은 1907년 9월 하버드 대 석

사과정으로 입학하게 됐다.

"한국인은 개인으로서는 결코 일본인에게 뒤떨어지지 않는다. 열강 국은 극동에 있어서의 상업상의 권익이 발해될 것을 우려하여 일본의 감 정을 상하지 않게 한 마디도 정의에 입각한 말을 하지 못하고 있다. 그러 나 아시아 전체가 일본에 독점되어가고 있다는 것을 모르는가. 이런 식 의 적당주의 평화는 오래가지 않는다."

그의 진학과정 중에도 그의 독립호소 활동은 멈추질 않았다. 지방신문 에스베리 파크 지와 뉴욕 모닝 포스트 지에 승만의 인터뷰기사가 나란히 실렸다. 크리스천 애드버케이트 지 A. B. 레너드 주필에 대한 반박의 성 격이었다. 레너드주필은 친일인사였다. 그가 동양 여행하고 와서 한국에 대한 인상을 강연한 적이 있었다. 그는 뉴욕의 오션 그로브 강당에서 이 렇게 망발을 했다.

"일본은 지금 한국을 개혁하고 있다. 그러므로 우리는 일본이 한국을 영원히 통치하도록 협조해야 된다."

그 강연 소식을 들은 승만은 즉각 항의편지를 보냈다. 승만은 그냥 항 의를 하는 것이 아니라 논리적으로 치밀하고 일관되게 하였기에 지는 법 이 없었다.

"일본을 방치해 두면 반드시 미국이 후회할 날이 온다. 이것은 일본의 속셈을 알면 반드시 간파하게 될 일이다. 지금은 일본이 한국만 정복하 려고 하지만 그들이 성장하고 강하게 될 날 반드시 서방의 친구가 되기 보다는 적이 될 것이다. 그렇다면 일본을 견제할 수 있는 방안은 한국을 자유민주국가로 만들어 그 견제 기능을 키우는 것이다."

뉴욕 모닝 포스트 지와의 회견에서 그렇게 밝힌 것이다. 이같은 논리 는 많은 독자들의 공감을 이끌어 냈다. 그런 악전고투의 상황에서도 가능한 한 모든 방법을 동원해 반일 독립투쟁을 했고 공부 역시 게을리 하지 않아 1년 만에 석사과정을 끝내게 된다. 그리고 새해가 밝았다. 1908년 1월 1일 콜로라도 덴버에서 큰 대회를 열었다.

"오늘 여기에 오게 된 것은 박용만, 이관용 동지들의 부단한 노력 때문입니다. 오늘 우리가 개최하는 대한 애국동지대표자대회는 지금까지 사분오열되어 있던 교민단체들을 통합하기 위한 노력이 결실을 맺은 것입니다."

승만은 그곳에서 소회와 포부를 밝히면서 계속적으로 기도해 줄 것을 부탁을 했다. 결국 이날 발의로 말미암아 7월 11일부터 15일까지 덴버시 그레이스 감리교회에서 애국동지대표자 대회가 공식적으로 열렸다. 참석자는 모두 36명이었다. 미국 뿐 아니라 가까이는 하와이와 소련의 블라디보스톡, 중국에서는 상하이, 영국의 런던 등 말 그대로 세계 각지에서 온 위임대표들이었다. 이 행사에서 결의한 사항들은 그 지역신문인 덴버 리퍼블리칸 지에 보도되기까지 했다. 회의의 주요내용은 재외한인단체들의 통합이 첫째였고, 둘째는 서양서적의 한글번역을 전문으로 하는 출판사의 설립이었다. 그리고 마지막으로는 세계정세에 관한 서적을 한국에 널리 배포한다는 내용이었다.

스탠퍼드 대 데이비드 스타 조던 총장이 개회사를 맡았던 이 행사에서 승만은 박용만의 지원을 받아 의장으로 선출됐다. 여기에는 그의 과거 경력과 하버드 대를 다니고 있다는 점이 크게 도움이 되었다. 마지막 날 승만은 폐회사를 통해 다음과 같은 내용의 연설을 했다.

"현재 정치인들은 한국이 일본과 싸워도 성공하지 못할 것이라고 말합니다. 그렇기에 이제 한국의 희망은 영원히 사라진 것이라고 말을 합니다.

하지만 잘 관찰하지 못한 결과입니다. 한국이 일본보다 훨씬 뛰어나다는 것은 이미 역사가 증명하고 있습니다. 일본은 겨우 2천년 역사, 우리나라는 4천년 역사입니다. 그 긴 기간 동안 민족의 특성과 완전한 독립을 보존해왔습니다. 따라서 지금은 한국이 잠시 일본의 침략으로 힘들어하고 있지만 어떠한 경우에도 우리나라는 결코 지구에서 사라지지 않을 것입니다."

1908년 8월 하버드 대에서 석사과정을 끝낸 승만은 다시 한 번 고민에 빠진다. 고국으로 돌아가야 할 것인가 아니면 박사학위를 받을 때까지는 더 남아 있을 것인가.

"이제 하버드 대학에서 석사과정을 마쳤으니 고국으로 돌아가고 싶습니다."

그렇게 한국의 부친에게 편지를 보냈다. 그런데 또 반대하는 답장이 왔다.

"조급해서는 아무 것도 이룰 수가 없으니 조금만 더 기다렸다가 소식을 보내면 그때 귀국하길 바란다."

승만의 부친은 조금만 더 있으라고 간곡한 편지를 보내왔다. 미국에서 이루어지는 일을 보며 얼른 한국으로 들어가고 싶은 마음도 있고, 하버드대에서의 석사과정이 너무나 힘들었기에 향수병에 걸려 있었던 것도 귀국하고 싶은 마음의 발로였다.

"아! 하나님의 뜻은 어디에 있는가?"

사실 승만이 귀국한다고 해서 특별한 대안이 있는 것은 아니었다. 하지만 한성감옥 이후로는 아무리 마음이 급해도 기도한 후에 움직인다는 원칙이 있었기 때문에 좀 더 있으면서 공부를 계속하기로 마음을 먹는다. 그래서 그는 뉴욕에 있는 유니온 신학교에 기숙하며 신학수업을 듣는다. 그리고 컬럼비아 대학 박사과정을 밟을 요량으로 우선 청강을 했다.

이렇게 시간을 보내고 있던 차에 이승만은 우연히 장로교 해외선교부 사무실에서 한국에 있을 때 안면이 있는 어니스트 F 홀 목사를 만난다. 홀 목사는 이승만이 한국에 있던 무렵 선교사로서 활동했던 적이 있었기에 서로 구면이었다.

"오 미스터 리, 요즘 어떻게 지내시오?"

"저도 한국에 가면 목회를 하고픈 마음도 있어 유니온 신학교에서 강의를 듣고 있습니다."

"오! 노우, 당신은 유니온 신학교로 가면 안돼요. 그곳은 신학공부하기 적당하지 않아요. 그러니 프린스턴으로 오셔야 해요."

"저도 뉴욕에 있고 싶진 않습니다. 그런데 아직 그 길이 열리지 않았습니다. 제가 만약 프린스턴 대학으로 갈 수만 있다면 가고 싶습니다."

그리곤 헤어졌다. 그런데 시간이 얼마 지나지 않아 홀 목사가 보낸 속달편지를 받았다. 그것은 프린스턴에서 보내온 것이었다. 더욱 놀라운 것은 기차표와 기차시간표 그리고 프린스턴 역에서 기다리겠다는 내용이 들어있었다. 주님의 뜻이라고 여긴 승만은 빠른 시간 뉴욕에서의 여장을 정리하여 프린스턴으로 갔다.

약속한 대로 예정된 시간에 역에 내리자 그곳에서는 홀 목사가 기다리고 있었다.

"어서 오시게!"

"감사합니다. 저를 배려해주셔서."

"모두가 다 주님의 뜻 아니겠는가."

"주님의 사랑 아니면 불가능한 일들이지요."

"자, 가세!"

그길로 프린스턴 대학으로 갔다. 거기서 승만은 프린스턴 신학교장 찰스 어드맨 교수와 프린스턴 대 대학원장 앤드류 웨스트 교수를 각각 만났다. 잠시 후 면접절차가 끝나자 마자 입학 승낙을 받는다. 그리고 프린스턴 신학대학교의 기숙사에 입주하게 되었다. 당연 프린스턴 대 박사과정을 밟게 된 것이다. 승만은 학점신청을 하면서 생각한다.

'앞으로 기독교 교육을 통해 기독교 국가를 세우려면 신학 과목은 필수적으로 들어야겠지?'

그렇게 해서 신학과목 일부를 듣는 한편 정치학과 박사과정에 입학했다. 사실 승만의 작은 희망 중엔 골치 아픈 정치니 경제니 하는 것들을 다 벗어놓고 작은 교회를 맡아 선교사들이 보여준 헌신처럼 자신은 목회를 하고자 하는 마음도 있었다. 그래서 나중에 목사안수를 받고자 하는 계획도 있었다. 그는 입학 후 아버지에게 편지를 보낸다.

"아버님, 저는 주님의 은혜로 다시 박사과정을 공부할 수 있는 기회를 가지게 되었습니다. 아름다운 환경에서 즐거운 생활을 하는 것은 모두 하나님의 은혜가 아닐까 생각합니다. 또 고마운 일은 여러 사람과 친교를 맺을 수 있는 기회를 얻었다는 것입니다. 저를 위해서 계속 기도해 주십시오."

승만은 프린스턴 시절 많은 성장을 했다. 영적으로도 정신적으로도 많이 성장했다. 또 경제적으로 많이 자립했다. 본국에 보낸 편지에도 언급했듯이 수많은 친구와 교수들을 사귀게 되었다. 향후 항일운동과 정치활동을 위한 귀한 인맥이 형성되었다. 그 길을 최초로 열어준 홀 목사는 승만에게 보내준 천사라 할 것이다. 승만이 프린스턴 대학교 재학시절 2년간 보낸 캘빈 클럽 신학생 전용 기숙사에서 일체의 지원을 받으며 공부와 교제에 전념할 수 있었던 것은 어드맨 학교장의 배려 때문이었다. 승만은 자신에게 은혜를 베풀어준 귀한 분들을 언급할 땐 눈물마저 글썽거렸다. 윌슨은 승만이 더 많은 미국 대중들에게 한국의 상황과 중요성을 언급할 수 있도록 추천서를 써주었다.

"오늘 여기 이승만 씨를 소개하는 것을 큰 기쁨으로 생각합니다. 그는 우리 프린스턴 대학원의 우수한 학생입니다. 이미 그의 뛰어난 수학 능력과 근자에 보기 드문 빼어난 인격과 도덕성으로 우리들에게도 호감을 주는 분이었습니다. 따라서 저는 이분으로부터 사랑하는 나라에 대해 큰 관심과 이해를 가지고 그 나라의 정세와 현황에 대해 들었습니다. 그 결과 참으로 한국은 동양에 있어 매우 중요한 지정학적 위치에 있으며 미국이 동양으로 나아가기 위한 중요한 발판과 우호의 관계가 필요하다는 생각을 굳히게 되었습니다. 따라서 만약 여러분들도 한국과 동양의 정세를 알기 원한다면 이분의 이야기를 들어보시기를 진심으로 추천드립니다. 저는 기꺼이 이분을 여러분께 소개합니다."

윌슨이 베푼 호의는 승만으로 하여금 지친 유학과 타향에서의 고군분투에 대해 힘을 실어주는 자산이었다. 그는 졸업식 피로연에서 그 고마움을 숨기지 않고 고백하였다.

"망명객이요, 행객인 저 이승만의 오늘을 있게 한 분들이 많습니다. 저는 그분들을 평생의 은인으로 여기겠습니다. 먼저 어드맨 박사는 언제나 저에게 친절했습니다. 만약 그가 없었더라면 저의 오늘날은 없었을 것입니다. 또 웨스트 대학 원장님도 저에게 헌신적인 친구가 되어주셨습니다. 제가 대학원 과정을 성공적으로 밟을 수 있도록 모든 것을 돌보아주신 은혜는 영원히 잊지 않을 것입니다."

승만은 물을 한 잔 마시고 다시 입을 열었다.

"또 한 분 윌슨 총장님은 저를 가족처럼 여겨주었고, 저의 조국을 저보다 더 사랑하시며 또 한국 선교에 지대한 관심을 보여주었습니다. 제가 힘들고 어려워할 땐 저를 격려해주었고 또 제가 준비하고 있던 독립운동에 대해 희망도 주셨습니다. 또 윌슨 총장님은 아무런 대가도 바라지 않고 물심양면으로 보살펴 주셨습니다. 이번 강연도 그분이 추천장을 써주셨기에 가능한 일이었습니다."

미국의 대통령이 된 뒤에도 이승만을 많이 도와준 윌슨은 외로운 한국인 천재 이승만을 집으로 자주 불렀다.

승만은 잠시 제시를 만나던 시간을 더듬어 본다. 자전거를 타며 통학하는 그녀는 어디서든 열심히 공부하고 또 땀을 흘리며 운동하는 승만을 눈여겨보았다. 그래서 친해진 관계가 되었다. 여기엔 승만의 바람도 있었다. 그것은 윌슨 총장과 좀 더 친밀해져야 했기 때문이다. 그래서 자연스럽게 교정에서 가까워진 두 사람은 집으로까지 초대받는 사이가 되었다. 다행히 윌슨부인과 세 딸은 동방의 외딴 나라에서 온 이 건실하고 똑똑한 학생에게 따뜻한 애정으로 대해 주었다. 그렇게 시간이 흐르다 보니 제시가 넌지시 승만에게 데이트를 신청하는 것이었다.

"미스터 리, 혹 사귀는 사람이 있나요?"

"오! 제시, 저는 지금 사귀는 사람이 없습니다. 왜냐면 저는 총각이 아닙니다. 고국에 오래전 결혼한 부인이 있기 때문에 저는 혼자서 유학을 마칠 때까지 있어야 합니다."

허물없이 지내는 사이가 되다보니 제시 양이 연모하게 된 것이다. 집으로 가면 월슨의 세 딸들은 한결 같은 마음으로 반겨 주고 또 피아노를 치고 노래를 가르쳐주었다. 타향에서 고생하는 유학생 승만을 즐겁게 해 주려고 애썼다. 그중에 특히 동정적인 제시는 연애감정을 느낄 만큼 친밀했다. 하지만 무명의 망명객 이승만은 돌아섰다. 서울엔 열여섯 살에 혼인한 동갑내기 본처 박 씨가 있었고, 미국에 데려왔던 7대독자인 태산이를 필라델피아에서 디프테리아로 잃은 지 몇 년 안되었을 때였다. 그리고 사랑보다 공부와 독립운동이 더 급하지 않는가.

"축하하네. 이제 박사님이라고 불러야 되겠군!"

"감사합니다. 아직 많이 부족합니다."

"놀라워, 본토사람도 2년 만에 따기 힘들다는 박사학위를 2년 만에 받다니. 놀라워. 원더풀! 하하하!"

"총장님이 보살펴 주시고 이끌어 주신 덕분입니다."

"아냐! 아냐! 자네의 노력이 하나님을 감동시키셨고, 또 교수들도 감동시켰기 때문이지. 안 그런가, 이 박사?"

"부끄럽습니다."

"만학도이지만 남들보다 박사 학위까지 받는 것을 속성으로 받았으니 전체적으로 보면 늦은 나이는 아니네 그려, 허허허!"

승만은 대부분의 시간을 대학 도서관에서 보냈다. 딱히 갈 곳이 없기도 했지만 2년 안에 모든 과정을 마쳐야 한다는 부담감 때문에 다른데 정신을 돌릴 틈이 없었던 것이다.

'Neutrality as influenced by the United States(미국의 영향을 받은 전시(戰時) 해상 중립)'[10]

"오! 제목이 시사하는 바가 큰데!"

"괜찮을까요?"

"좋아요! 꽤 인기가 있을 듯하이."

"감사합니다."

웨스트 대학원 원장은 승만에게 진심어린 축하와 격려를 해주었다. 그의 논문은 1910년 발간되었다. 안타깝게도 한일합방이 되던 그 해였다.

"자, 이 박사 논문은 우리 대학 출판부에서 특별 인쇄하도록 하고 판매될 때마다 인세를 지불하도록 하지!"

"정말이십니까? 그렇게 해주신다면 정말 감사한 일이지요."

"요즘 극동지역에 대한 관심이 우리나라에서 증대되고 있으니, 아마 이 박사의 논문이 꽤 인기가 있을 걸세!"

"정말 감사합니다."

"아냐! 아냐! 다 이 박사의 노력과 수고 덕분이지."

이 논문으로 인해 승만은 미국 내에서 중립무역에 관한 권위자가 되었다. 뿐만 아니라 논문의 인세로 조금씩 돈이 들어오기 시작했다. 드디어 1910년 6월 14일 윌슨 총장이 정계로 떠나기 직전 마지막으로 참석한 졸업식에서 이승만은 윌슨으로부터 직접 박사학위를 받았다.

"이 박사 진심으로 축하하이!"

"아! 감사를 뭐라고 표현해야 할지요?"

"허허! 자네의 원대로 한국의 독립과 대등한 국제관계에서의 위치 확

---

10) 프린스턴 대학 박사학위 논문 : 미국의 영향을 받은 전시 해상 중립(1912년 프린스턴 대학 출판부)

보가 나에게 줄 선물일세."

"명심하겠습니다."

웨스트 원장은 그에게 가운의 후드를 걸어주며 진심으로 축하했다. 대한민국 최초의 '국제정치학' 박사는 그렇게 탄생되었다.

17

신(新)엑소더스

승만의 어깨엔 박사 후드가 얹어졌지만, 그에겐 조국의 광복과 해방이라는 무거운 짐이 다시 얹어졌다. 그러니 그의 심정은 착잡하기가 이를 데 없었다. 나라는 일본의 속국이 되다시피 한 상태였고 자신은 이제 더이상 미국에 있어야 할 이유가 없어졌기 때문이다. 이승만은 졸업식 날 밤 고요해지는 시간을 택해 일기장을 펼쳤다. 슬픔과 회한(悔恨)의 감정을 숨기지 않는 글을 적었다.

"오늘은 나의 준비단계를 종말짓는 날이다. 솔직히 슬픈 감정을 감출 수가 없다. 한국! 이제 나가서 일을 하여야 하는 나라. 오호라 그 나라는 어디에 갔는가."

학부와 석사를 마쳤을 때도 같은 감정이었다. 고민하지 않을 수 없었다. 이런저런 상념이 밀려오는데 몇 년 전의 일이 잠시 스쳐 지나간다.

"각하!"

"각하라고 부르지 마십시오!"

"저희들은 스티븐스 포살사건을 통해 보여주신 입장을 지지합니다. 그리고 향후 우리나라의 대통령이 되어야 한다고 믿습니다."

"아시겠지만, 세계의 무대에 서려면 목적을 위한 수단이나 방법도 온건해야 미개한 나라가 아님을 천명하는 것입니다."

"저희들도 그렇게 생각합니다. 고로 온건하며 점진주의적 독립운동을 위해 역량을 키우자는 신문의 기고문에 저희들은 적극 동감하는 바입니다."

"감사합니다."

"따라서 앞으로 저희들은 각하를 중심으로 모든 노선을 수정하고 적극 협력하려고 합니다. 이번 방문 강연을 위하여 저희들은 작지만 정치헌금을 마련하였습니다."

"정치헌금?"

"그렇습니다. 정치헌금을 모아 지지하도록 하겠습니다."

"연설을 하고 사례는 무수히 받아보아 왔지만 정치헌금 명목은 처음이군요."

덴버 회의 이후 교포들은 승만을 재미 한인 교포사회 일각에서 뿐 아니라 향후 독립된 조국에서의 최고 지도자로 암묵적으로 인정하는 분위기들을 나타나기 시작했다.

"과격한 독립운동 단체들은 아예 나를 매국노로 취급하는 데 정치헌금이라……"

'나의 행동에 대해 이렇게 상반되는 모습들이 나타나다니……'

샌프란시스코에서 발행되는 공립신보(共立新報)에 투고한 내용도 재미 한인교포들의 주목을 끄는데 한몫했다. 또 하나의 계기는 1908년 7월 10일부터 15일간에 열린 콜로라도주 덴버의 '애국동지 대표자 대회'였다. 이 대회에서 승만이 의장 역할을 했는데, 이 회의가 끝난 다음 8월 4일에 영국 데일리 메일 紙의 기자이며 '한국의 비극'(1908)이란 명저를 펴낸 적이 있는 매켄지가 승만에게 축하와 격려의 편지를 보낸 것이다.

"미스터 리, 저는 당신의 연설을 듣고 공감하며 지지를 보냅니다. 한민족이 일제로부터 당하는 불공정과 억압은 거시적으로 볼 때 한국민 전체를 분발시키는 효과가 있을 것입니다. 더불어 향후 한국은 좀 더 위대한 나라, 즉 '아시아 최초의 기독교 국가이자 20세기 진보의 선구자'가 될 것입니다."

"과분한 칭찬과 장밋빛 가득한 미래상입니다. 감사합니다. 더욱 분발하여 일하겠습니다. 당신의 성원과 지지를 지속적으로 부탁드립니다."

승만은 진심으로 그의 편지에 감사하는 답장을 보냈다. '스티븐스를 저격한 일부 인사들의 행위는 바보짓'이라는 그의 평가에 힘을 얻은 승만은 자신의 이 원칙을 끝까지 고수하기로 마음을 다잡았다.

덴버회의를 마친 뒤였다. 샌프란시스코와 로스앤젤레스에서 초청이 왔다. 그곳에 근거를 둔 두개의 한인 교포단체에서 연합을 이루어야 한다는 생각 때문에 방문을 허락했다, 공립협회(共立協會) 및 대동보국회(大同保國會)가 두개의 큰 축으로 활동하고 있었다. 안창호 중심의 관서(關西) 출신 인사들로 구성된 공립협회와 문양목, 안정수, 장경 등 기호(畿湖) 출신 인사들이 중심이 된 대동보국회였다.

두 단체는 모두 다 이승만을 자신들의 영도자로 추대하기를 원했다. 특히 회장 문양목을 비롯한 간부 5명은 혈서를 써서 보냈다.

"이승만 대정각하(大政閣下)」[11]에게 보내는 혈서(血書)-진정서-부디 조국의 독립과 완성을 위해 영수가 되어주시기를 충심으로 바랍니다."

승만은 깜짝 놀랐다.

"대정각하?"

"그렇습니다. 부디 저희를 이끌어주시고 향후 대한조선의 영도자가 되어 주시기를 바랍니다."

이미 혈서를 보낸 대동보국회측에서는 1910년도 초에 로스앤젤레스에 대동신서관(大同新書館)을 설립하여 승만이 옥중에서 저술하였던 '독립정신'을 출판해준 일도 있었다.

"죄송합니다. 나는 우선 교포단체들이 하나가 되는 일이 더 선급하다고 생각합니다. 그런 다음 지도자를 뽑는 것도 늦지 않다고 생각합니다. 그러니 먼저 두 단체의 사심없는 통합을 먼저 처리해 주십시오."

승만은 자신이 늘 품어왔던 교포단체의 통합을 선결조건으로 내세워 당수 추대를 거부했다. 다행히 1910년 2월10일에 두 단체가 대한인국민회(大韓人國民會)로 통합되자, 그는 이 단체에 가입을 신청하여 우선 회원이 된다. 하지만 예상은 했지만 결국은 닥치고 만 한일합방의 소식은 승만을 그만 주저앉게 만들어 버리고 말았다.

"1910년 8월29일, 나는 이날을 결코 잊지 않으리니, 비록 나라는 없어졌으니 국민마저 사라진 것은 아니니, 내 일생 이들을 구원하고 회복하여 반듯한 민국의 국민이 되게 하리라"

---

11) [중앙일보] 〈이승만과 대한민국 탄생〉 7.유학생시절 독립운동.

승만은 3일 동안 식음을 전폐하고 한없이 울었다. 그동안 부모와 헤어져 미국으로 올 때도, 미국에 온 외아들 태산이가 디프테리아로 죽었을 때도 삼켰던 눈물이 아니었든가.

"안되겠습니다. 우선 귀국해야 되겠습니다."

승만은 윌슨에게 귀국할 것을 통보했다. 며칠 전 박사학위를 취득을 축하하는 한 리셉션에서 승만은 윌슨 총장에게 농담까지 했을 만큼 허물이 없는 사이였다.

"박사님, 저에게 등록금을 돌려주셔야겠습니다."

"오! 왜요? 그게 무슨 소리죠?"

"제가 공부를 하고 보니, 국제법이란 사실상 강대국의 논리일 뿐 현실적으로 존재하지도 않는데 그동안 그런 것을 공부하라고 하셨으니 등록금을 돌려줘야 할 것 아닙니까?"

"하하하하……"

좌중엔 폭소가 터졌다. 농담처럼 말했지만, 국제법을 배워 박사가 되었지만 그 배움을 써먹을 나라가 사라진 것이다. 이 어찌 슬프지 않겠는가, 그러나 이제 귀국을 결심하니 한시가 급하게 여겨졌다. 간다고 해서 실제로 그가 할 일은 크게 없다는 것을 자신도 알고 있었다.

그때 갑자기 박용만이 생각났다. 용만은 강원도 철원 출신이었다. 일찍이 일본에 유학해 게이오기주쿠(慶應義塾)에서 수학하다가 학업을 끝내지 못하고 귀국했다. 1904년에 보안회(保安會) 멤버로 활약하던 끝에 한성감옥에 투옥 돼 이승만을 만났다. 의기가 투합했던 둘은 결의형제(結義兄弟)를 맺었다. 승만이 두 살 많은 고로 형이 되었다. 1905년에 출옥한 용만은 승만이 미국으로 간 것을 알고 미국으로 건너갔다. 그곳엔 숙부 박희병(朴羲秉=朴章鉉)이 정착하고 있었다. 그때 용만은 승만의 외아들 태산을 미국까지 데려다 주는 심부름을 했다. 콜로라도 덴버에서 만학으로 고등학교를 졸업하고, 1908년 당시 한국 유학생이 제일 많이 모여 살던 네브래스카 주로 갔다. 그리고 그곳에서 네브래스카 주립대에 입학했다. 이 대학에서 그는 정치학을 전공하는 한편 부전공으로 군사학을 택해 일종의 ROTC 과정도 이수했다. 승만은 그를 수소문해 편지를 보냈다.

"나는 먼저 귀국하네. 자네는 어떻게 하려는지 알려주게. 한국엔 동지가 별로 없네. 같이 한국에서 힘을 모아 못다한 과업을 이루고 싶네."

용만은 승만보다 2년 늦은 1912년 8월에 학부에서 정치학 학사를 취득했다. 재학 중 박용만은 1910년 4월 네브래스카 주 헤이스팅스 시에 있는 헤이스팅스 대 구내의 기숙사(링랜드館)에 한인 소년병학교를 개설하고 여름방학 기간을 이용해 한인학도들 30여 명 정도를 모아 훈련시켰다. 그리고 승만이 가입한 바 있는 「대한인국민회」의 기관지『신한민보(新韓民報)』의 주필로 기용되어 예리한 논봉을 휘둘렀다.

승만만큼 다재다능한 사람이 용만이었다. 사람들은 승만을 한 가지 일에 깊이 몰두하는 고슴도치형이라고 말하곤 했고, 용만은 한꺼번에 두 가지 이상의 일을 해내려는 여우형이라고 말했다. 마음 둘 곳 없을 때마다 용만은 승만에겐 둘도 없는 친구요, 형제였다. 미국은 승만에겐 각종 학문을 갖추게 한 모세의 애굽과 같은 곳이었다. 그곳에서 모든 것을 다 배운 이 박사는 이제 고향으로 돌아가야 했다.

워싱턴에서의 하루를 보내고 호텔로 돌아왔다. 간단하게 샤워를 끝내고 워싱턴과 이승만은 어떤 관계가 있는지를 살펴보기 위해 인터넷을 열었다. 본격적으로 이승만이 외교적 활동을 시작한 시기는 대략 한국에서 일어난 3.1 운동 전후였다. 그런데 이 3.1 운동 이후 등장하는 특이한 명칭하나가 나타나는데 한성정부에 대한 언급이다.

1919년 4월 23일 국내에 있는 독립운동가들이 인천 만국공원(현 자유공원)에서 수립하며 결행한 가두시위의 현수막에 적었던 구호는 '공화국 만세!'였다. 이어서 13도 대표 23명의 이름으로 선포문을 발표하고 이승만을 집정관총재, 이동휘를 국무총리총재로 하는 민주공화 체제 정부를 선언하기에 이른 것이다. 이때 미국에 있던 이승만은 빠르게 이 사실을 전해 듣고 워싱턴 DC에 집정관총재 사무실을 열게 된다.

바야흐로 독립운동의 본격적인 장이 이 시기에 열린 것이다. 그리고 이승만 박사는 곧바로 대외적으로 'President'라는 정식 호칭을 사용하여 국가수립을 알리는 공문을 발송하였다.

우리가 알고 있는 임시정부는 상해임시정부인데, 그보다 며칠 뒤 만들어진 것이었다. 9월 경 상해임시정부와 한성임시정부는 대한국민의회(노령임시정부), 미국의 국민회와 동지회가 통합되어서 통합임시정부로 상해에서 발족되게 된다. 한성임시정부는 한반도 안에 설립되었다는 점에서 정통성이 가장 높은 정부였는데, 며칠 앞서 설립된 상해임시정부도 이를 인정했다.

그 때의 조직표는 다음과 같다.

집정관 총재 : 이승만　　　　국무총리 총재 : 이동휘
외무 총장 : 박용만　　　　　내무 총장 : 이동녕
군무 총장 : 노백린　　　　　재무 총장 : 이시영
법무 총장 : 신규식　　　　　학무 총장 : 김규식
교통 총장 : 문창범　　　　　노동국 총판 : 안창호
참모부 총장 : 류동열

그리고 본격적인 외교를 통한 독립투쟁을 하기 위해 구미위원부(Korean Commission)를 설립한다. 1919년 8월 25일에 일어난 일이었다. 미국 워싱턴에 명실상부한 외교 창구가 생긴 것이다. 그 해 한성임시정부와 상해임시정부가 통합하면서 9월 이승만 박사는 대한민국 임시정부의 대통령으로 정식 선출된다. 그러자 구미위원회도 공식적으로 대한민국 임시 정부의 기관이 되었다. 구미 위원부의 공식 명칭은 '대한민국 특파 구미 주찰 위원부(The Korean Commission to America and Europe for the Republic of Korea)'였다. 구미 위원부는 하와이를 포함한 북미 지역과 멕시코, 쿠바 등지의 교민 사회에도 '지방위원회'를 설치하였다. 또한 서재필(徐載弼)이 이끄는 미국 필라델피아의 '한국 통신부'와 김규식(金奎植)이 주재하는 프랑스의 '파리 위원부'도 구미 위원부 산하로 두면서 영향력을 확장하였다. 구미 위원부는 미주 지역 교민들로부터 독립운동에 필요한 자금을 모집하였으며, 미국에 대한 외교 활동을 수행하였다.

구미 위원부는 1921년 미국에서 열린 워싱턴 회의에 대한민국 임시 정부를 대표하여 외교 활동을 벌였다. 이승만이 대표단의 단장을 맡았으며, 구미 위원부 임시위원장인 서재필이 대표, 구미 위원부 서기와 법률 고문직을 각각 맡았던 정한경(鄭翰景)과 프레드 돌프(Fred A. Dolph)가 대표단의 서기와 고문이었다. 구미 위원부는 한국 문제를 워싱턴 회의의 의제로 만들기 위해 노력하였지만, 대표단의 존재조차 인정받지 못하며 구미 위원부의 외교 활동은 실패로 끝나고 말았다.

워싱턴 회의의 외교 실패는 기존부터 있었던 이승만과 대한민국 임시 정부 사이의 갈등을 격화시켰다. 구미 위원부에 대한 대한민국 임시 정부와 이승만의 대립은 우여곡절을 거듭하다가 독립을 일년 앞둔 1944년에 가서야 김구와 협력하여 대한민국 임시 정부 주미 외무 위원회로 개편하게 된다.

민주는 잠들기 전 밀린 큐티(Quiet Time, 묵상)를 하기 위해 큐티 잡지를 펴들었다. 그때 '가데스바네아와 이스라엘'이라는 제목이 눈에 들어온다.

'가데스(Kadesh)'란 「거룩한」 또는 「성별된」이라는 뜻이며, 팔레스틴에는 '가데스' 또는 '게데스'라는 이름의 도시가 많다. '가데스바네아'는 바란 광야에 있는 한 오아시스이며 이스라엘 백성이 출애굽 할 때 진을 치고 가장 오래 머물러 있었던 곳이다. 이 '가데스바네아'에서 약속의 땅까지는 불과 3일 거리였다. 그렇다면 '하나님께서는 왜 이스라엘 백성을 곧바로 약속하신 땅으로 인도하지 않으시고 '가데스바네아'에 머무르게 하셔야만 했던가?' 하는 것이 주된 내용이었다. 모세는 바란 광야의 '가데스바네아'에서 각 지파에서 한 명씩 12명을 선출해 가나안 땅을 탐지하고 돌아오라고 보내었다. 40일 동안 가나안 땅을 탐지하고 돌아온 12 정탐꾼들의 보고는 엇갈렸다. 가나안 땅은 진정 젖과 꿀이 흐르는 땅이라는 소수의 의견과 그 땅의 원주민들은 장대하고 포악하여 들어가면 멸절을 당할 거라는 다수의 의견. 결국 그들은 다수의 의견을 따름으로 다시 39년의 광야 생활이 계속 되게 된다.

가데스바네아
(Kadesh-Barnea)

"부우웅. 부우우웅."

긴 뱃고동을 울리며 배는 항구에 접어든다. 1910년 한 동양인 사내가 미국인들로 가득한 갑판 사이에 보였다. 꽤나 미남인 그는 정장이 잘 어울리는 모습 때문에 많은 사람들의 주목을 한 눈에 끌기에 충분했다.

이른 아침인데도 부두엔 그를 환영하는 인파가 꽤 많았다. 조지워싱턴 대와 하버드 대를 거쳐 프린스턴 대에서 한인 최초로 정치관계학 박사 학위까지 받은 그의 입도(入島) 소식은 호놀룰루 현지 신문에 크게 보도될 만큼 미국인들 사이에서도 큰 이슈였다.

이제 박사가 된 승만은 정답던 캠퍼스를 떠나야 했다. 그에겐 둥지 역할을 했던 곳. 거의 십여 년을 집이 아닌 기숙사에서 생활해야 했던 그에겐 이제 가야할 집도 없었다. 더 큰 문제는 대한제국은 일제(日帝)에 병탄되어 돌아갈 나라도 없었다는 것이다. 민영환(閔泳煥). 한규설(韓圭卨) 등 그를 아껴주던 조선 정부 위정자들은 자결하거나 거세당했다. 그가 배운 것은 국제관계 관련법인데, 나라가 없으니 어떻게 써먹는단 말인가.

"아버님! 이젠 돌아가야 합니다. 미국에서 체류를 허락 받은 시간은 학위를 딸 때까지입니다. 박사까지 땄으니 이제는 귀국을 허락하여 주십시오."

부친은 대답이 없었다. 결국 귀국을 결정하고 배에 올라 다시 한 달여 간의 항해를 이제 막 마치려고 하는 것이다. 승만이 졸업한 후, 한국에 얼른 돌아오라고 권고한 사람들은 서울에 있던 게일과 언더우드 등 선교사들이었다.

"이 박사! 축하하네. 한 시도 지체하지 말고 고국으로 돌아오시게. 그곳보다는 한국에서 할 일이 더 많지 않겠나. 와서 얼른 같이 일하세."

"귀국해서 황성기독교청년회에서 일하며 조선 청년들을 이 박사와 같은 인재로 만들어주는 것이 가장 보람 있고 중요한 일이 아니겠는가?"

게일 선교사는 승만에게 황성기독교청년회의 중요성과 비전에 대해 여러 번 언급하며 귀국을 종용했다.

"이 박사, 이제 박사가 되었으니 경신(儆新)학교 대학부의 교수로 취임해 주기를 바라오!"

언더우드 선교사의 귀국 종용은 좀 더 구체적이었다. 그 편지들을 받고서는 이 박사는 프린스턴 대에서의 마지막 학기인 1910년 3월말 뉴욕에 있는 YMCA 국제위원회를 찾아가 그곳 책임자들과 자신의 취업 문제를 의논하기도 했고, 대학설립과 운영에 대한 자문도 구하러 다녔다. 이 박사는 언더우드가 설립하려고 하는 대학의 교수직에 대해 큰 관심을 보이며 4월 13일 언더우드 앞으로 편지를 썼다.

"선생님! 거기 있을 때나, 여기 있을 때도 항상 저를 아껴주시고, 물심양면으로 살펴주심 감사드립니다. 저는 하와이에서 초청이 와서 기도하고 있지만 가장 큰 바람은 선생님의 말씀처럼 귀국해 한국 국민을 상대로 기독교 교육사업에 헌신하고 싶습니다."

귀국에 따른 승만의 고민이 없는 것은 아니었다. 교육사업을 통해 반일(反日)운동 혹은 혁명을 선동할 의도로 보고 핍박하지 않을까 하는 염려였다.

"게일 선생님, 제가 YMCA에서 일하게 될 때를 대비하여 뉴욕에 있는 국제 본부에 가서 자문을 받았습니다. 하지만 염려되는 것이 있습니다. 아시리라 믿지만 제가 비타협적이라 시민운동을 표방한 계몽운동을 대대적으로 하면 일본인들과의 마찰은 불가피하지 않을까 생각합니다. 그래서 바라기는 교수직이 있다면 겸하여 일하는 것이 더 좋으리라 여기고 있습니다.

두 선교사로부터의 답장을 기다리고 있었지만 언더우드 박사의 답장이 도착하기 전에 서울 YMCA에서 먼저 취업 초청장이 왔다. 대학설립에 차질을 빚던 차에 답장이 늦은 것이었다.

"이 박사님께, 귀하를 황성기독교청년회의 한국인 총무로 1년 간 고용하기를 원합니다. 월급은 1백50엔으로 하여 모시고자 합니다."

이 박사에게 제시된 월급은 연봉(年俸)으로는 치면 약 9백 달러에 해당되었다. 질렛 총무의 이름으로 작성된 초청장을 받는 순간 승만의 마음이 급해졌다. 귀국을 서두르고 싶었다. 그날은 한일합방이 선언된 지 나흘째 되던 날이었다.

승만은 자기가 받을 봉급에서 1백80달러를 미리 떼어내 귀국에 필요한 선표와 기차표를 구입하고 프린스턴 신학 대학 학사에 있는 짐을 꾸렸다. 이승만의 짐은 대부분이 손때가 묻은 책이었다.

9월 3일, 뉴욕 항에서 영국의 리버풀로 향하는 기선 발틱 호에 몸을 실었다. 세계 각 국을 돌아보기 위해 1주일 간의 항해 끝에 영국에 도착한 그는 런던, 파리, 베를린, 모스크바 등 유럽의 대도시를 잠깐씩 둘러본 다음 시베리아 횡단철도를 타고 유라시아 대륙을 통과했다. 만주 땅을 거쳐 압록강 다리를 넘을 때 그는 일본 경찰의 까다로운 입국검사를 받으면서 비로소 망국민의 설움을 체감했다. 그를 실은 기차는 드디어 10월 10일 오후 8시 서울 남대문 역에 도착했다. 도미(渡美)한지 만 5년 11개월 6일 만이었다.

　뉴욕을 출발한지 1개월 7일 만에 이승만은 꿈에도 잊지 못하던 고향에 도착한 것이다. 미국에서 이룩한 빛나는 형설(螢雪)의 공에 비해 그의 환향(還鄕)은 너무나 쓸쓸했다.

　어느덧 30대 중반, 감옥 안에서 만났던 월남 이상재 선생을 통해 청년 교육 운동의 중요성을 깨닫고 유학을 결심하게 되었다. 그리고 다시 귀국을 고민할 때 월남선생의 서신은 결정적이었다. 또 서울에서 간사로 근무하던 그레그(G. A. Gregg)의 권유가 결정적이었다.

　"제 생각엔 전국에 YMCA 조직을 확대하고 조직화하는 것이 가장 급선무라고 생각합니다."

　"이 총무! 전적으로 나는 동감합니다. 여비를 줄 터이니 전국을 순회하며 각급 학교에 기독청년회를 조직해 주시오."

　"네 그러면 빠른 시간 행장을 챙겨 다녀오도록 하겠습니다."

　그 길로 승만은 1911년 5월부터 전국 순회 여행을 하게 되었다. 그의 순회강연은 거의 초인적이었다. 37일 동안에 호남지방과 13개 구역을 방문했다. 그리고 33회의 학생집회에서 7,535명의 학생들과 만났다. 승만은 약 3,000km를 여행했다. 그 결과 그는 광주 숭일학교, 전주 신흥학교, 군산 영명학교 등에 학생 YMCA를 조직하였다.

"총재님 이제 학생 하령회를 개최해도 될 것 같습니다."

"오~ 이 총무 감사하오. 학생 하령회가 2번째로 명맥을 유지할 것 같소."

"모두 다 주님의 은혜입니다."

그렇게 하여 제 2회 학생 하령회를 성황리에 마치게 됐다.

"감사하게도 외국의 YMCA와 국제적인 유대를 가진 서울 YMCA는 국제적 기구의 국내지부라는 성격으로 인해 일제 총독부도 함부로 할 수 없는 치외법권적 위치를 누리고 있습니다."

"그렇습니다. 덕분에 해방구가 되어 독립운동의 산실 역할을 하게된 것입니다."

당시 종로에 있는 YMCA 건물 안에서는 100만명 구령 전도 집회가 열리고 있었다.

"선생님 오늘 모인 숫자가 얼마인지 아십니까?"

"글쎄요, 강단에서 보니 족히 수백 명은 되어 보이던데."

"후후 놀라지 마세요. 자그만 치 오백하고도 칠십 명이 모였다는 것 아닙니까."

"정말입니까. 장안에 그렇게 많은 열정적인 기독청년들이 있다는 이야기입니까?"

"그렇습니다. 아마 기독교인 숫자로만 본다면 그보다 열배는 더 서울에 있을 겁니다."

"할렐루야! 아버지 하나님 감사합니다."

승만이 귀국한 직후 드렸던 첫 주일(10월 16일) 예배에 무려 5백70명이 운집한 것이다. 그리고 결신자를 모집하여 성경연구반을 조직하게 되는 데, 1백 43명이 등록을 했다.

"선생님 인산인해입니다."

"그렇게 많이 왔소?"

"네, 바깥에 한 번 나가 보십시오. 족히 이백여 명은 될 것입니다."

"오~ 할렐루야! 주님 영광 받으소서."

승만이 인도하는 성경연구반에 강의 때 마다 평균 1백89명이 참여하는 이변이 일어났다. 성경인도 뿐만 아니라 Y학교에서는 '만국공법'을 가르쳤다. 이때 승만의 열강을 들었던 학생 중에는 훗날 외무부 장관이 된 임병직(林炳稷), 공화당 의장 정구영(鄭求瑛), 과도정부 수반 허정(許政), 한미협회 회장 이원순(李元淳) 등이 있다.

질레트 선교사와 함께 서울 YMCA를 이끈 선교사는 브로크만 선교사였다. 그는 조국을 잃고 실의에 빠진 한국의 청년들에게 YMCA를 통해 새로운 비전을 제시해 주는 귀한 소명을 가지고 한국에 왔었다.

1905년 내한하여 승만이 올 때까지 청소년들의 직업 교육, 농촌 운동에 헌신했다. 한 마디로 YMCA의 기틀을 다지는데 청춘을 바친 것이다. 하령회(夏令會)라는 이름의 수양회도 브로크만 선교사가 붙인 이름이다. 1911년 봄부터 승만과 함께 시작한 전국 YMCA조직화 운동은 후일 수많은 기독교 인재들을 키우는 일에 크나큰 일을 담당한다. 1911년 1월, 9월에 걸쳐 일제가 독립운동가들을 체포한 사건인 '105인 사건'으로 인해 윤치호, 이승만 등 한국인 동역자가 투옥 또는 망명하게 되고, 질레트 선교사마저 국외로 추방되어 YMCA가 위기에 처하며 승만 마저 미국으로 망명길에 올랐을 때, 브로크만 선교사는 이상재를 도와 만신창이가 된 YMCA를 재건하고 오히려 전국적인 규모의 민간단체로 성장하도록 이끌었다. 당시로서는 가장 큰 국제기구였던 YMCA는 한국 독립의 메카로 명실상부 자리매김하였다.

그 때는 승만이 박사가 되어 그립던 조국의 품안에 안긴지 1년 반도 채 안된 1912년 봄이었다. 그는 자의반 타의반으로 망명의 길에 오른다. 105인 사건이 사그라지지 않고 그것을 날조하여 전국적으로 기독교 지도자들을 체포하는 계기로 이용하였기 때문이다. 결국 세계적인 단체이며 조직인 서울YMCA를 불온단체로로 규정하고 핍박, 폐쇄할 위기에 이르렀기 때문이었다.

105인 사건이란 한국을 강제합병한 일제가 안창호 선생의 비밀결사회인 신민회(新民會)를 뿌리 뽑기로 작정하면서부터 시작되었다. 순차적으로 평북 선천지역의 개신교 교회와 서울YMCA의 조직을 파괴함으로써 외국과 연계된 한국 개신교세력을 탄압하려고 한 것이다. 한 마디로 거세할 목적으로 날조하여 승만에게까지 족쇄를 조여 온 것이다.

병탄 후 한국인의 모든 정치 사회, 단체를 강제로 폐쇄하는데 성공한 총독부였지만 YMCA 만은 그 국제적 유대 때문에 함부로 건드리지 못하고 있던 터에 윤치호, 이승만 등 명망 있는 인사들의 영향으로 학생들 간에 Y운동이 요원의 불길처럼 번져 나가고 있다고 판단한 총독부는 서둘러 비상대책을 강구하게 되었다.

105인 사건은 총독부 경찰이 1911년 11월 11일 평북 선천의 신성(信聖) 학교 학생 20명과 선생 7명을 검거, 서울로 압송함으로써 시작되었다.

그 후 데라우치 총독 암살 미수라는 어마어마한 날조 죄목으로 검거된 사람은 6백명이었고 그중 1백23명이 고문 받은 다음 기소되었다. 1912년 6월 28일 열린 첫 공판에서 그중 105인이 실형을 선고받았다.

"윤치호 선생님 다음은 이승만 선생님 차례입니다. 얼른 몸을 좀 피하시는 게 어떠실 런지요?"

승만은 다음 차례가 자기라고 예감하고 운명의 손이 그의 방문을 두드리는 날을 초조하게 기다리고 있었다. 이미 십 여년전 한성감옥 생활을 해 본 그로서는 감옥에서의 삶이 얼마나 구차하고 고달픈지 몸으로 겪어 알고 있었다.

"하나님께서 피할 길을 주시겠지."

하지만 며칠이 안되어 순사들이 들이닥쳤다.

"조사할 것이 있다. 이승만을 내 놓으라."

"무슨 이유요? 영장도 없이."

"참고인으로 잠시 조사할 것이 있다. 얼른 내 놓으라."

"당신들의 행위는 국제법을 위반하는 것이요. 우리는 국제기구의 한국 지부요. 그런데 미국에서 온 사람을 내놓으라니 말이 됩니까?"

질렛 총무와 한국을 방문한 YMCA 국제위원회의 모트 총무가 적극적으로 나서 그날은 체포를 면할 수 있었다.

"만약 이 박사를 당신들이 체포하여 구금하면 우리는 외교적으로 이 문제를 정식 항의할 것이요, 그러면 당신들은 국제적으로 망신을 당하고 그뿐 아니라 외교적으로 상당한 말썽이 빚어질 것이요."

이렇게 경고하자 순순히 물러났다. 때마침 1912년은 제 4년 감리교 총회가 미국 미니애폴리스에서 열리는 해였다. 승만을 구제하기 위해 서울에서는 3월 9일 감리교회 각 지방 평신도 제 14기 회의가 소집되었다. 이 회의에서 승만은 우리나라 감리교 평신도 대표로 선출됐다.

"참 되었소. 이제 한국 평신도 대표로 미국에 잠시 다녀오시오."

"네 감사합니다."

"그런데 문제가 있습니다. 여권이 있어야 하는데......"

승만은 미국에서 무국적자로 있었기 때문에 영주권이나 시민권이 없었다.

"그러면 미국 교적(敎籍)을 바꿉시다."

"어떻게 하면 되죠?"

"이경직 목사님한테 부탁하여 서울 종로에 있는 중앙감리교회로 교적을 옮깁시다."

그리하여 승만은 교적을 미국 매사추세츠주 케임브리지시에 있는 엡워스 감리교회로부터 자기 교회로 옮겼다. 이러한 법적 조치가 마무리된 다음 일본에 있는 감리교 동북아 책임자 해리스 감독이 일본 정부에 부탁해 이승만의 여권문제를 해결해 주었다. 그리하여 감리교 대회 참석을 핑계로 잠시 한국을 떠날 수 있게 된 것이다.

"아버님, 잠시 또 미국을 다녀오게 되었습니다."

"그래! 나라를 위해 일하는 것이 장부의 길이고, 또한 왕족으로 의당해야 할 일이다."

"아프신 것을 보고 떠나니 참으로 마음이 미어집니다."

"생로병사가 다 하늘의 이치 아니겠느냐. 몸성히 다녀오느라"

승만은 마당에서 큰절을 올리고 집을 나섰다, 그날은 1912년 3월 26일로 그의 나이 만 37세가 되던 날이었다. 부친은 이미 오래 전 중풍으로 몸져 누워있었고 이제 75세의 고령으로 몸도 가누기가 힘들었다. 살아 있을 때 볼 수 없다는 것을 아는 양친은 차마 외아들을 끝까지 보지 못하고 고개를 숙이고 손만 흔들었다.

창신동 언덕배기를 내려가며 승만은 그 옛날 감옥서에서 지었던 한시(漢詩) 한 구절이 떠올리며 눈물로 읊조린다.

"예부터 그지없다. 지사(志士)의 한은 충효를 간직하긴 어려워서라"(從來 志士無窮恨 忠孝元難兩得全).

비록 광야라 하여도

　승만이 탄 배는 다시 제물포항을 떠난다. 최종 목적지는 미국 미니애
폴리스. 하지만 도중에 들려야 할 곳이 두 곳 있었다. 그 중 한 곳인 일본
에서 열흘을 묵었다.

　"선생님, 큰 일 났습니다."

　"아니 무슨 일입니까?"

　"소요사태의 주모자로 윤치호 선생님을 검거하여 구금하였다고 합니
다."

　"네! 뭐라고요?"

　윤치호 선생은 2회 학생하령회의 대회장이었다. 그리고 남강 이승훈
선생도 검거되었다. 그분은 오산 중학교 학생 Y의 창설자이셨다. 강사였

던 양전백 목사도 검거되었다는 소식이 이어서 왔다. 서울 YMCA에서는 비상이 걸렸다. 그렇지 않아도 일경의 눈에 가시였던 YMCA 학생운동은 105인 사건을 계기로 조직적인 탄압을 받게 된 것이다. 역사적으로 보면 한국 역사상 최초의 조직적인 학생운동이었다. 문제는 이 운동이 국제적인 조직의 지도 하에서 전개되었기에 일본으로서는 국내의 기독교 세력을 박멸하고자 계획했던 일이었다.

"총무님 큰 일 났습니다."

간사 한명이 황급히 서무실을 들어서며 승만에게 숨넘어가는 소리를 한다.

"총독부가 우리를 데라우찌 총독 암살배후로 주목하고 수사하고 있다고 합니다."

"네! 그게 무슨 말인가요?"

"이번 하령회를 데라우찌 총독 암살을 위한 집회라고 생각하고 선천 신성학교 학생들과 서울경신학교 학생들을 연행하여 조사하고 있다고 합니다."

"저런 죽일 놈들이 있나!"

"선생님 얼른 피하셔야겠습니다."

"네, 화살이 총무님을 겨냥하고 있는 듯합니다. 잠시 피하시는 데 좋겠습니다."

"하는 수 없군. 그럼 내 잠시 일본 YMCA를 방문하고 오지요."

"네! 그게 좋겠습니다."

승만은 검거소동을 피해 야밤에 일본으로 탈출해 갔다. 하지만 일본에 가서도 독립에 대한 열정을 멈추지 않았다.

"반갑습니다. 이 박사!"

"오! 오랜만이요, 김 총무."

재일 한국 YMCA 총무는 김정식. 그는 독립협회 사건으로 감옥에 있을 때 승만과 함께했던 동지였다.

"자, 우선 우리 유학생들을 소개하지요."

김정식 총무는 재일 YMCA 회원들과 유학생들을 소개해주었다.

"박사님, 미국서 큰일을 이루셨다는 소식은 들어서 잘 알고 있습니다. 저희들에게도 독립의 방도와 실천계획을 좀 알려주십시오."

"어허! 무얼 그리들 급하시오. 우선 자리들 앉아 요기라도 합시다. 이 박사님은 일경들의 눈을 피해 도주해 오시느라 많이 피곤하십니다."

"아니요. 괜찮습니다. 혈기왕성한 우리 학우들을 보니 마음이 든든합니다. 우선 여기서도 학생 대회를 열어보면 어떻겠소?"

"좋습니다."

"저희들이 인원을 모아 보겠습니다."

1912년 4월 첫 주간에 일본 재일(在日) 한국 YMCA 총무로 임명된 옥중동지 김정식(金貞植)을 도와 도쿄 한국 YMCA의 기초를 다지는 작업을 벌였다. 그는 3월말 가마쿠라(鎌倉)에 소집된 한인학생대회에서 의장역을 맡아 1주일 간 대회를 인도한 끝에 26명의 창립회원으로 「학생복음회」를 발족시킬 수 있었다. 승만은 그날 열변을 토했다.

"여러분! 순수한 학생들의 신앙훈련과 자기 수양회를 정치적인 목적이라고 몰아붙이고, 심지어는 데라우찌 총독의 암살을 획책했다고 누명을 씌워 탄압하고 폭력을 행사했습니다. 우리는 이것을 국제사회에 알려 일본의 야만성을 온 세상에 공개해야 할 것입니다."

승만은 신랄하게 105인 사건의 진상과 일제의 탄압상을 폭로했다.

"옳소!"

"이 박사님 지지합니다. 우리가 무엇을 해야 할 지 구체적인 방법도 좀 알려 주십시오."

"우선은 여러 학생 제군들의 개인적 역량을 키우는 것이 중요합니다. 그리고 주변의 한인들을 깨우고 계몽하는 것이 선결 과제입니다. 우리는 너무 무지하여 당하기만 하는 것입니다."

"알겠습니다. 우선 우리는 YMCA부터 열심히 다니겠습니다."

"네! 저희들도 그렇게 하겠습니다."

아직 쌀쌀한 초봄의 날씨임에도 불구하고 회관 밖까지 가득 찬 유학생들은 그날 큰 결심들을 하게 된다. Y의 회원이 되겠다는 사람부터 스스로 기독교 신자가 되겠다고 하는 사람들까지 나타났다.

그 다음날 승만은 도쿄 한국 YMCA 회관에 마련된 특별집회에 연사로 나서 회관 신축기금 모금을 위한 연설을 한다.

"여러분! 무엇보다 우리는 우리들 자신의 고유한 영역을 확보해야합니다. 한마디로 말하자면 민족 자산이죠. 무엇보다 저는 이곳 일본 도쿄에 우리 손으로 지은 우리들의 회관이 필요하다고 생각합니다."

열변을 토하는 승만 앞에 2백 18명의 유학생들은 그 자리에서 건축기금 1천3백62엔을 내놓았다. 총액에 비하면 턱없이 부족한 금액이지만 그것은 충분한 씨앗이 되었다.

"감사합니다. 모두 다 이 박사의 도움 덕분입니다. 나머지는 저희들이 어떻게 하든지 마련해 경비를 만들어 건축을 완성하겠습니다."

"네, 분명히 우리 주님이 함께 하실 것입니다. 저도 미국에 가서 호소하여 나머지 기금을 만드는 일에 힘을 보태어 보겠습니다."

"정말 감사합니다. 무사히 다녀오십시오."

승만은 4월 10일 감리교 동북아 총책임자인 해리스 감독과 함께 일본을 떠났다. 이날 서울의 일본 감리교회 목사가 요코하마(橫濱) 부두까지 마중 나왔다.

"이 총무, 부탁이 있소."

"네 말씀하십시오."

"어렵게 만든 길이니 6개월 이내에 귀국해 주시오. 그리고 미국에 머무르는 동안 일정(日政)의 비위를 건드리는 언사는 당분간 자제해 주셔야 할 것 같소."

"네 명심하겠습니다."

"우선은 일본의 한국통치를 인정하시고, 힘을 기르도록 기도합시다."

동행인 해리스 감독은 완곡하지만 단호하게 적응할 것을 부탁을 했다.

한 달 여만의 항해 끝에 승만이 탄 배가 도착한 곳은 미니애폴리스였다. 그날은 그들이 참여하려고 한 '국제 감리교대회'가 열리기 하루 전이었다. 한 달간 열린 이 대회는 세계 감리교 감독을 선출하고 선교정책을 결의하는 것이었다.

"내가 오길 잘했구먼."

"왜, 무슨 일이 있소, 이 박사?"

"일부 대표들이 말입니다. 한국 감리교회의 독립성을 약화시키려고 우리 한국 감리교회를 중국 감리교협의회에 통합시키려는 음모가 있어요."

"그게 사실인가 우남?"

"사실이네."

"이를 어떻게 저지하지?"

"우선 우리의 자주독립이 세계평화에 필수적이며 이를 위해 세계 모든 기독교도가 단결해 주어야 하는데, 내가 이 주제를 가지고 연설을 해야겠어."

생명을 건 노력에도 불구하고 결국 한국과 일본에서의 선교 사업을 일본의 협조아래 추진한다는 기왕의 정책을 재확인하면서 끝맺었다.

"가장 우려한 결과가 나왔어. 용서할 수 없어!"

하지만 그렇게 분노해도 승만은 대회기간 중 자신이 표출한 반일적(反日的) 언동이 자기의 귀국 가능성을 위태롭게 했을 수 있을 것이란 것을 예감했다.

'다시 윌슨 박사를 만나는 길밖엔 없겠군,'

당시 윌슨은 뉴저지주 지사였고 민주당 대통령 후보로 출마하고 있는 상황이었다. 6월 25일로 예정된 민주당 전당대회를 위해 정신없이 뛰고 있을 때였다. 지명획득을 위해 불철주야 강행군 중이었다.

"제시 오랜 만이요. 결혼은 행복하지요?"

"오~ 네 승만, 정말 오랜만이에요. 모국에 다녀오셨다고요?"

"그렇소. 송구하지만 제시 다시 한 번 나를 도와주셔야 되겠소."

"네! 무슨 일이신지."

윌슨과의 면담을 성사시키기 위해 승만은 제시를 다시 찾아 그녀에게 윌슨과의 면담을 부탁했다.

"알겠어요. 정말 당신은 못 말리는 애국자예요."

"고맙소, 칭찬으로 듣겠소."

제시양의 헌신적인 도움으로 승만은 6월 19일 주지사 별장으로 찾아가 그와 그의 가족을 만날 수 있었다.

"총장님, 다시 인사드립니다."

"오~ 이 박사 반갑소. 그래 고국엔 잘 다녀오셨소?"

"네, 그리고 여기."

승만은 넉 달 전 프린스턴 대 출판부를 통해 간행된 자신의 박사학위 논문을 증정했다.

"오! 드디어 책으로 나왔군요. 고생하셨소."

승만은 인사가 끝나자 용건을 말했다.

"바쁘실 것 같아 간단하게 부탁드리겠습니다."

"그래요, 무엇인지 말씀해 보시오."

"앞으로 미국은 전 세계에 전무후무한 강대국이 될 것입니다. 하지만 동양에서 벌어지고 있는 일련의 정치외교적 사태는 향후 미국의 국제관계에 걸림돌이 될 것입니다. 지금 일본은 한국을 병탄한 것도 모자라 문명국가라면 저지를 수 없는 만행을 행하고 있습니다. 지금 당장 일제로 하여금 한국 기독교인들에 대한 박해를 즉각 중지하고, 폭넓은 종교적 자유를 허용할 것을 요구하는 내용의 성명서에 총장님께서 민주당 대통령의 명의로 동의와 서명을 좀 해주십시오."

"교회와 성도들을 박해한다고요?"

승만은 그 자리에서 간단하게 데라우찌 암살 사건과 105인 사건을 통한 일제의 무자비한 탄압과 투옥에 대해 말하고 도움을 요청했다.

"이 박사, 정말 저는 그 말에 공감하오. 물론 개인적으로는 돕고 싶소, 하지만 미국의 정치를 잘 알지 않소. 우리도 아직은 신생국이고, 국내문제도 처리해야 할 일이 한두 가지가 아니요. 내 생각엔 지금은 그렇게 하는 것이 시기상조라고 생각하오."

일언지하에 거절당했다. 그러나 이승만은 쉽사리 물러서지 않았다. 그날은 쉽게 물러났지만 두번이나 더 시거트 별장을 찾아갔다. 하지만 그의 노력에도 불구하고 동의는 얻어내지 못하고 말았다.

"승만! 너무 실망하지 말아요. 또 기회가 있을 거예요."

"고맙소, 언제나 도움만 주고 나는......."

승만은 말끝을 흐렸다. 한 때 자신에게 품었을 연정을 생각한다면 더 이상 상처를 주지 않아야 함에도 불구하고, 승만은 너무나도 자신이 목적지향적인 한 면만 자꾸 보여주어 부끄럽기 짝이 없었다.

"제시! 정말 부끄럽소. 한국 교회가 처한 상황이 너무 어려워 당신의 마음은 헤아리지 못한 체, 고생하는 기독교인들을 구원할 일에만 정신이 팔려 가지고...."

"승만 괜찮아요. 저는 당신의 그런 면이 너무 마음에 들었어요. 힘내세요, 저도 기도할게요."

그길로 승만은 박용만을 만나기 위해 네브래스카 주 헤이스팅스로 갔다. 그날이 8월 14일이었다. 승만이 헤이스팅스 역에 도착하자 놀라운 광경이 펼쳐졌다.

"전원 차렷!"

"착착"

"대정각하에게 경례!"

"척"

일사분란한 소리와 함께 소년학도 서른 여명이 거수경례를 했다. 어리둥절했지만 승만도 머리를 숙여 답례를 했다.

박용만은 자기가 조직하여 훈련한 소년병학교 학도 34명을 데리고 나와 그를 군대의장식으로 맞이해 준 것이다.

"잘 왔습니다. 형님!"

"고맙소, 참으로 훌륭하오."

"별 말씀을요. 장차 우리나라를 되찾을 간성들입니다."

"정말 감사하오, 반드시 찾아야지. 그때 이 친구들이 큰 몫을 해낼거야,

암. 앞으로 이 조직을 더 확대해서 미래의 든든한 인재들로 키워야 돼."

"지난번 첫 졸업식에 치하해 주셔서 감사합니다."

"그래서 말인데, 앞으로는 우리 하와이로 가서 이러한 힘을 더 모아 조직을 확대해야 될 거 같네."

"네! 충분히 동의합니다. 형님!"

두 사람은 장차 하와이로 건너가 그곳을 한국 독립운동의 근거지로 삼기로 묵시적으로 합의를 했다. 그리하여 박용만은 1912년 12월 초, 그리고 이승만은 석 달 후인 1913년 2월 초 하와이에서 다시 만나게 된다.

"형님 어서 오십시오. 기다리고 있었습니다."

"잘 지냈나, 보고 싶었네."

"하하하, 저도요."

이미 하와이에서 박용만은 굵직굵직한 일들을 해나가고 있었다. 단지 승만보다 3달 먼저 도착했을 뿐인데, 하와이 국민회의 기관지인 '신한국보(新韓國報)'의 주필을 맡으면서 '대조선독립군단'을 창건하여 운영하기 시작하고 있었던 것이다.

"대단허이, 자네의 조직력과 추진력은."

"과찬이십니다. 형님이야 말로 전설적이죠. 5년 만에 모든 학위를 다 땄으니 말입니다."

"이 사람아, 그게 어디 내 실력으로 된 것인가. 다들 나를 불쌍히 여겨 도와준 덕분이지."

"저도 마찬가지입니다. 제가 하고 싶다고 되겠습니까. 도와주시는 분들이 있으니 여기까지 이른 것이지요."

"참으로 우린 불쌍한 사내들이구먼. 혼자서는 아무 것도 할 수 없으니 말이요."

"모든 인생은 다 빚지며 사는 것이죠. 위로는 하나님께 그리고 부모님의 사랑에, 그리고 동포들의 사랑에."

"그래, 자네 말이 지당하네!"

박용만은 1913년 6월 11일 호눌룰루 동북방향의 큰 산 너머에 있는 쿨라우 지방 아후이마누의는 파인애플 농장을 빌려 '대조선국민군단'을 창설한다. 해외에 본격적으로 조직된 무장 독립군이었다. 이윽고 두 달 뒤에는 이 군단 부속으로 병학교 막사와 군문을 준공해 본격적으로 운용하기 시작했다.

"병학교의 생도들은 누구인가?"

"거의가 하와이로 이민 오기 전 대한제국 군대에서 장교 혹은 사병으로 복무했던 '광무군인'들입니다."

"숫자도 적지 않아 보이던데?"

"오늘자로 생도 수는 1백24명입니다. 앞으로 지원자는 더 늘어날 예정입니다."

"운영비가 만만찮을 텐데?"

"이순신 장군이 보여주신 지혜가 있지 않습니까?"

"둔전(屯田) 말인가?"

"네, 형님!"

그들 대부분은 파인애플 농장의 노동자로 일했다. 뜨거운 낮의 햇볕아래에서 10시간정도 일했다. 그리고 남는 시간을 활용해 훈련을 받는 것이었다.

"형님, 이왕 말이 나왔으니, 낙성식 날 연설 겸 예배를 인도해 주십시오."

"언제 예정인가?"

"8월 29일입니다."

"그래! 나라를 빼앗긴지 4년 만에, 나라를 되찾을 군대를 갖게 되었군. 감개무량이네."

그날 승만은 막사 완공과 더불어 군문의 낙성식에 참석했다.

"오늘 제가 어려운 조국의 형편을 말씀드리진 않겠습니다. 출애굽기의 역사는 해방의 역사입니다. 그들이 해방을 할 때 이스라엘의 하나님 여호와는 먼저 모세와 일군들을 준비시키셨습니다. 아무리 큰일이라 해도 오늘 할 일은 자명합니다. 그것은 우리 자신을 준비하는 것입니다. 그런데 준비 중의 가장 큰 준비는 무엇일까요? 그것은 신앙의 준비입니다. 제 인생을 돌아보았을 때......"

승만은 그날 믿음이라는 주제로 전도강연을 했다. 이는 생도들에겐 믿음을 동생 용만에겐 더 큰 준비를 하도록 일러주는 말이었다. 승만은 하와이에서 지내는 동안 일단 귀국을 포기하고 하와이를 망명지로 선택, 장기적인 계획을 가지고 독립투쟁을 할 것을 마음먹게 된다.

하와이 팔도(八道)

샌프란시스코에서 승만은 1913년 2월 3일에 하와이로 왔었다. 이미 석 달 전 도착한 용만의 화려한 선전 덕에 부두에서부터 환영인파가 넘쳤다. 이제부터 태평양의 한가운데 절해고도에서 어느 누구의 도움도 없이 독립투쟁을 해야한다고 생각하니 마음이 천근만근이었다. 하와이는 8개의 섬으로 이루어져 있다. 하와이, 마우이, 오아후, 가와이 등 여덟 개의 유인도인데, 1898년 미국에 병합되었다. 사탕수수 재배로 유명한 이 지역에는 1850년대 이래 많은 아시아계 이주민들이 이미 살고 있던 원주민과 더불어 농장 일에 투입되어 있었는데, 1902년 말부터 한국인들도 이민을 오기 시작했다. 1913년 승만이 도착했을 무렵엔 이미 약 6천명의 한국인이 섬 여기저기에 살고 있었다. 당시 미국 전체의 한인동포 수는 9천여 명인데 3분의 2가 하와이에 거주한 것이다.

호놀룰루에 도착한 이승만은 오아후 섬 푸나이 지역에 교포들이 마련해준 조그마한 집에 입주했다.

"우선 우리 동포들의 삶이 어떤지 궁금하오."

"그러면 일단 한번 섬 순례를 해 보시지요."

"오! 그거 좋은 생각이요. 답사를 좀 도와주시겠소?"

"네! 저희들이 안내하지요. 여기 안현경 자매가 지리와 언어에 밝으니 도와 드리는데 부족함이 없을 것입니다."

"안현경!"

"접니다."

"감사하오."

승만은 현경의 안내로 8개의 섬을 차례차례 순례했다. 생각보다 동포들의 생활은 열악했다. 그들을 도울 방법은 신앙과 함께 용기를 불어넣는 일임을 깨달았다. 아무리 환경이 어려워도 믿음과 용기를 불어넣기 위해선 소식지가 필요하다고 생각을 했다.

"내 생각엔 동포들의 소식과 독립운동 소식을 묶어 영문 잡지를 발행할까 하는데 여러분들의 의견은 어떻소?"

"한인들은 영어에 익숙하지 못합니다. 여기서 자라는 아이들은 영어가 가능한데, 아무래도 호응이 별로일 듯합니다. 호응이 약하면 자금조달도 힘들지 않을까 합니다."

"그러면 어떻게 하는게 좋겠소?"

"우선 한인들의 호응을 이끌어 내도록 한글 잡지부터 시작하시죠. 그래서 안정이 되면 그 다음 영문 잡지를 추가로 발행하는 방법으로 해야 할 듯 합니다."

"네, 저도 그렇게 생각합니다."

결국 진통 끝에 한글 전용 잡지인 "태평양지"가 발간이 되었다. 그 다음 당면한 과제는 자녀들의 교육이었다. 사실 승만은 교육을 가장 중시했다. 국제사회를 상대로 독립을 위한 외교적 노력만큼이나 교육을 중요시 여겼다.

"사랑하는 동포 여러분, 우리는 일본인과 중국인에 비해 수가 훨씬 적습니다. 만약 우리가 자녀들의 교육을 위한 어떤 노력도 기울이지 않는다면, 민족적 정체성 상실은 물론이거니와, 개개인의 능력도 다 발휘할 수 없게 됩니다."

승만이 교회 예배 때나 강연 때마다 교육의 중요성을 강조하자, 지역 유지들이 반응을 보였다.

"저희들도 알고는 있습니다. 근데 문제는 방법을 찾을 수 없습니다. 박사님!"

"결국은 아시다시피 우리 한인사회는 한인의, 한인에 의한, 한인을 위한 교육을 하는 것이 맞지 않겠습니까? 방법은 학교를 설립하는 것이고요."

"알겠습니다. 저희가 자금 갹출 방법을 강구해 보겠습니다."

결국 뜻이 있는 곳에 길이 있다고 하듯 헌신적 노력의 결과 어느 이주민족도 해내지 못한 학교 설립의 첫삽을 뜨게 되었다.

"오늘 이 학교의 시작은 우리 민족의 새로운 역사의 시작을 알리는 종이 될 것입니다. 저 역시 배재학교에서 선교사들로부터 영어와 신식교육을 배웠습니다. 그로 말미암아 세계를 보는 눈이 열렸습니다. 그뿐 아니라 실용적인 서구의 체계도 익혔습니다. 거기엔 기독교가 큰 역할을 했다는 것을 우리는 압니다. 이제부터 앞선 서구의 지식과 문물을 잘 가르치며 아울러 민족주의적 교육에 힘을 쏟아 우리가 나아갈 방향을 잘 정하되 민족적 정체성을 더욱 곤고히 하는 일에 매진하여야 할 것입니다"

학교가 설립되자 다음으로 그가 시도한 일은 한국동포의 기독교화를 목표로 선교 사업을 펼치는 것이었다. 그는 '한인기숙학교'의 교장 직을 맡을 때 호놀룰루 한인 감리교회의 교육 책임자 역도 맡았다. 동시에 그는 오아후 섬의 펄 시티를 중심으로 교회 부흥운동의 기치를 들었다. 그의 헌신적인 전도 노력으로 말미암아 교세는 나날이 증가되어 갔다. 마치 한성감옥에서 일어났던 전도와 부흥이 다시 일어나는 느낌을 받을 정도였다. 하지만 그런 밀월의 시간은 다시 한 번 시련의 시간을 맞이하게 된다. 표면적 이유는 재정문제였지만, 내면적인 문제는 독립의 투쟁방법에 대한 이견 때문이었다.

승만은 과거 미국에서도 혈기에도 불구하고, 영향력이 거의 없을 무력투쟁보다는 전략적 외교적 그리고 정치적 투쟁을 고수했다. 냉혹한 국제사회의 현실 속에서 무력으로만 국가의 운명이 결정되지 않는다는 것을 일찍이 깨달았기에 무장투쟁 노선을 고집하는 용만과 사이가 벌어져갔기 때문이다.

"형님! 형님도 독립군 양성과 훈련 그리고 무력 투쟁을 지지하지 않으셨습니까? 그런데 이제 와서 무력투쟁을 자제하라고 하라고 하시면, 지금까지 우리가 쌓아온 이 노력은 다 수포로 돌아가야 한단 말입니까?"

"물론 무력 투쟁도 필요하지. 하지만 지금은 그 때가 아니란 거지."

"형님, 사람들이 뭐라고 수군대는지 아세요? 형님의 외교 정치적 노선은 결국 다시 외세에 의존하자는 사대주의래요."

"사대가 아니라 용미하자는 것이지. 미국은 지금 세계에서 가장 빠른 속도로 성장하고 있는 나라야. 두고 보게 머잖은 장래에 세계의 패권을 쥘 테니. 우리가 아무리 미국을 끌어들인다고 해도, 미국이 우리를 집어 삼켜 속국을 삼거나 식민지로 만들지는 못해. 분쟁은 언제나 가까운 나라들끼리 생기는 법이지."

"형님! 언제부터 친미적이고 친일적이 되었나요?"

"나는 결코 친일이나 친미가 아니네. 이제 우리는 대륙지향적인 외교 관계에서 벗어나 해양중심의 외교라인을 만들어 세계와 통교하고 통상하자는 것이지. 그것이 피차 이익이 될테니 말이야."

"형님, 저는 형님의 그 우유부단한 마음을 이해할 수 없습니다."

"외국인이 우리에게 오는 것은 본래 나를 해하려는 주의가 없고 피차에 다 이롭기를 경영함이 아니겠나. 자네도 지난 우리 역사를 한 번 생각해보게. 외국인을 원수같이 여기고 제일 위태한 것으로 간주하여 천주교를 몰아내려다 병인양요를 당했고, 갑신·임오에도 일본인을 몰아내려다 화를 당했지 않았나."

"그래도 우리의 독립을 무조건 미국과 해양세력이라고 하는 서구 열강들에게만 맡기는 것에는 반대요."

"제국주의라는 사상으로 열강이 침략해온다 하더라도 외세를 몰아내지 못할 바에야 아무리 원통하더라도 고개를 숙이고 참으며 피하면서 우리의 힘을 키운다면, 때가 되어 반드시 우리의 국권을 회복하고 그들과 어깨를 나란히 할 날이 올 걸세."

"형님! 저는 오늘 죽더라도 저항하다 죽겠습니다."

"여보게 용만, 조금만 더 심사숙고 하게. 우리가 아직 독립할 준비를 못 갖추지 않았나. 내부에서도 어떤 무력도 준비되지 못했어. 이제 막 제국주의로 성장하는 일본과 전면적인 전쟁을 통해 승리할 물리력과 실력이 우리에겐 없네. 이것은 누구보다 군사학을 공부한 자네가 더 잘 알지 않나?"

"그러면 어떻게 하라는 말입니까?"

"자네의 우국충정은 내 모르는 바 아니나 무력으로 그들을 물리칠 힘을 갖추지 못했기 때문에 전면전쟁이 불가능해. 그러니 실력을 갖출 때까지 먼 미래를 보며 장기적인 준비를 하자는 것이지."

이미 승만은 지난날 미국에서 암살을 시도한 장인환과 전명운의 변호를 위한 통역 거부에서부터 누차 밝힌 입장이다. 결국 장기적인 역량강화와 외교적 정치적 독립노선이 옥중에서 결의한 형제인 용만과의 갈등으로 나타나게 되었다.

한일합방이란 치욕적인 상황에 이르러 국내에서는 의병운동이 일어나고 북간도를 비롯한 중국 일대에서는 무장 투쟁을 위한 준비들이 일면서 하와이에서도 용만과 같은 과거 무신 출신들이 군사조직을 만들기도 했다. 하지만 승만은 이러한 일련의 무장 움직임에 대해 전적으로 동의할 수 없었다. 무력투쟁불가론까지는 아니어도, 승만은 조선의 힘으로는 독립이 결코 어렵다는 것을 공부하면서, 또 워싱턴의 외교가에서 직접 몸으로 겪은 바는, 열강과의 외교 교섭을 통해서만이 한 발짝 한 발짝 독립으로 나아갈 수 있음을 뼈저리게 느끼고 있었다. 그러기에 실력을 갖출 때까지 준비에 준비를 해야 함을 강하게 주장했다. 승만은 시간이 나는 대로 한국어 잡지나 미국의 신문 등에 이러한 자신의 견해를 가감 없이 게재하면서 아까운 피를 흘리지 말 것을 거듭거듭 강조하였다.

"현재의 상황은 우리로 하여금 두 개의 본부를 요구하고 있습니다. 하나는 극동에 그리고 다른 하나는 이곳 워싱턴에 둘 것을 요구하고 있습니다. 지리적 이유 때문에 극동에 본부가 필요하며, 우리가 위대하고 관대하며 자유를 사랑하는 국민의 선의와 그리고 궁극적으로는 그들의 영향력과 압력을 통해 위대한 정부의 최종적이고 실천적인 도움을 얻게 될 것이기 때문에 이곳 워싱턴에 본부가 필요합니다. 당분간 우리의 노력은 미국에 다소 집중되어야만 됩니다. 효율성은 중앙집권화로부터 유래할 것입니다.”

승만은 모든 이야기의 결론에 이렇게 썼다.

“그러므로 모든 외교 통신과 교섭은 이곳 대표본부를 통해 이루어져야만 됩니다.”

1915년 국민회와의 갈등이 벌어지던 시기에 하와이에서 자신이 발행하던 일간지에도 그렇게 밝혔다.

“여러 동포들이여, 저의 정책을 말하라고 한다면, 방향은 여러분과 같이 조국의 독립을 실현하는 것이지만, 그 목적 달성을 위해 어떤 종류의 것이라도 무력 혁명에 의존할 생각은 없다는 것을 이 참에 확실하게 밝히고자 합니다.”

결국은 1915년 5월 국민회 재정문제로 하와이 동포사회에 일대 풍파가 일어나면서 두 의형제 간의 우정엔 금이 간다. 전부는 아니지만 상당 부분 승만의 위상이 흔들리기 시작하게 된다. 그것은 승만에겐 되돌릴 수 없는 아픔으로 남았다.

사실 미국 유학시절 승만은 귀국해 대학 강단에서 국제법과 서양사를 강의하고 싶은 꿈을 꾼 적이 있었다. 그러한 생각에 불씨를 얹어 준 사람은 언더우드였다. 1912년 조국을 뒤로 하고 다시 미국으로 떠날 때에도 언더우드는 서울에 세워질 최초의 기독교 대학인 연희전문학교의 교수직을 제의하기도 했다.

“선생님! 지금은 때가 아닌 것 같습니다. 저는 일본의 만행을 보고 견딜 수가 없습니다. 일단 미국으로 가서 윌슨 대통령을 만나보고 할 수 있는 한 그에게 도움을 요청해 보려고 합니다."

"이 박사, 쉽지 않은 일이겠지만, 기도하겠습니다. 잘 다녀오시오, 하지만 언제든 돌아오시오. 그러면 자리는 만들어 놓을 테니."

"감사합니다. 선생님은 늘 저에게 베풀기만 하시네요."

"하하! 그것이 주님의 은혜 아니겠소."

"네! 맞습니다. 저도 언젠가는 이 박사가 은혜에 보답하는 날이 올 것이라 믿습니다."

하지만 그 바람은 무심하게 사라지고 말았다. 일제와 일체의 타협하는 것을 거부하고 해외로 망명하는 길을 가기로 했기 때문이다. 결국 대학교수가 되려던 꿈은 영원히 무산되었다.

용만과 의기가 투합하여 호놀룰루에 정착한 이후 승만은 동포들의 염원을 모아 초등학교 교장으로 시작하여 각종 학교들을 육성해 나갔다. 한국 어린이들과 청년들에게 기독교 정신과 애국사상을 심어주는 일에 혼신(渾身)의 힘을 기울였다.

현지 감리교회와 협력하여 운영하던 한인학교는 좀 더 발전적인 방향으로 나아가기 위하여 한인들만의 학교를 설립하는 쪽으로 방향이 정해졌다. 이에 승만은 하와이 각 섬을 돌면서 동포들에게 한인 학교와 교회의 자립을 강조하고 그들에게 재정적 협조를 호소했다. 그 결과로 1916년 정월까지 7천7백 달러에 달하는 거금을 모금할 수 있었다. 때마침 '대한인국민회'로부터 3에이커의 대지도 지원받았다. 결국 1916년 3월 10일에는 여학생 기숙사를 확장해 독립된 '한인여자성경학원'을 개교하기에 이른다. 그러다가 1918년 9월경 이 여자학원은 '한인기독학원'이란 이름으로 남녀공학제의 민족적 교육기관으로 우뚝 서게 된다. 이 한인기독학원은 기숙사 제도로 운영되었다. 소학교 6년 과정이었는데, 학생 수는 매년 80~90명이 될 정도로 규모를 갖추었다.

"저는 여러분에게 민족의 중요성과 나라의 중요성을 이야기하지 않을 수 없습니다. 늘 강조하는 바이지만 우리 남학생들은 늘 기도하기를 '우리 한국 여자와 결혼하게 해주소서' 할 것이고, 또 우리 여학생들은 주님께 기도하기를 '저에게 한국 남자와 결혼하게 해주소서' 하기를 바랍니다."

승만은 채플 때마다 힘써 민족적 고유의 전통과 사상을 가지도록 설교했다. 실제로 그의 영향력은 지대하여 오랜 시간 동안 한인들은 고유한 공동체를 지속할 수 있었다.

또 어릴 때부터 한국독립에 있어 미국의 역할이 중요함을 가르치며 미국시민으로서의 역할과 책임도 강조했다.

"사랑하는 우리 학우 여러분, 우리는 반드시 독립을 하게 될 것입니다. 그러려면 미국 국민들의 관심과 공평성을 이끌어내어야 합니다. 저는 예언할 수 있습니다. 팽창하기를 원하는 일본은 언젠가 미국과 충돌하게 될 것입니다. 그 충돌이 일어날 때 미국은 결코 일본을 용서하지 않을 것이고, 그 즈음에 우리는 미국과 함께 일본을 대적하여 싸워 이겨야 할 것입니다."

승만이 한국의 독립에 있어 미국의 역할을 강조했지만 그렇다고 해서 맹목적인 친미주의자는 아니었다. 미국 역시 영국의 식민지로 신음하던 아픈 기억이 있기 때문에, 얼마든지 그들의 양심과 정서에 호소하면 한국은 반드시 독립 할 수 있다는 신념이 있었던 것이다. 때론 미국을 이용하면서 콧대 높은 미국에 대해 자신의 오기로 맞서 싸워 이긴 일이 바로 하와이 미국 감리교 선교부에 반발해 독자적인 민족교회를 출범시킨 일이었다. 그리고 학교를 단독으로 세운 일이었다.

"여러분, 저는 오늘 중대한 결단을 내렸습니다. 정신적으로나 물질적으로 자기생명을 지탱해 준 탯줄을 스스로 끊는 것은 잠시 아픔은 있겠지만, 결국 홀로 서서 성장하기 위한 중대한 과정이라 할 것입니다. 하지만 이러한 일은 웬만한 자신감과 용기 없이는 불가능한 일입니다. 그러니 오늘 우리는 이 용단의 결의를 모아 미국 하와이 감리교 선교부의 울타리를 박차고 나와 우리만의 독자적인 교회를 세우고 운영하며, 학교도 그렇게 되기를 기도합니다."

승만은 지도자들을 모아 1918년 12월 23일 성탄절을 며칠 앞둔 그 날, 교회의 명칭을 '한인기독교회'로 정하고 새로운 민족교회로 거듭나게 된다. 이 교회는 이제 어느 기성 교파와도 관련이 없는 자치교회로 독립한다.

한인 기독교회에 속한 예배당은 호눌룰루 이외에 와히아와, 힐로, 파아아 등의 섬에 흩어져 있었다. 또 1936년에는 미주 본토 로스앤젤레스에도 한인 기독교회가 설립됐다.

21
준비하라

"여러분! 우리가 살고 있는 이 하와이는 어떻게 보면 우리 조국의 조선팔도와 비슷하다 할 것입니다. 앞으로 대한국에 세울 나라는 기독교 국가여야 합니다. 그래서 저는 여러분과 함께 기독교 한국의 모체를 여기서 만들고자 합니다. 하나님 나라의 현현(顯現)으로서 이 땅에 먼저 교회를 주시고, 그 교회를 통하여 각각의 나라를 책임지도록 한 것이 주님의 뜻입니다."

승만의 열정적인 노력으로 말미암아 교인 수는 나날이 늘어나 1천 2백을 넘었다. 승만이 생각한 교회는 장로교도 감리교도 아닌 민족주의적이며 민주적인 교회였다. 승만이 주동이 되어 창립한 교회였기 때문에 자연히 그렇게 조직체를 갖게 되었다. 또한 승만의 신앙과 독립정신을 추종하는 교인들이 많이 모이게 된 것은 당연지사였다. 이 교회엔 탁월한 지도자들도 많았다. 민찬호, 장붕은 목사로서 안현경과 이원순, 김유순 등은 운영 이사로 최선을 다해 승만을 도왔다.

"박사님, 워싱턴에서 손님이 오셨습니다."

설교 준비를 하고 있던 승만에게 교사 한 명이 와서 전갈을 한다.

"누구?"

"두 분 이십니다."

"두 사람! 나를?"

"박사님 안녕하세요?"

"누구신지?"

"몇 년 전 뵈었던 학생입니다."

"어디서?"

"저는 먼 발치에서 박사님을 뵈었습니다. 일본에 있는 친구가 박사님께서 미국으로 가시는 길에 일본의 기독교대회에서 설교해주셨다고 하더군요."

"맞아요!"

"그때 박사님께서 7~8개로 나눠진 유학생 조직을 YMCA안에서 일원화하도록 힘을 써주셔서, YMCA 건물자금도 모금되었다는 말씀도 들었습니다."

"감사한 일이지요."

"그 후로 저희 일본과 미국의 유학생들은 늘 선생님이 발행하시는 잡지를 보며 선생님의 언질을 기다리고 있었습니다."

"언질이라니?"

"지금 세계는 전쟁 중입니다. 세계대전으로 말미암아 어수선하기 짝이 없습니다. 이때 우리가 뭔가 역량을 합쳐 독립을 위한 투쟁을 해야 하는 게 아닐까 싶어 박사님의 고견을 물어오라고 하셔서 미국서 돌아가는 길에 박사님을 뵈러 잠시 들른 것입니다.”

“그래요, 참 반갑구먼. 그래 이름이?”

“네, 저는 여운홍입니다.”

여운홍은 여운형의 동생이었다. 때는 1918년 말로 제1차 세계대전이 끝날 무렵이었다. 승만은 호놀룰루에서 여전히 한인기독학원 일에 주력하고 있을 때였다. 하지만 국제정세를 읽는데 밝은 그는 세계대전을 마감하는 강화회의에서 약소국의 독립문제가 거론될 것을 예상하며 모종의 준비를 하고 있었다. 그런데 여운홍과 미국 선교사 샤록스가 방문해 온 것이다.[12]

“때마침 잘 왔군. 그렇잖아도 국내에 있는 김성수 선생, 송진우 선생, 함태영 선생 양전백 선생들한테 전해주고 싶은 말이 있었는데.”

“그게 뭡니까, 박사님!”

“앞으로 파리에서 세계만국 평화회의가 열릴 것이요, 그러면 전쟁의 결과로 말미암는 식민지 국가의 해방과 독립의 문제 등이 거론될 것이요. 얼마 전 윌슨 대통령이 나에게 한국의 독립문제가 거론되려면 국내에서 민중봉기 같은 것이 일어나야 한다고 말했소.[13] 나는 파리로 가서 우리 민족의 독립을 주장하며 강대국들을 상대로 외교전을 펼쳐볼 생각이요.”

“정말 그렇게 된다면 독립에 한 발 더 다가갈 수 있을 것 같습니다.”

---

12) 1995.06.08. [중앙일보] 〈이승만과 대한민국 탄생〉 16.이승만과 3.1 운동.
13) 2019.02.26. 1919.3.1 운동을 처음부터 기획하고 실행한 이승만.
   http://m.blog.daum.net/choyeungart/306?np_nil_b=3

"하지만 국내에 있는 동포들이 이에 동참해주지 않으면 이는 다 헛된 일이 될 뿐이요."

"저희들이 할 일이 무엇인지요?"

"나의 외교활동에 호응하는 대중운동이 국내에서 대대적으로 일어나야 한다는 것이요."

"대중운동이라 하심은?"

"독립을 강하게 외치는 궐기대회를 말하는 것이지. 그래야 국제사회가 우리를 보고 독립할 의지가 있다고 여기고 힘을 써주지 않겠소?"

"네 알겠습니다. 그러면 저희들에게 선생님의 친필로 된 편지를 써주십시오. 그것을 가지고 가서 일본에서 일을 나누어 한국 내 각지로 흩어져 전하도록 하겠습니다."

"그래 주면 정말 감사하지."

승만은 기다렸다는 듯이 급히 친필로 밀서를 작성해 주었다.

"존경하는 애국동지 여러분! 윌슨 대통령의 민족자결론 원칙이 정식으로 제출될 이번 강화회의를 이용하여 한민족의 노예 생활을 호소하고 자주권을 회복해야 합니다. 미국 동지들도 구국운동을 추진하고 있으니, 국내에서도 이에 호응해주기 바랍니다."

여운홍은 귀국하는 길에 일본에 들러 이 박사의 근황을 알리고 가지고 있던 밀서를 보여주며 일본에서 먼저 유학생들이 앞장서 독립만세 시위를 해 줄 것을 부탁했다.

"그래 맞아. 우리가 먼저 치고 나가야 국내에서도 구름떼같이 일어날 거야."

"춘원한테 독립선언서 초안을 좀 잡아달라고 하면 어떻겠나?"

"그렇지, 춘원이야말로 이 일에 적격이야."

3.1 운동의 도화선 역할을 했던 2.8 독립선언문이 작성되는 역사적인 순간이었다. 승만에 의해 단일화된 재 일본도쿄조선 YMCA회관은 그때까지 명실상부한 재일 독립운동의 산실이 되었다. 이광수가 대표로 집필했고, 국내에 반입되어 3.1 독립선언서의 기초가 됐던 것이다. 귀국하는 여운홍을 통해 밀서를 전달받은 김성수는 비밀리에 전국에 산재해 있는 독립운동 단체들에게 지령을 내렸다. 그리고 승만의 밀서를 첨부해 보냈다. 그 밀서는 세계 1차 대전이 막 끝난 시기, 다급해진 승만의 재촉이 담긴 짧지만 중요한 글이었다. 그들이 돌아가고 난 후 승만은 하와이 교포들에게도 자신의 생각을 개진했다.

　"여러분! 그동안의 여러분의 수고와 기도가 헛되지 않아, 나라를 빼앗긴지 십여 년 만에 절호의 찬스가 왔소이다."

　"그게 무엇인지요?"

　"곧 파리 강화회의가 열릴 것이요. 나는 거기에 가서 우리나라의 독립 의지를 만방에 공포하고 독립을 위한 일에 각국이 힘써 줄 것을 강력히 호소할 것이요."

　"그러면, 박사님께서 얼른 다녀오셔야 하는 것 아닙니까?"

　"가야지. 여기 학교도 이제 안정되고 내가 없어도 돌아가니 급히 파리로 갔다가 다시 워싱턴으로 가야겠소."

　승만은 동포들의 후원에 힘입어 파리 강화회의에 한인대표로 참석하기 위해 우선 미국으로 향했다. 샌프란시스코에 본부를 둔 대한인국민회에서는 기다렸다는 듯 승만과 함께 할 정한경, 민찬호를 파리 강화회의 한인대표로 선출하기로 만장일치로 가결해 놓았다. 안창호를 만나고, 뉴욕을 거쳐 2월 3일 서재필이 사는 필라델피아로 가서 전략을 짰다. 그 자리에는 장택상, 민규식도 함께 자리를 했다.

"글쎄! 꼭 가야한다면 말릴 수는 없지만, 일본의 방해로 한인대표로 참석도 어려울 뿐더러 참석한다고 해도 별 효과가 없을 것이요."

서재필은 회의적인 의견을 내놓았다

"아닙니다. 가야 합니다."

"차라리 그런 헛수고 대신에 동포들의 협조에 힘입어 영문 잡지를 발간해 장기적으로 미국 내에서 한국에 유리한 여론을 조성하는 일에 힘을 모으는 것이 어떻겠소?"

"선생님의 고견에도 일리가 있습니다. 하지만 우리 동포들이 저를 파리 강화회의 대표로 뽑아준 이상 그들이 맡긴 사명을 끝마치기 전에 새로운 일에 착수할 순 없습니다."

"하여간 우남의 고집은 여전하구려!"

"잡지 발간을 하지 말자는 것이 아니라, 일단 계획을 잠시 미루고 파리에서의 외교활동을 뒷받침할 만한 한인대회를 여기 독립의 산실인 필라델피아에서 한 번 열면 어떨까요?"

"그거 좋은 생각이요. 그러면 우리의 시위를 통해 한국인의 독립의지를 미국민에게 알리게 되겠죠."

"하는 수 없군. 이번에도 우남이 이겼어. 그 옛날 신문 만들 때도 고집대로 하더니 여전하구면."

필라델피아를 떠나 다시 워싱턴으로 온 승만은 다시 윌슨 대통령을 만나기 위해 제시를 만났다.

"제시, 별 일 없었소. 잘 지내고 있는지요."

"오! 미스터 리, 정말 오랜만이에요. 하와이에서의 활동은 여전하시지요?"

"파리로 가는 길에 여러 곳에서 옛 동지들을 만나고 있었어요. 아버님께 인사라도 드리고 가고 싶은데...”

“후후, 나를 만나러 온 게 아니라 항상 아버지를 만나려 저를 징검다
리 삼으시는 군요.”

“허허, 어쩌다보니 그렇게 되었구려. 하지만 아버님 덕에 우리도 가까
워졌잖소?”

“하여간 말로는 못 이긴다니까.”

승만은 파리행 여권 취득을 위해 각 계에 부탁을 했다. 그리고 잠시
귀국 중인 윌슨 대통령을 면담하려고 각고의 노력을 하였다. 2월 27일
그는 국무부를 방문해 국무장관 대리 폴크에게 파리행 여권과 비자를 받
을 수 있도록 간곡히 부탁했다.

“허허, 번개처럼 한다고 일이 되나요. 일단 대통령에게 품신한 후 연락
을 드리죠.”

며칠 후 윌슨 대통령으로부터 회답이 왔다.

“이 박사가 파리에 오는 것은 유감이니 당분간 시간을 두고 생각을 좀
하기 바랍니다.”

엎친 데 덮친 격으로 3월 5일에는 국무부에서 승만에게 통보가 왔다.

“외교 관례상 여권 발급 불가”

승만은 눈앞이 캄캄했다. 백악관 비서실장에게 윌슨의 면담을 요청했
는데 그마저 거절 통보가 왔다. 승만은 생각지도 못한 냉대를 받고 당황
스러웠다. 결국 겹친 과로와 좌절감 때문에 몸져눕고 말았다. 워싱턴 요
양원에 입원해 치료 중인 승만을 정한경이 알고 위문을 왔다.

“박사님, 대한인국민회 측과 협의를 했습니다. 그래서 ‘장차 완전한 독
립을 보장하는 조건 아래 한국을 국제연맹의 위임통치하에 둠으로써 일
본의 지배로부터 해방시켜 달라’는 내용의 ‘위임통치안’을 만들어 왔습

니다. 이것을 윌슨 대통령을 통해 강화회의에 제출하면 어떨까요?"

"그것도 좋은 제안이요"

"그럼 여기에 서명을 해 주십시오."

그날 승만은 정한경과 나란히 그 문서에 서명을 하여 3월 3일에 백악
관에 제출했다. 승만이 할 수 있는 것은 이제 기도밖에 없었다.

"우남! 이 박사! 고국으로부터 낭보가 도착했소."

서재필로부터 전화가 온 것이다.

"낭보라니요?"

"놀라지 말게. 고국에서 전국적으로 백여만 명이 만세시위에 나섰다네."

"네 정말입니까?"

그날이 3월 10일이었다. 사면초가 궁지에 몰려 있던 승만에겐 참으로
한 줄기 희망의 소식이었다.

"어떻게 소식을 받으신 건가요?"

"상하이에 있는 현순 목사가 3월 9일에 안창호 동지에게 전보로 알려
왔는데 안창호 동지가 나에게 통보해서 자네에게 급하게 전갈을 전하네."

"오! 하나님, 이 나라를 구하소서. 꼭 구하여 주옵소서."

승만은 거의 절규하다시피 소리쳐 하늘을 향해 외쳤다.

3.1 운동 소식을 접한 승만은 용기가 백배해 서재필과 더불어 필라델
피아 한인대회 소집을 서둘렀다.

모든 투쟁엔 리더가 핵이다. 3.1 운동은 이승만이 처음부터 사실 지난
번 국내에서의 대규모 시위를 부탁하고서도 이제나 저제나 소식이 없어
애를 태우고 있었다. 윌슨 대통령이 주창한 민족자결론이 나온 직후부터
이승만은 절호의 찬스를 잡자고 결심했고 그해 가을부터 여러 경로로 국
내의 동지들에게 구국운동을 벌여야한다고 요구하고 기다렸다.

가장 먼저 불을 지핀 것은 일본 유학생들로 구성된 YMCA 멤버들이었다. 그들은 하와이에서 이승만이 발행하는 잡지를 몰래 구독하면서 승만이 보낸 밀서를 받자마자 본국보다 먼저 선수를 쳐 시위를 한 것이다. 그것도 적국의 심장 안에서. 그날이 2월 8일이었다.

같은 시각 인촌 김성수와 고하 송진우, 그리고 기당 현상윤 이 세 사람은 '이제야말로 가만히 있을 수 없다'는 절박감을 느끼고 숙직실 방에서 머리를 맞대고 어떻게 할까를 논의했다. 그러나 묘안이 없었다.

중앙학교를 김성수가 인수한 다음해 겨울, 이승만의 밀서를 받아본 28세 김성수는 동지 송진우, 현상윤과 숙의 끝에 그나마 조직이 살아있는 천도교를 동원하기로 작정하고 지도자 손병희의 팔다리와 같은 보성학교 교장 최린에게 그 제자 현상윤이 설득을 개시하였다.

"이제야말로 가만히 있을 수 없다는 절박감이 우리를 이제는 거사하게 만들고 있소. 준비되었소?"

"네! 준비되었습니다."

"자 그럼 우리도 행동을 개시합시다."

식자층이라면 하늘이 준 이 기회를 놓쳐져는 안된다는 초조감이 들었다, 윌슨 미국대통령의 연두교서 14개 조항 중 '민족자결권'의 폭발력은 모든 피압박 약소민족을 흥분시켰다. 뿐만 아니라 이 땅의 독립운동가들에겐 다시없는 복음이었다.

또 한 사람, 스무 살 처녀교사 임영신은 당시 천안에서 학생들에게 독립정신을 가르치며 비밀리에 항일운동을 하고 있었다. 그러던 어느 날 허름한 행상 청년이 다가왔다. 당시 독립운동하는 지하조직 연락원들은 행상 차람이었다. 아니나 다를까, 그가 보따리를 풀자 물건들 밑에 삐라 같은 것이 보였다.

임영신은 그에게 선뜻 속마음을 보일 수 없었다. 이런저런 이야기 끝에 넌지시 '이승만 박사'란 단어를 꺼냈다. 그러자 행상의 눈빛이 달라졌다. 임영신은 더 참을 수 없었다.

"당신은 지하운동본부에서 왔나요?"

"음"

대답대신 고개만 끄덕이는 행상을 임영신은 너무 반가워 와락 끌어안았다.

"자 이것을 받으시오."

"네!"

얼마 전 부터 전국적인 통신망을 만든 지하조직은 암암리에 가동되고 있었다. 그것을 알기에 영신은 동지애가 발동한 것이다. 행상은 몇 장의 삐라를 몰래 건네주었다. 거기엔 이승만 박사의 다음과 같은 지령문을 필사한 내용이 선명하였다.

"윌슨 대통령은 세계평화를 위한 14개 조문을 선언했다. 그중에 하나가 민족자결권인데 이를 최대한 이용해야 한다. 한민족의 분명한 의사표시가 국제적으로 속히 알려져야만 한다. 윌슨 대통령이 반드시 우리를 도울 것이다."

이 삐라 말고도 상하이를 통해서 들어온 이승만 박사의 메시지도 있었다. 상하이에서 몰래 전해오는 메시지는 두만강이 얼어붙을 때를 기다려 달려와서 연락원에게 주면 곳곳에 전달되었다. 이때 용기를 얻은 임영신은 본격적인 비밀투쟁에 나서서 다음해 3.1 운동 때 전주에서 만세운동을 벌인 것이다. 결국 승만의 촉은 적중했다.

"이번에는 실패하면 안 된다."

지난 1905년 러일전쟁 강화회의 때 미국에 무시당했던 이승만은 파리 강화회의엔 반드시 직접 참석하여 윌슨의 도움을 받아 독립 문제를 해결하자고 결심하였다. 하지만 다시 한 번 거절의 아픔을 겪었다. 그런 찰나에 한국에서 들려온 소식은 어떤 모양으로든지 미국 조야에 대한국의 존재감을 알릴 수 있는 기회가 될 것 같았다. 이미 파리회의는 1월 18일 베르사이유 궁전에서 개막되어 지나가 버리고 말았다.

"필라델피아 만세 운동 준비가 다 되었습니다."

"잘 되었습니다. 날짜는요, 언제입니까?"

"제1차 대한인대표자 총회는 4월 14일부터 16일간으로 잡았습니다."

민주는 워싱턴에서의 체류를 마감하고 다시 필라델피아로 향했다. 미국 독립의 산실 필라델피아, 자유를 알리는 '자유의 종'이 있는 곳이다.

민주는 이곳에 '이승만 건국대통령 기념사업회'가 있다는 것을 워싱턴에서 들었다. 그래서 급히 뉴욕 한인회에서 전화를 넣어주어서 만나러 온 것이다. 자동차로 4시간 정도 달려 신철식·이승만 기념사업회 회장을 만나러 갔다. 그곳에는 이승만 박사님의 양자이신 이인수 박사님도 나와 계셨다.

"안녕하세요. 한국 세종일보에서 온 김민주 기자입니다. 최근 귀한 일이 있었다는 이야기를 듣고 취재 겸 왔습니다."

"오, 그래요. 반갑습니다. 먼 길을 오셨네요."

"이승만 박사님께서 이곳에서 행하셨던 만세운동과 독립선언에 대해 알고 싶어 왔습니다."

"하하하! 잘 오셨어요. 한국에서는 잘 모르는 바가 많은데, 이승만 박사는 위대한 세계적 지도자입니다. 그분의 리더십은 이곳 미국에서도 널리 알려져 있어요. 요즘 한국은 많이 시끄럽다면서요?"

"네! 거의 전쟁 수준입니다. 그래서 하루 빨리 이 역사 논쟁에 마침표를 찍기 위한 글을 좀 쓰려고 벌써 10일째 하와이를 거쳐 워싱턴, 그리고 여기까지 왔습니다."

"요즘도 한국에 이런 귀한 젊은이들이 있다니, 참 감사드립니다."

"이승만 박사님이 이곳에서 만세운동과 대한민국 독립선언을 할 때 분위기는 어땠나요?"

"우선 지난 4월에 우리 이승만 기념사업회와 이인수 박사님에게 필라델피아 현 시장인 케니 시장의 공로장 수여식이 있었어요. 자 이것이 그 공로장입니다."

기념사업회 사무실에서 보여준 공로장에는 이승만의 독립운동과 건국 투쟁의 역사가 깨알 같이 적혀있었다.

"딱 100년 전 이야기입니다. 정말 잘 오셨어요. 1919년 이승만 박사님이 주도한 필라델피아 첫 한인의회(The First Korea Congress: 4월 14~16일)가 오늘의 이 자리를 만들었습니다. 동일한 미국이라도 독립운동가들의 투쟁 방식은 다 달랐습니다. 당시 미국 한인 사회를 이끌었던 지도자는 안창호 선생과 박용만 그리고 이승만, 세 사람이었죠. 그러나 각자 추구하는 노선이 다르다보니 충돌할 때가 많았습니다. 도산 안창호 선생은 백성들을 계도하고 정의사회 구현을 목표로, 박용만 선생은 구한말 군 출신으로 무력군을 육성하여 싸우고자 하였습니다. 그리고 이승만 박사는 국제 외교적 방법으로 호소하고 공감을 얻고자 노력하였죠. 안창호 선생의 방법은 이상적이었다면 박용만 선생의 방식은 무모하고 현실성이 결여된 방법이었습니다. 미국 같은 민주주의 국가에서 이민자의 신분으로 위법적이고 위험성이 큰 방안이거든요."

"그 점에 대해선 한국에서도 대부분 정리가 되는 것 같습니다. 문제는 이승만 박사님이 과연 대한민국의 대표성을 가질 만 하셨는가? 그 다음 최근에 와서 첨예하게 대립하고 있는 부분이 3.1 운동이 과연 이승만 박사님이 깊숙이 개입되어 일파만파로 퍼져간 것이 맞느냐는 진위공방입니다. 이 진위의 중앙엔 김성수 선생의 회고록에 나오는 이승만 박사님의 밀서입니다."

"먼저 대표성을 말씀드리자면 그것은 여러 가지 자료로 보건데, 거의 문제가 없다고 생각합니다. 필라델피아 독립선언 후인 4월 23일 서울의 한성임시정부에서 '집정관총재'로 추대되었거든요. 이 박사는 즉각 영문으로 Presedent of the Korean Republic(대한공화국 대통령) 이름으로 각국에 '정부 수립'을 통보했거든요. 그리고 각국의 대사관을 통해 임시정부 승인과 독립지원을 요청한다는 전문을 보낸 것입니다. 그리고 일본 왕에게도 영문으로 '민주정부가 수립되었으니 일본은 한반도에서 철수하라'고 요구하는 등 상당한 행사를 하였다는 것은 문서로 다 나타납니다."

"하지만, 상해임시정부에서는 반대 내지는 참칭으로 무시했다는 설도 있던데요?"

"김 기자님, 역사에는 가정이 없습니다. 그 분은 당시 AP통신 기자와 회견을 합니다. '우리가 동양 처음으로 기독교 국가를 세우겠다'고 말입니다. 그분이 대통령이 된 것은 자천(自薦)이 아니라 타천(他薦)에 의해서였습니다. 또 미국에 있는 교포들에 의해서가 아니라 중국과 시베리아와 한국에 있는 동포들에 의해서였습니다. 사실 1910년대 한국 지도자들 중에서 명성이 가장 높았던 것은 당시의 사료들을 종합해도 의심할 수 없는 사실입니다. 3.1 운동 후 국내외 각지에서 임시정부들이 속속 조직이 선포되는데 그 모든 조직에서 빠지지 않고 수반급으로 등장하는 분이 이 박사입니다. 예를 들면, 3월 21일에는 블라디보스토크의 대한국민의

회가 노령(露領)임시정부를 선언합니다. 그때 발표된 내각명단에 '국무급 외무총장'으로 추대됩니다. 4월 11일에 상해에서 발족된 상해임시정부에서는 '국무총리'로 지명되었습니다. 급기야 서울에서도 4월 23일 한성(漢城)임시정부가 선포되는데, 그 직책은 '집정관총재(執政官總裁)'였습니다. 이는 조직상 최고 직위였음은 부인할 수 없는 사실입니다."

"이승만 박사님에 대한 신뢰가 이미 충분한 합의 하에 이루어져 있었군요?"

"그렇습니다. 그렇게 여러 군데에서 이승만 박사님을 추대했다는 소식을 들을 때 그분은 바로 이곳 필라델피아에 머무르고 있었습니다. 노령임시정부가 자신을 '국무급 외무총장'으로 임명했다는 사실은 현지 신문을 읽고서야 알았고, 상해임시정부가 자기를 '국무총리'로 임명한 사실은 4월 15일 현순 목사를 통해 압니다. 그리고 한성정부가 '집정관총재'로 임명한 사실은 5월말 워싱턴에 도착한 신흥우(申興雨)를 통해 알게 되었습니다."

"필라델피아는 미국의 독립뿐 아니라 우리나라의 독립운동사와도 맞닿아 있네요?"

"그렇습니다. 그분은 자기를 높이 사준 여러 임시정부들 중에 조국의 수도(首都)에서 국민대회라는 적법절차를 거쳐 '정식으로' 수립, 선포된 한성정부를 정통성 있는 정부로 간주했지요. 그리고 이 정부가 자기를 '집정관총재'로 뽑아준 것을 몹시 고마워했습니다. 그때부터 공식적으로 사용하게 된 외교상의 직함이 'President of the Republic of Korea'이었습니다. 김 기자가 말한 것처럼 상해임시정부 측에서 잠시 이승만의 대통령 직함 사용을 참칭이라 간주하고 이에 대해 항의한 일이 있지만 이승만이 계속 이를 고집하자 부득이 양보, 9월 6일에 개헌(改憲) 절차를 거쳐 '임시대통령'제를 도입합니다. 그리고 그분의 '대통령'직함을 추인해 주었습니다."

"아, 그러면 상해임시정부도 대통령으로 확실하게 인정해준 거군요."

"그렇습니다. 뿐만 아니라 자신이 신생공화국의 '대통령'이 되었다는 사실을 미국과 하와이에 있는 한인교포들에게 널리 알렸습니다. 그리고 국민으로서 그들을 대하며 의무와 권리를 요구하기 시작하십니다."

"그것은 왜요?"

"당연하죠. 국가가 생기면 국민에겐 충성의 의무가 생기는 것이지요. 무엇보다 적극적인 지원을 얻어내는 것이 필수적이니까요. 그래서 한인교포 상대로 계몽과 홍보에 온 신경을 다 쏟아 부었습니다. 그것을 가지고 일각에서는 독립자금을 뜯어내고 유용했다는 온갖 유언비어들이 나오기 시작했죠."

"말씀을 듣고 보니 그렇네요. 나라가 없을 때야 단순히 한인회 혹은 연합회 회원의 의무가 생기지만 나라가 생기고 대통령이 뽑히면 당연 세금을 내고 충성할 의무가 생기는 것이네요."

"하하하. 김 기자는 이해가 빠르군요. 이때 하와이 호놀룰루에서 발행하고 있던 태평양 잡지가 빛을 발합니다. 그 잡지에 3.1 운동을 주제로 한 '대한독립혈전기(大韓獨立血戰記)'라는 책자를 1919년 8월 15일에 출판합니다. 그 책 첫머리에 '대한민주국 대통령 이승만'이라는 제목의 사진을 신고 또 '대통령 선언서'라는 일종의 교서(敎書)를 발표합니다. 이것은 두 가지 의미가 있는데, 분열된 한인교포 간의 일치와 지지기반을 다지는 것이었습니다."

"어떻게 보면, 정말 영웅에다 천재라고 할 수 있을 것 같네요."

"맞습니다. 제 생각엔 청년 때, 한성감옥에서의 그 참담한 고통이 그를 강하게 만들지 않았나 싶습니다. 불의와 타협하지 않고, 다시 실패를 하지 않을만한 준비와 노력, 그리고 깊은 연구에서 나오는 자신감 등, 즉 그분은 자신의 장점을 가장 잘 살릴 수 있는 독립운동을 했다고 보시면 됩니다. 6월 14일 '대한공화국 대통령' 명의로 미국과 영국 그리고 불란서와 이탈리아의 각국 정부에, 이어서는 6월 27일 파리 강화회의 의장인 클레망소에게 각각 한국에 '완벽한 자율적 민주정부'가 탄생했다는 사실과 자신이 이 정부의 '대통령'으로 선출되었다는 사실을 통고합니다. 얼마나 대단합니까. 일이 주어지자 한 치의 오차도 없이, 그리고 망설임 없이 일을 추진하되 그것도 국제문서법에 맞게 각종 서류들을 거침없이 해내는 그 분을 누가 폄하할 수 있겠습니까?"

"일본에도 통보했다고 하던데 사실인가요?"

"그렇습니다. 6월 18일, 일왕 앞에 보내는 문서를 비서인 임병직을 통해 워싱턴 주재 일본대사관에 전달합니다. 내용은 '대한공화국'이 수립되었으므로 일본은 이 새로운 한국정부를 인정하고 한반도에서 외교관을 제외한 모든 일본군대와 관리들을 철수시키라'고 국서형태로 전달합니다."

"일본은 뒤통수를 맞았겠네요?"

"그렇죠. 일왕을 상대로 이러한 외교를 벌인 것은 배포도 배포지만, 방법을 알고 전략을 아는 사람만이 할 수 있는 행위인 것입니다. 일각에서는 일본에 대해 우리가 선전포고를 안했다고 하는데, 이것이야말로 선전포고가 아니고 무엇이겠습니까? 그 국서를 일왕 앞에 보내는 순간 일본은 침략국이 되고 우리는 자주독립국임을 만방에 알리는 것입니다. 만약 3.1 운동만 있었다면, 그것은 단회성의 시위로 끝났겠지요."

"이승만 박사님에 대해서는 알면 알수록 머리가 숙여지네요. 우리는 그분의 모든 희생 위에 이 자유와 번영을 누리고 있다고 할 수 있네요."

"그렇게 알아주니 감사하네요. 어찌 되었건 이승만 박사는 그 일 이후 7월 17일부터 워싱턴에 '대한공화국' 외교업무를 관장할 공사관을 확보합니다. 얼마 후에는 그것이 '구미위원부'로 불리죠. 사무실을 확보하고 유급, 전문 직원들을 채용해 본격적 외교업무를 시작합니다. 그리고 가장 중요한 것은 10월 초부터 8개월 간, 미국의 주요 도시를 순방하면서 미주교포들을 하나로 단합시켰습니다. 그런 노력의 결과 미국은 서서히 한국의 존재를 인정하고, 2차 세계대전이 끝날 무렵, 한국의 독립을 인정하고 준비를 하는 데, 그 증거가 있습니다."

-2권에 계속-

소설 영원한 청년 이승만 1

초판 1쇄 2020년 7월 1일
초판 2쇄 2020년 8월 1일

지은이 김재헌
발행인 김재헌
발행처 도서출판 생각의 탄생
주 소 세종특별자치시 대평동 63-7, 604호
대표전화 010-8000-0172
이메일 missioncom@hanmail.net
한글인터넷주소 생각의 탄생, 생탄21
등 록 569-2015-000028
책임교열 안인숙

가격 15,000원

ISBN 979-11-955458-6-5

이 도서의 국립중앙도서관 출판예정도서목록(CIP)은 서지정보유통지원시스템 홈페이지(http://seoji.nl.go.kr)와 국가자료종합목록 구축시스템(http://kolis-net.nl.go.kr)에서 이용하실 수 있습니다.
(CIP제어번호 : CIP2020022108)